그림으로 화해하기

그림으로 화해하기

관계가 내 마음 같지 않을 때, 그림이 건네는 말

초판 인쇄 2020. 10. 20
초판 발행 2020. 10. 27

저자 김지연
펴낸이 지미정

편집 이정주, 문혜영
디자인 한윤아
마케팅 권순민, 박장희

펴낸곳 미술문화 │ **주소** 경기도 고양시 일산동구 고양대로1021번길 33(스타타워 3차), 402호
전화 02)335-2964 │ **팩스** 031)901-2965 │ **홈페이지** www.misulmun.co.kr
등록번호 제2014-000189호 │ **등록일** 1994.3.30
인쇄 동화인쇄

이 도서의 국립중앙도서관 출판시도서목록(CIP)은 서지정보유통지원시스템
홈페이지(http://seoji.nl.go.kr)와 국가자료공동목록시스템(http://nl.go.kr/kolisnet)
에서 이용하실 수 있습니다.(CIP제어번호: CIP2020040350)

ISBN 979-11-85954-65-3(03810)
값 18,000원

그림으로 화해하기

관계가 내 마음 같지 않을 때,
그림이 건네는 말

김지연
지음

미술문화
MISULMUNHWA

일러두기

- 그림의 상세 정보는 화가 명, 그림 명, 제작 연도, 제작 방법, 실물 크기(세로×가로), 소장처 순으로
  도판 목록에 기재하였습니다.

- 이 서적 내에 사용된 일부 작품은 SACK를 통해 ADAGP, ARS, Picasso Administration과
  저작권 계약을 맺은 것입니다. 저작권법에 의하여 한국 내에서 보호를 받는 저작물이므로 무단
  전재 및 복제를 금합니다.

- 이 외 도판을 제공해준 아래 저작권사에도 깊은 감사의 마음을 전합니다.

들어가며

제 유년 시절의 강렬한 기억 중 하나는 부엌 식탁 밑에 숨어 울던 저의 모습입니다. 거실에서 큰 소리로 싸우고 계신 부모님을 말리지도, 무시하지도 못하고 울면서 바라보기만 했던 기억이 생생합니다. 제 삶에는 더 행복하고 중요한 순간도 많았는데 왜 그때의 기억이 이토록 선명할까요. 아마도 이것이 제 첫 불화의 기억이기 때문일 것입니다. 제 힘으로는 어찌할 수 없는 관계의 얽힘에 저는 두려움과 무력감을 느꼈습니다.

성장할수록 갈등은 타인과의 관계에만 국한되지 않았습니다. 비겁하고 쉽게 상처받으며 초라한 자신을 미워했고, 연일 들려오는 사회의 부조리에 환멸을 느꼈습니다. 때로는 그 갈등에 맞서 싸우기도 했지만, 빠른 속도로 몰아치는 현실이 그렇게 할 여력을 자주 남겨 주지는 않았습니다.

이런 갈등으로 맺힌 마음의 상처라는 것은 눈에 보이지 않기에 얼마나 아물었는지 도통 알 수가 없습니다. 그래서 적당히 덮어놓고 살아갑니다. 그러다 문득 전혀 뜬금없는 시점에 과거의 기억이 떠올라 아파하곤 합니다.

　우아하고 고상한 예술은 팍팍한 현실과는 완전히 동떨어진 것처럼 느껴집니다. 저 또한 오랜 시간 예술과는 큰 연관 없이 살아왔습니다. 처음으로 예술 작품에 관심에 가지게 된 것은 우연히 작품 해설을 듣고 예술가들의 인간적인 모습에 흥미를 느끼게 된 다음부터였습니다.

　위대한 예술가들도 삶이 녹록지 않은 한 인간이었습니다. 미술사에 위대한 업적을 남겼다고 해서 그들의 삶이 완전하지는 않았습니다. 사회의 불합리에 선뜻 목소리를 내지 못했고, 오랜 시간 성실하게 일했지만 오해와 비난을 받아 억울해했으며, 사랑하는 사람을 잃고 죽을 만큼 괴로워했고, 평생을 트라우마와 싸우느라 고군분투하기도 했습니다.

예술가들 또한 세상을 살아가며 맺는 수많은 관계 속에서 끊임없이 좌절했고 또 다시 일어났습니다. 그들의 작품과 제 삶이 겹쳐 보일 때, '사람 사는 게 별 거 없구나'란 생각이 들며 제 안의 불화의 감정들이 조금은 해소되었습니다. 위로는 거창한 응원이나 조언보다는 나와 비슷한 한 사람의 삶의 궤적으로부터 받는 것이 아닐까 싶습니다.

이 책에는 제가 삶의 여러 길목에서 마주친 관계에 대한 고민들에 실마리를 던져 주었던 작품과 예술가들을 담았습니다. 렘브란트의 자화상을 보며 인간의 위대함은 초라한 자신까지도 끌어안는 데 있다는 사실을 알게 되었고, 루이즈 부르주아의 설치 작품에서 어머니에게 양가적인 감정을 느끼는 스스로를 발견했습니다. 고야의 생애와 작품을 대조하며 이 사회에 모두가 얼마간의 빚을 지고 있음을 이해했습니다.

작품 속에는 예술가들의 분투와 그 끝에 이루어 낸 화해의 조각들이 담겨 있었습니다. 저 또한 그렇게 만들어진 예술 작품을 보며 스스로에게 화해의 손길을 내밀었던 것은 아닐까 싶습니다. 이렇게 화해의 기억을 하나씩 쌓아 올리다 보면 언젠가 조금 더 단단해진 나를 만나리라 믿습니다.

독일 출신의 작가이자 예술 및 영화 이론가인 루돌프 아른하임 Rudolf Arnheim은 저서 『미술과 시지각Art and Visual Perception』에서 다음과 같이 말했습니다.

미술 작품을 이해하는 것은 전적으로 주관적인 일이고 한 작품에서 모두가 똑같은 것을 볼 수 없다. 그러나 이것은 그림이나 조각이 단지 '옮겨놓은 스크린'에 불과하다는 것을 뜻하지 않는다. 모든 관람자는 그 스크린에 자기 마음의 그림자를 드리우는 것이다.*

미술을 전공하지 않은 저는 여전히 미술사를 완벽하게 알지 못합니다. 그저 제 나름의 해석으로 좋아하는 작품과 예술가가 몇몇 생겼을 뿐입니다. 아른하임의 말처럼, 결국 저는 제 삶의 경험을 바탕으로 작품에 제 마음의 그림자를 드리울 뿐이라는 생각이 듭니다. 그것이 때로는 오해나 미숙한 해석일지라도, 제 삶과 조금이나마 화해할 수 있다면 그것만으로도 괜찮지 않을까 싶습니다.

지금 당신의 삶에는 어떤 갈등이 있나요? 당신은 어떤 싸움을 하고, 또 어떤 화해를 하며 살아가고 계신가요. 여러분께서 제 글을 읽으신 뒤 작품들에 어떤 그림자를 드리우실지, 여러분의 인생의 필터를 거친 그림들은 어떤 빛깔을 띠고 있을지 궁금합니다.

아주 작은 씨앗에서 가능성을 발견해 아낌없는 애정으로 글을 빛나게 만들어 주신 이정주 편집자님과 미술문화 출판사, 사랑하는 부모님과 시어머님, 늘 그리운 고 윤운중 선생님, 따뜻하게 응원해 준 모든 지인들, 저의 가장 큰 후원자인 동시에 방해꾼이었던 남편과 아들에게 깊은 감사의 마음을 전합니다.

• 루돌프 아른하임, 김춘일 옮김, 『미술과 시지각』, 미진사, 2003

나 자신과의 화해

고달픈 하루를 보낸
그대에게

•

에밀리 메리 오즈번
Emily Mary Osborn, 1828-1925

요즘에는 '취업이 어렵다'라는 것이 특별하지 않은 당연한 일이 된 것 같다. 실업률이 몇 퍼센트니, 실업자가 몇십만 명이니 하는 뉴스가 아무렇지 않게 오르내리고 모두가 큰 감흥 없이 그 사실을 받아들인다.

언젠가 '연민의 산술학'에 관한 기사를 본 적 있다. 한 사람의 죽음은 큰 비극으로 다가오지만 백만 명의 죽음은 그저 통계 수치가 되어 사람들을 무감각하게 만든다는 이야기였다. 이는 취업난에도 적용되는 현상인 듯하다. 사실 취업이란 것은 개개인에게는 너무나 간절한 생계이자, 때론 한 가족의 삶이 통째로 걸려 있는 문제인데도 말이다.

내가 취업 전선에 뛰어들었던 그해에도 상황은 크게 다르지 않았다. 모든 대기업들이 공채 인원을 대폭 감소시켰고 중소기업 또한 마찬가지였다. 뉴스에 나오는 사회 경제적인 상황이 나의 삶과 직결되어 있다는 것을 처음으로 체감했던 때였다. 함께 졸업하는 동기들 사이에는 입사 지원서를 100개는 넣어야 1개 회사에 최종 합격을 할 수 있다는 등의 무시무시한 이야기가 돌았다.

그다지 성실한 학점을 가지고 있지 못했지만 근거 없는 자신감만은 있어서, '에이, 설마 그래도 100개까지야 쓰겠어?'라고 생각했었다. 하지만 졸업 학기 초반부터 넣은 30개의 지원서가 모두 서류에서부터 광탈(?)을 하자 정신이 퍼뜩 들었다. 처음 열 번까지는 '그럴 수 있지' 하다가, 스무 번째에는 '이러다 정말 취업 못하는 거 아니야?'라는 불안감이 들었고, 서른 번째 탈락할 때에는 '이제 진짜 백수가 되겠구나'라는 생각에 지독한 우울감이 엄습했다.

인생에서 처음으로 수없이 많은 거절을 당하는 뼈아픈 경험이었다. 학교에서는 지적은 있을지언정 거절은 없었다. 공부를 잘하든 못하든 모든 친구들이 함께 다음 학년으로 올라갈 수 있었다. 대학 입시 경쟁 또한 치열하긴 했으나 공부를 소홀히 하면 내가 원하는 대학을 갈 수 없다는 선택권의 폭에 대한 문제였지, 이렇게 차갑게 거부당하는 느낌은 아니었다. 이건 그야말로 사회에 아무런 쓸모가 없는 사람으로 낙인 찍혀 버린 듯한 비참한 기분이었다.

학기 말쯤의 나는 "나 따위를 뽑는 회사가 있으면 그게 더 이상하다"며 너스레를 떨 정도로 자포자기한 상태였다. 하지만 다행스럽게도 막판에 몇 개 회사에 서류를 통과하고 최종 합격까지 했다. 한 학기 동안 연마한 자소서 작성 실력과 절박함이 한몫했을 것이다. 하지만 이 또한 십여 년이 넘은 이야기다. 요즘의 취업난 소식

나 자신과의 화해

을 들으면 친구들과 모두 "우리는 요즘 태어났으면 절대 직장 못 얻었을 거다"라며 고개를 절레절레 흔든다.

세상 사람 모두가 각자의 삶의 무게를 지니지만 특히나 길어지는 저성장의 시대, 더 나은 미래가 보이지 않는 이 시기에 청년으로 살아간다는 것은 정말 쉽지 않은 일로 느껴진다. 끝이 보이지 않는 취업 준비의 막막함을 19세기에 이미 담아낸 작품이 있다.

※

한 상점 안의 모습을 묘사한 그림이다. 벽에 그림이 많이 붙어 있는 것으로 보아 이곳은 그림을 사고파는 화방이다. 각자의 일에 정신이 팔린 사람들 사이, 한 소녀가 정중앙에 불안한 표정으로 서 있다. 착잡해 보이는 소녀의 오른쪽에서 도매상이 그림을 살펴보고 있다. 아마도 소녀가 직접 그린 그림을 감정하는 중일 것이다.

검은 모자를 쓰고 검은 드레스를 입은 데서 소녀가 최근 상을 당했다는 사실을 알 수 있다. 결혼 반지는 끼고 있지 않으니 부모님이 돌아가신 것으로 짐작된다. 소녀와 그녀의 곁에 선 남동생은 부모를 여의고 서로에게 의지해 어렵게 살아가는 처지일 것이다.

차가운 눈으로 그림을 바라보고 있는 도매상이 작품에 그리 좋은 금액을 매겨줄 것 같지는 않다. 그림이 팔리지 않을 것이란 예감 때문인지 소녀는 불안한 모습으로 손뜨개 실을 만지작거린다. 아래로 힘없이 떨궈진 시선과 불안한 손이 안쓰럽다.

책상 옆에는 그림을 팔러 온 사람이 앉을 수 있도록 의자가 놓여 있지만 도매상은 소녀에게 잠시나마 자리를 권할 생각이 없어

| 에밀리 메리 오즈번, 〈이름도 없이, 친구도 없이〉, 1857

보인다. 소녀 또한 자리에 앉으려는 엄두조차 내지 못한다. 덩그러니 비어 있는 의자가 더없이 휑하게 느껴진다.

소녀의 마음은 타들어 가지만 가게 안은 다른 세상이다. 화면 왼편의 의자에 앉은 남자와 그의 친구는 곁눈질로 흘긋흘긋 소녀를 훔쳐보고 있다. 그림 속 발레리나와 소녀를 번갈아 바라보며 누가 더 예쁜지 비교하기 바쁜 것 같다. 이들을 제외하고는 모두 자신의 일에 빠져 있어서 소녀의 걱정 따위에는 전혀 관심이 없다. 그림이 팔리길 간절히 바라는 소녀의 흔들리는 눈빛과 다른 이들의 무심한 시선이 극명한 대조를 이룬다.

더욱 안타까운 것은 그림에 암시된 내용으로 미루어 보아 소녀가 아마 그림을 팔지 못했을 것이라는 사실이다. 뒤편으로 가게를 나서는 소녀와 그림을 말아 들고 그 뒤를 따르는 소년의 뒷모습이 보인다. 옷차림은 다르지만 사실은 그림을 팔지 못하고 가게를 나서는 소녀와 동생의 미래를 드러내는 장치이다. 그들은 얼마나 더 많은 화방을 헤매야 그림을 팔아 따뜻한 빵을 살 돈을 마련할 수 있을까.

이 작품의 제목은 〈이름도 없이, 친구도 없이〉이다. 마치 소녀의 절박한 상황을 압축한 것 같은 구절이다. 부모님도 계시지 않은 상황에서 자신과 어린 동생을 책임져야 하는 소녀가 유일하게 할 줄 아는 것은 그림을 그리는 일이다. 하지만 그림에 누군가 기꺼이 돈을 지불할 만큼 명성이 있지는 않으며 이러한 고통을 알아줄 친구 또한 주변에 없다. 작품과 제목이 어우러져 삶의 중심이 흔들리는 가장 위태로운 순간 외롭고 기댈 곳 없는 소녀의 처지를 적나라하게 드러낸다.

이 작품을 그린 에밀리 메리 오즈번은 빅토리아 시대를 대표하는 여성 화가 중 한 명이다. 그녀는 뛰어난 그림 실력과 열정으로 그림을 시작한 지 오래되지 않아 명성을 떨쳤으며, 로열 아카데미에서 정기 전시회를 열고 자신만의 작업실을 살 수 있을 정도의 큰돈도 벌어들였다. 하지만 여성 화가의 성공이 쉽지 않았던 시기였기에 그런 그녀에게도 그림 한 장을 팔기 어려웠던 시절이 있었을 것이다. 따라서 이 작품은 어느 정도 화가가 가장 힘들었던 시기에 대한 회고에 기반하고 있다.

하지만 이 그림은 단순히 작가가 겪었던 개인적인 시련을 투영하는 것만은 아니다. 그림이 그려졌던 1857년을 전후로 런던에서는 급격한 산업 혁명으로 여러 면에서 폭발적인 성장이 일어나고 있었다. 산업 혁명은 사회에 일정 수준의 풍요로움을 가져다 주었지만, 한편으로는 계급의 격차를 엄청난 속도로 벌려 놓고 있었다. 또한 급변하는 사회 구조를 지탱할 아무런 사회 보장 정책이 마련되지 않아 삶의 질이 바닥으로 곤두박질칠 수도 있다는 위험이 내재했다. 이런 상황 속에서 적절하고 균등한 일자리의 기회를 제공받지 못하는 노동 계급들의 삶이란 깨지기 쉬운 유리같이 불안한 것이었다.

그래서 작가는 이 작품의 부제를 통해서 감상자가 좀 더 많은 것을 보기를 원했다. 〈이름도 없이, 친구도 없이〉라는 서글픈 제목의 부제는 다음과 같은 의미심장한 성경 구절로 붙여졌다.

나 자신과의 화해

부유한 자의 재물은 그의 견고한 성읍이요, 가난한 자의 궁핍은 그의 패망이니라.

재화라는 것이 부유한 사람과 가난한 사람 모두에게 끼칠 수 있는 해악에 대해 날카롭게 경고한 글귀이다. 즉, 작품은 가진 자와 가지지 못한 자, 남성과 여성, 기성세대와 청년세대 등 극단으로 치우쳐 이 사회를 양분하는 모든 격차가 궁극적으로 우리 사회 전체를 가난하게 만든다는 사실을 말하고 싶었던 것이다.

이 사회의 모든 소외받는 약자를 대변하는 소녀는 수적으로 열세이고 강자들에게 둘러싸여 있으며 연약해 보인다. 하지만 동시에 소녀는 중심에서 거대하게 그려져 강한 존재감을 내뿜는다. 이는 약자일지언정 따뜻한 마음을 가지고 성실하게 살아가는 사람들이 가장 위대하며 중요한 존재라는 사실을 드러낸다. 소녀는 언젠가는 그림을 팔고 자립할 수 있을 것이다. 작가인 오즈번 자신처럼 말이다.

※

소녀의 갈 곳 잃은 구슬픈 눈빛을 볼 때면 불안한 취업 준비생이었던 나의 과거가 떠오른다. 자신의 삶 하나도 책임질 수 없는 무능력한 사람은 아닌지 스스로에게 되물으며 터덜터덜 집으로 돌아가던 힘없는 발걸음이 기억난다. 예나 지금이나 아직 날개를 활짝 펴지 못한 이들에게 세상살이란 참 고달픈 일이 아닐 수 없다.

그때의 나와 지금의 나는 얼마나 달라졌을까. 가장 가고 싶던 회사에 최종 합격되어 눈물을 흘리며 기뻐했지만 나는 몇 년 뒤 그 직장을 그만두었다. 새로운 일을 찾아 헤맬 때는 또 다시 내 능력의 부족함을 체감하며 괴로워했다. 그 이후로도 여러 차례 직장을 얻었다가 그만두기를 반복했고, 지금도 밥벌이를 하기 위해 고군분투하고 있다. 첫 취업만큼이나 삶의 매 순간이 쉽지 않다.

다만 이제는 예전만큼 불안해하지 않는다. 더 이상 능력이 없다며 스스로를 몰아붙이지 않기로 했다. 그저 묵묵히 그때 그때 내가 할 수 있는 만큼의 몫을 해낼 뿐이다. 도저히 내 깜냥으론 감당이 안 될 것 같아 우울해질 때는 '괜찮아. 남들도 다 대충 이렇게 때우면서 살아!'라고 스스로를 북돋아 주는 뻔뻔함도 생겼다. 상황은 그다지 나아지진 않았지만, 그 상황에 대처하는 나라는 사람은 조금씩 나아지고 있다.

나의 과거에도 있었고 미래에도 있을, 쉽지 않은 첫 출발과 두려운 첫 발걸음이 누구에게나 있다는 사실을 알고 있다. 세상을 살아간다면 누구나 이런 일을 겪는다는 사실이 어떤 날은 위안이 되기도, 어떤 날은 조금 서글프게 느껴지기도 한다. 작품 속 소녀처럼 열심히 살아가려는 마음 따뜻한 사람들이 모두 밥 걱정을 하지 않을 수 있는 세상이 왔으면 좋겠다.

나 자신과의 화해

우리 모두에겐
이름이 있다

●

앙리 드 툴루즈 로트레크
Henri de Toulouse-Lautrec, 1864-1901

우연히 유튜브에서 2018년도 〈브리튼스 갓 탤런트*Britain's Got Talent*〉를 보게 되었다. 각자의 다양한 재능으로 경선을 벌이는, 서바이벌의 원조 격인 이 프로그램에서 리 리들리Lee Ridley라는 39세의 영국 남성이 스탠드업 코미디를 하고 있었다.

그런데 그는 내가 이제까지 봐 왔던 스탠드업 코미디언들과는 달랐다. 그는 생후 6개월에 뇌성마비 진단을 받았고, 이로 인한 뇌 신경 문제로 목소리를 잃어 태어나서 단 한 번도 말을 해 본 적이 없었다. 무대에 선 그는 잠시도 가만히 서 있지 못하고 몸을 휘청였다. 그런데 그가 무려 달변가들만 할 수 있다는 스탠드업 코미디를 하겠다는 것이었다.

본인을 목소리를 잃은 남자Lost voice guy라고 소개한 그는 타이핑된 문자를 음성으로 변환하는 어플을 이용해 준비해 온 이야기를 들려주는 방식으로 관객과 소통했다. 장애인 코미디언을 처음 접했던 나는 그를 어떻게 바라봐야 할지 알 수 없어 조금은 어색한 기분이 들었다. 영상 속 관람객들의 표정을 보니 그들도 나와 같은 생각을 하는 것 같았다. 그런데 그가 그가 간단히 자기소개를 마치고는 이렇게 말하는 것이었다.

솔직히 말하면 제 실력이 어느 정도인지 모르겠어요. 여러분들의 반응에 맡기겠습니다. 하지만 알아두세요. 장애인을 보고 웃지 않으면 지옥에 갈 겁니다.

장애인을 완전히 편하게 생각하지 못하는 사람들의 심리를 비튼 유머에 모두가 박장대소했고, 4분간의 공연 내내 폭소가 이어졌다. 스티븐 호킹과 똑같은 음성 서비스를 사용하는 그는, 성대모사를 한다며 지하철 안내 방송과 우체국 창구 호출 멘트를 들려주며 너스레를 떨기도 하고, 시각 장애인과 열차 장애인석을 두고 옥신각신했던 경험을 재치 있게 표현하며 결국 관람객들의 기립 박수를 이끌어 냈다.

영미권 특유의 언어유희가 많아 그의 농담을 우리말로 그대로 옮기기는 힘들다. 하지만 그의 마무리 멘트는 재미있으면서도 깊은 인상을 남겼다.

저는 장애인을 지칭하는 '정치적으로 올바른politically correct' 표현이 너무나 많은 것이 싫습니다. 특수 학교Special school, 특수 요청Special needs, 특수 올림픽Special Olympic……. 저는 제가 뭐가 그렇게 '특수'한지 잘 모르겠습니다.
그래서 저는 언제나 뉴스에서 특수 부대Special Forces가 전쟁에 나간다는 소식을 들으면 두렵답니다.

관객들은 그야말로 자지러졌다. 한 심사위원의 코멘트대로 그의 이야기는 촌철살인의 풍자와 꼬집음으로 관객들을 불편하게 만듦으로써 현실을 다시금 생각하게 만드는 힘이 있었다. 이것이 바로 스탠드업 코미디의 기본이었다.

자신의 경험을 기반으로 현실을 풍자하는 스탠드업 코미디의 특성상 그의 화두 또한 장애에 대한 것이었다. 그러나 그는 모두가 안타깝게 여길 만한 사연이나 눈물 나는 극복담이 아닌, 장애라는 것을 가진 '한 사람으로서의 경험'을 자신만의 특별한 관점에서 들려주었다.

결국 그는 결승에서 우승을 거머쥐었고, 팡파레가 울리자 세상을 다 가진 듯 시원하고 아름답게 웃었다. 눈물이 많은 나도 그 장면만은 울지 않고 너무나 기쁘게 볼 수 있었다. 그는 대상을 받아야만 하는 특출난 재능의, 영리하고 감각적인 스탠드업 코미디언이었다.

※

예술가들 중에서도 장애를 가지고 있던 이가 있다. 앙리 드 툴루즈 로트레크는 제1차 세계대전(1914) 직전인 19세기 파리의 다채로운 모습을 독특한 관점으로 포착했던 프랑스의 화가다. 로트레크는 12세기부터 이어져 내려오는 유서 깊은 귀족 가문 출신으로, 백작이었던 아버지와 어머니는 사촌지간이었다.

당시 귀족 가문에서 가계 내의 결혼은 흔한 일이었다. 이러한 근친혼의 영향 때문인지 그는 어릴 때부터 자주 아팠고 성장이 더뎠다. 특히 뼈가 아주 약해서 8살부터 여러 번의 낙상 사고를 겪었고, 14살과 15살이 되던 해에 연이어 일어난 사고로 좌우 허벅지 뼈가 부러진 뒤로는 키가 거의 자라지 않았다. 그는 결과적으로 152센티미터의 키에, 상반신은 평균적인 성인 남성과 비슷하지만 하반신이 과도하게 짧은 모습으로 평생 지팡이에 의지해 걸어야 했다.

명예를 중시하던 귀족 가문에서 온전하지 못한 신체는 로트레크에게 많은 제약을 안겨 주었다. 그에겐 누릴 것이 많았지만 그것을 누릴 수 있는 신체의 자유가 없었다. 특히 그는 그의 아버지를 포함한 대부분의 귀족들의 취미였던 승마와 사냥을 즐기기 힘들었다. 이것은 자연스럽게 그를 그가 속한 사회 안에서 아웃사이더로 겉돌게 만들었다. 야외 활동에서 소외되었던 그는 실내에서 할 수 있고 타고난 예술적 감성을 뽐낼 수 있는 미술에 점점 빠져들었다.

성인이 된 후 파리의 몽마르트르에 거처를 마련한 로트레크는 파리의 가장 낭만적인 시기를 그만의 색다른 관점으로 다양하게 표현해 냈다. 그는 활기 넘치는 파리 밤 문화의 산증인이었다. 당시에 함께 활동했던 인상파 화가들이 눈부신 빛을 따라 한낮의 야외로 향할 때 그는 물랭 루주를 제 집처럼 드나들며 밤의 유흥가

| 앙리 드 툴루즈 로트레크, 〈물랭 루주에서의 춤〉, 1890

속 사람들을 쫓았다. 그가 재빠른 크로키로 그려 낸 춤추는 사람들의 모습은 마치 스냅샷처럼 당시의 현장감을 그대로 전달한다.

로트레크는 다방면으로 끼가 많은 화가였고, 특히 감각적인 포스터로 인기를 끌었지만 그의 수많은 작품들 중 개인적으로 가장 마음에 와닿는 것은 인물화이다. 그는 아주 어린 시절부터 자신 주변의 대상들을 자주 스케치했는데 그중에서도 그가 평생에 걸쳐 가장 집중했던 주제는 인물이었다. 그는 당대를 살아가는 익명화된 존재들이 아닌, 자신이 잘 알고 있는 사람들을 그들의 삶과 개성이 드러나도록 화폭에 담았다.

〈세탁부〉에서 인물을 향한 그의 애정이 잘 드러난다. 1884년 로트레크는 몽마르트르에 위치한 페르낭 코르몽Fernand Cormon의 아틀리에에서 미술을 배우고 있었다. 그러던 어느 날 수업 후에 우연히 동료 화가인 앙리 라슈Henri Rachou와 식사 중이던 세탁부 카르멘 고댕Carmen Gaudin을 만나게 된다. 고댕의 불타는 듯한 붉은 머리에 강렬한 아름다움을 느낀 로트레크는 이후 그녀를 모델로 13점의 초상화를 남겼다.

여자가 한참 일하던 세탁 작업대에 손을 짚고 기대어 있다. 어둡고 냄새나는 작업실에서 몇 시간을 서서 일했을까. 내내 긴장했던 온몸에 잠시 힘을 빼고 기대선 그녀의 시선이 창밖 풍경에 머무른다. 흐트러 내려진 앞머리에 가려 그녀의 눈빛은 잘 보이지 않는다. 하지만 그녀의 다문 입가에는 얼마간의 한숨과 체념이 어려 있다. 당대의 상류층들에게는 보이지 않았을 어두운 골방 속 그녀의 삶이 작품에 남아 있다.

앙리 드 툴루즈 로트레크, 〈세탁부〉, 1886

| 앙리 드 툴루즈 로트레크, 〈분홍색 스타킹을 신은 무용수〉, 1890

로트레크는 귀족이라는 자신의 지위에 지위에 얽매이지 않고, 쉽게 무시당하곤 했던 하층민과도 허물없이 친구처럼 지냈다. 귀족, 예술가, 지식인, 작가뿐만 아니라 막간극 배우, 서커스 단원, 운동 선수, 상점 주인, 매춘부, 마부와도 폭넓게 관계를 맺었다. 알려진 것에 의하면 로트레크는 괴짜 같은 면도 많았지만 기본적으로 사교적인 성격에 말주변이 좋았다고 한다. 그는 늘 유쾌하고 자신감 넘치는 어조로 말했고, 재치와 유머 감각이 있었다.

로트레크는 물랭 루주의 화려함에 매료되어 한때 그곳에서 살다시피 했는데, 무용수들과 격의 없이 지내며 대기실에 들어가는 것도 허락되었다고 한다. 물랭 루주의 무용수들은 쉽사리 드러내기 힘든 번잡스러운 노동의 현장을 로트레크에게만은 거리낌 없이 보여주었다.

〈분홍색 스타킹을 신은 무용수〉에서 로트레크는 무대의 뒤편에서 휴식을 취하는 무용수의 모습을 포착했다. 어쩌면 한창 연습 중이었을지도 모른다. 무용수를 그린 다른 화가들의 작품들은 무대 위에서 공연을 하는 화려한 절정의 순간을 묘사한 것이 대부분이다. 하지만 로트레크의 작품 속 그녀는 땀에 절었을 옷을 입고 다리를 편하게 벌려 앉은 채 숨을 고르고 있다. 고된 노동을 소화해내는 생활 노동자로서의 고단함이 그녀의 마른 몸에 얹혀 있다. 지친 하루 중에 찰나의 휴식을 취하는 그녀의 마음이 생생하게 와닿는다.

로트레크는 아무도 관심을 두지 않았던 파리 매춘부들의 일상의 모습 또한 많이 그려 냈다. 그는 당연하다는 듯 비난받곤 했던 그들의 사회적 지위가 아닌 인간적인 면모에 주목했다. 로트레크는 그들이 위선적인 상류층 사람들보다 오히려 더 진솔하다고 생각했으며, 그들의 다정다감한 성격과 꾸밈없는 자연스러운 태도를 좋아했다. 편견 없이 다가오는 로트레크에게 그들 또한 자신의 가장 내밀한 모습을 내보였다.

〈거울 앞에 선 여자〉에서는 한 여자가 거울 앞에 서서 자신의 모습을 비추고 있다. 다리에는 검은 스타킹을 신고 있고, 손에는 방금 막 벗은 듯한 블라우스를 들고 있다. 어깨 위에 올려진 단 한 줌의 삶에 대한 중압감조차 떨쳐 버리고 싶었던 걸까. 옷을 모두 벗어던진 채 자신의 적나라한 현실을 마주하고 있는 그녀는 과연 어떤 표정을 짓고 있을까. 뒤편으로 보이는 침대 위의 헝크러진 이불처럼 복잡한 그녀의 심경이 그려진다.

여성의 전신 누드이지만 에로틱함은 전혀 느껴지지 않는다. 이에 미술사학자 김진희는 "그의 매춘부는 환상이나 악몽 속에 있지 않고, 육신을 지치게 하는 피로도 느끼면서 반복되는 일상생활을 하고 있는, 그 이상도 이하도 아닌 매춘부이다"라고 언급했다.

로트레크는 인물들에게 선입견을 가지지 않았고, 그들을 동정이나 비판, 혹은 관음증 어린 호기심의 눈으로 바라보지도 않았다. 그의 작품에서는 직업이나 지위로 인해 폄하되거나 이상화되지 않은, 사람 그 자체로서의 인물이 보인다. 각자의 이름과 개성과 삶의 무게를 가지고 고유한 이야기를 써 나가는 실존하는 개인들이 그곳에 있다.

주인공과 조연으로, 잘 나가는 이와 그렇지 못한 이로, 특출한

| 앙리 드 툴르즈 로트레크, 〈거울 앞에 선 여자〉, 1897

사람과 평범한 사람으로 끊임없이 나뉘는 삶이라는 연극에서 쉽게 무명의 쪽이 되곤 하는 우리들. 기억되지 않고 쓰이지 않는 평범한 사람들의 생생한 삶의 이야기가 로트레크의 작품 속에서 저마다의 개연성을 가지고 펼쳐진다.

귀족 출신인 로트레크가 당대 화가들이 쉽게 보지 못했던 '소외받는 사람들의 실제 삶'을 볼 수 있도록 해 준 것은, 아마도 장애로 인해 가문에서 소외되었던 경험이 아니었을까. 그는 어쩌면 작품을 통해서 이렇게 말하려 했던 건지도 모른다. 당신들에게는 잘 보이지 않을지 모르지만 이곳에도 삶이 존재하며, 나 또한 여기에 살아 있다고. 장애를 가지고 있지만 현실에 단단히 발을 붙이고 서서 누구보다 빛나는 재능으로 이 세상을 그려 내고 있다고 말이다.

※

장애인이자 뛰어난 예술가이면서 타인을 가슴 깊이 이해하는 따뜻한 사람이었던 로트레크. 그는 그 모든 것의 총합체인 자신을 사람들이 선입견 없이 바라봐 주기를 바랐을 것이다. 그렇기에 그는 외면받던 사람들을 누구보다 편견 없는 시선으로 바라볼 수 있었다. 그리고 그 담담한 시선은 그 어떤 위로보다도 따스한 온기를 안고 그의 작품 곳곳에 아름답게 피어났다. 나를 포함한 대부분의 사람들이 끼고 있을 수많은 색안경들 사이에서 그의 렌즈는 유독 맑고 투명하다.

리 리들리는 〈브리튼스 갓 텔런트〉의 준결승을 앞두고 이렇게 말했다.

저의 장애는 일상생활에 영향을 끼치지만, 나는 혼자서도 잘
해내고 있습니다.

우리 사회에서 장애를 가지고 살아간다는 것은 쉽지 않을 일임
이 분명하다. 그렇기에 이에 대해 말하기가 사실은 아주 조심스럽
다. 하지만 이 이야기를 하는 것은 그의 말대로 장애가 특별할 것
없는, 버겁지 않은 일이 되는 세상이 꼭 오길 바라기 때문이다. 리
리들리처럼, 그리고 툴루즈 로트레크처럼, 우리 모두가 자유롭게
꿈을 꾸고 각자의 개성을 가진 채로 함께 어울려 살아가는 것이
당연한 세상이 될 수 있기를 진심으로 바란다.

나는 절대 나를
포기할 수 없기에

●

아르테미시아 젠틸레스키
Artemisia Gentileschi, 1593-1653

몇 년 전 한 모임 플랫폼에서 사람들과 함께 미술 작품에 대한 이야기를 나누는 모임을 기획했다. 당시에 《마크 로스코 전》이 예술의 전당에서 열리고 있었는데, 전시를 보러 가기 전에 미리 화가와 작품에 대해 알아보고 개인적인 감상을 나누는 형식이었다. 모임의 진행자로서 내가 먼저 마크 로스코Mark Rothko의 삶과 주요 작품을 간단히 설명했고, 이후 작품에 대해 자유롭게 이야기하는 시간을 가졌다.

모임에서 내가 던졌던 화두는 '당신의 슬픔은 어떤 빛깔인가요?'라는 물음이었다. 단순한 색채로 인간의 감정을 표현한 로스코의 작품 중 가장 강렬하게 감정을 환기하는 작품과 그 이유를 이야기해 보고자 했다. 대화는 자연스럽게 각자의 경험과 그때의 감정에 대한 이야기로 흘러갔고, 한 명씩 가장 강렬한 감정의 경험으로서 자신의 트라우마에 대한 이야기를 하기 시작했다.

　로스코의 작품 주제가 그렇기 때문이었는지, 그날의 분위기 때문이었는지, 혹은 트라우마란 것이 원래 모르는 사람들에게 더 이야기하기 쉬운 것인지 알 수 없지만 그날 모인 사람들은 깜짝 놀랄 만큼 솔직하게 가슴 깊숙한 상처들을 이야기하기 시작했다. 세월호 사건으로 학생들을 잃은 단원고의 교사도 있었고, 알코올 중독이었던 아버지에게 성인이 되기까지 십수 년을 매일같이 폭행당했던 사람도 있었다. 어떤 이는 성폭행을 당한 경험을 이야기했다.

　누군가는 담담하게, 누군가는 조용히 눈물을 흘리면서 이야기를 이어 나갔는데 하나하나 어찌나 마음이 아리던지. 세상에 아픔이 없는 사람은 없다는 평범한 사실이 그날만큼은 마음에 시리도록 사무쳤다. 모두 그날 처음 본 분들이었지만 그런 아픔을 딛고 각자의 자리에서 그렇게 잘 살아가 주고 있다는 것이 나는 어쩐지 대견하게 느껴졌다.

　예술가들 또한 사람이기에 트라우마에서 자유롭지 않다. 우리가 사랑하는 많은 예술가들이 삶을 걸고 고통과 싸우며 이를 예술로 승화시키기 위해 노력했다. 극한의 고통이 예술을 더욱 꽃피게 하기도 했지만, 안타깝게도 고통이 예술가의 삶을 집어삼키는 경우가 더 많았다. 그런데 우연히 알게 된 한 화가가 자신의 트라우마에 대응했던 방식은 오래 마음에 남았다. 아르테미시아 젠틸레스키라는 바로크 시대 이탈리아 화가의 이야기다.

| 아르테미시아 젠틸레스키, 〈홀로페르네스의 목을 베는 유딧〉, 1614-1621

※

최근에는 여성 예술가들에 대한 연구가 다양하게 진행되어 점점 더 많은 사례들이 연구자들에 의해 발굴되고 있고, 현대 미술에서는 활발하게 활동하고 있는 여성 예술가들이 굉장히 많다. 하지만 미술사에 관심을 가지고 보면, 과거로 갈수록 이름을 알린 여성 화가를 찾기 어렵다는 사실을 알게 된다. 여성에게 많은 것들이 허락되지 않았던 과거의 사회적 분위기 때문일 것이다.

이렇듯 여성 예술가의 이름을 찾기가 하늘의 별따기인 1600년대 바로크 시대에도 자신의 이름을 뚜렷이 각인한 한 화가가 있는데, 그가 바로 젠틸레스키이다.

젠틸레스키의 대표작은 〈홀로페르네스의 목을 베는 유딧〉이다. 유딧은 구약 성서 외전에 등장하는 민족을 구한 영웅으로, 이스라엘의 아주 작은 마을인 베툴리아Betulia에 살고 있던 아름다운 여성이었다고 한다. 어느 날 옆 나라인 아시리아Assyria의 군대가 홀로페르네스라는 장군을 선봉장으로 하여 이스라엘을 침공해 왔다. 그가 이끄는 군대가 변방에 있는 베툴리아까지 진군하자 유딧은 마을을 구할 묘안을 생각해 냈다.

유딧은 무희처럼 아름답게 치장하고 적진으로 들어가 홀로페르네스의 술 시중을 자청했다. 그리고 홀로페르네스가 술을 잔뜩 받아먹고 취해 잠들어 버리자 즉시 칼을 꺼내어 장군의 목을 베어 냈다. 유딧은 홀로페르네스의 머리를 가지고 유유히 적진을 빠져나온 뒤, 그 머리를 베툴리아 마을의 성벽에 걸어 놓았다. 처참히 두동강 난 장군의 머리와 몸을 발견한 적군들은 전의를 잃었고, 장

| 구스타프 클림트, 〈유딧과 홀로페르네스의 머리〉, 1901

수를 잃은 군대는 그대로 퇴각했다고 전해진다.

　이렇듯 유딧은 성경에 등장하는 인물 중 흔치 않은 여성 영웅이었다. 그리고 이야기에서 전해지듯 남자를 죽일 수 있는 강인함과 대범함, 그리고 아름다운 미모를 동시에 가진 여성이기도 했다. 그래서 이후 많은 화가들이 팜므 파탈Femme fatale의 모티브로 즐겨 그리게 되었다.

　유명한 화가들의 작품 중에서 유딧을 주제로 한 것을 심심치 않게 찾아볼 수 있다. 대부분의 작품은 적장의 마음을 단숨에 홀려 버릴 수 있는 유딧의 빼어난 아름다움을 강조하는 방식으로 그려졌다. 그런데 젠틸레스키가 그린 유딧은 일반적인 작품들과 완전히 결을 달리한다.

　젠틸레스키의 그림에서 보이는 것은 끔찍한 살인 현장이다. 다른 작품들 속에서는 칼을 들 수나 있을까 싶을 정도로 가녀린 팔을 가지고 있었던 유딧은 강인한 모습으로 홀로페르네스 장군의 목에 칼을 힘껏 찔러 넣고 있다. 눈이 하얗게 돌아가며 죽어 가는 장군이 손을 내뻗어 저항하려 하지만 하녀가 온몸에 힘을 실어 그를 짓누르고 있어 쉽지 않다. 이미 반쯤 베어진 목에서 솟구치는 피가 유딧의 가슴과 드레스에 튀며 하얀 침대를 온통 붉게 물들인다. 칼을 타고 흘러내린 피가 바닥에 흥건하게 번진다.

　다른 화가들이 홀로페르네스를 유혹한 유딧의 미모에 주목했다면, 젠틸레스키는 강인한 여전사로서의 모습을 부각했다. 또한 대부분의 작품들에서는 유딧의 젊음과 아름다움을 돋보이게 하기 위해서 하녀를 노인이나 유색 인종으로 묘사했다. 하지만 젠틸레스키의 작품 속 하녀는 유딧의 적극적인 조력자로 사건에 가담하고 있다. 건장한 장정인 장군을 죽이기 위해서는 그가 아무리 술에 취했다 하더라도 이처럼 두 명이 힘을 합쳐야만 했을 것이다. 이렇게 젠틸레스키의 작품에는 유딧이 장군을 살해하는 순간의 현장감이 소름 끼치도록 생생히 살아 있다.

다른 어떤 유딧 작품과 비교해도 압도적이고 강렬한 이 작품. 사실 젠틸레스키가 이런 작품을 그리게 된 배경에는 그녀 인생의 가장 큰 트라우마가 있다.

아르테미시아는 오라치오 젠틸레스키Orazio Gentileschi라는 화가의 딸이었다. 어린 시절부터 다른 형제들보다 훨씬 미술에 두각을 나타낸 딸의 재능을 알아본 아버지 오라치오는 친한 친구인 화가 타씨Tassi에게 도제 방식으로 딸의 미술 교육을 맡겼다. 기량을 닦은 젠틸레스키는 열일곱 살에 공식적으로 화가로 데뷔했다.

하지만 이 타씨라는 사람은 그녀를 동등한 화가로서 인정하지 않았다. 제자를 오로지 자신의 욕망을 채울 대상으로만 보았던 이 남자는, 다른 사람과 공모하여 10대 소녀였던 젠틸레스키를 방에 가둔 뒤 강제로 성폭행했다. 타씨의 얼굴을 할퀴고 칼을 던졌지만 광폭한 남자의 힘을 이길 순 없었다. 강간 이후 타씨는 성폭행을 무마하기 위해 거짓으로 혼인을 약속했고 자포자기한 젠틸레스키는 이를 받아들였다. 하지만 당시의 많은 성폭행범들이 사건을 무마하기 위해 썼던 이 거짓 혼인 약속은 당연히 몇 달이 지나도 지켜지지 않았다.

결국 젠틸레스키는 타씨에게 강간으로 공식적인 소송을 걸었다.

　　　　　　　　　　　　　나 자신과의 화해

지금보다도 훨씬 보수적이었던 1600년대 사회에서 여성의 강간 고소는 정말로 흔치 않은 일이었다. 이 사건이 알려지자마자 여론은 젠틸레스키를 꽃뱀으로 취급하며 무고하고 실력 있는 화가를 끌어내리기 위한 계략이라고 몰아가기 시작했다. 상황은 점점 젠틸레스키에게 불리하게 흘러갔다.

7개월간 이어진 긴 재판 과정 또한 고통이었다. 젠틸레스키의 진술이 진실이라는 것을 확인하기 위해서 두 가지 끔찍한 검사가 시행되었다. 첫 번째는 생식기에 손가락을 집어 넣어 실제로 처녀성을 잃었는지 확인하는 부인과 검사였고, 두 번째는 극한의 고통 속에서도 진술의 일관성을 잃지 않는지 확인하기 위해 손가락 관절을 부러뜨리는, 사실상 고문과 다름없는 진실성 검사였다.

이 사건은 호사가들의 입소문을 타고 이탈리아 전역에 모르는 사람이 없을 정도로 퍼져 나갔다. 그런데 여기서 사건의 전환점이 생겼다. 다른 도시까지 넘어간 소문이 새로운 물꼬를 텄다. 타씨가 유부남이었다는 사실이 밝혀진 것이다. 젠틸레스키는 그가 유부남이었다는 사실을 재판이 한창 진행되었던 중반까지도 몰랐다.

더 중요한 것은 타씨가 다른 도시에서 온갖 송사에 연루된 전적이 있는 파렴치한이었다는 사실이었다. 타씨는 고작 열네 살인 처제를 강간했으며 아내의 실종 혐의도 받고 있었다. 또한 매춘부를 강제로 성폭행하고 금품을 갈취해 도망간 사건에 대한 소송도 걸린 적이 있었다. 이렇게 사람들은 타씨의 부도덕성을 알게 되었다. 여기에 젠틸레스키가 강간당하는 장면을 목격한 타씨의 또 다른 제자가 뒤늦게 용기를 내어 진술을 해 주었다. 결국 젠틸레스키는 승소했고 타씨는 형을 받게 되었다.

하지만 재판에서 실형과 로마에서의 추방을 선고받았던 타씨는 고작 8개월간 감옥에 갇힌 후에 조기 방면되었다. 젠틸레스키에게 고통과 오욕의 연속이었던 재판 과정을 놓고 보면 그야말로 상처뿐인 승리라고 말할 수 있을 것이다.

그런 그녀가 그린 작품을 다시 한번 살펴보면, 이제 홀로페르네스와 유딧을 누구의 얼굴로 그렸을지 아마 짐작이 될 것이다. 젠틸레스키는 홀로페르네스의 얼굴에 누구보다 증오하는 타씨를, 그리고 유딧의 얼굴에는 자화상을 그려 넣었다. 다른 어떤 작품과도 비교할 수 없는 현실감은 아마도 마음속에서 수백 번 타씨를 죽였기에 가능했던 것이 아닐까.

젠틸레스키는 작품에서 타씨를 징벌하고자 하는 의도를 숨기지 않았다. 칼의 모양을 십자가처럼 그린 것도 이것은 살인이 아닌 신의 단죄를 대리하는 행위라는 것을 표현하기 위한 설정이다. 또한 유딧이 팔에 차고 있는 팔찌를 확대해 보면 달의 여신 아르테미스가 그려진 것을 확인할 수 있다. 젠틸레스키는 자신의 이름인 아르테미시아의 기원을 그려 넣음으로써 유딧이 곧 본인임을 확실히 하고자 한 것이다.

젠틸레스키는 유딧을 주제로 수십 점에 이르는 작품을 남겼는데, 당시의 작품 제작 속도를 감안하면 사실상 평생에 걸쳐 이 주제를 중점적으로 그렸다는 뜻이다. 그녀가 살았던 당시는 작가가 대부분의 작품을 후원자의 주문을 받아 제작하는 시스템이었다. 그녀에게 유딧 주제를 콕 짚어 주문한 후원자들 중 이탈리아 전역에서 유명했던 그 사건을 모르는 이는 없었을 것이다. 어쩌면 그것은 젠틸레스키가 가장 고통스러웠던 기억을 적극적으로 작품에 승화시켜 주기를 바라는, 조금은 잔인할 수도 있는 부탁이었다.

하지만 젠틸레스키는 이를 거절하거나 회피하지 않았다. 오히려 보란 듯이, 어떤 화가보다 탁월하게 이 주제를 그려 냈다. 가장 중요한 사실은 그녀가 평생의 트라우마로 남았을 사건 이후에도 삶과 커리어 중 어느 하나도 포기하지 않았다는 것이다. 그녀는 더 열정적으로 살았다. 사건 이후 결혼을 해 다섯 명의 아이를 낳아 길렀으며, 무엇보다 화가로서 계속 승승장구하며 성공가도를 걸었다. 말년에는 당시 여자들에게는 허락되지 않았던 피렌체 미술 아카데미Academy of the Arts of Drawing의 첫 여성 회원으로 등록됐을 뿐 아니라 메디치 가문의 후원을 받으며 궁정 화가로 왕성히 활동했다는 기록 또한 남아 있다.

파멸할 수도 있었던 사건을 겪었지만 그녀는 무너지지 않았다. 붓을 꺾지 않고 훌륭한 작품을 계속해서 제작했고, 가해자의 얼굴을 영원히 작품 속에 박제했다. 그리고 예순이 넘어 세상을 떠날 때까지 자신의 삶을 끝까지 잘 살아냄으로써 가장 우아한 복수를 해냈다. 그녀는 진실로 강인한 사람이었다.

젠틸레스키는 작품을 주문한 후원자에게 쓴 편지에 다음과 같은 말을 남겼다.

당신은 이 여성에게서 시저 황제의 영혼을 보게 될 것입니다.

※

그날의 미술 모임에서 나는 이런 생각을 했다. 누군가는 큰 트라우마로 인해 평범한 삶의 목표를 세우는 것조차 버거울 수도 있겠다고. 그 누군가에게는 트라우마와 싸우는 것 자체가 삶의 방향성이 될 수도 있겠다고. 물에 빠져 허우적대고 있는 사람에겐 물가로 헤엄쳐 나오는 것 외에 다른 일은 생각하기 어려울 수도 있겠다고.

젠틸레스키의 생애와 그녀의 작품들은 내가 인생의 고비들을 건널 때마다 힘이 되어 주었다. 나는 그녀만큼 멋지게 트라우마를 극복할 수는 없지만, 나보다 더한 고통을 겪고도 저렇게 당당하게 맞서 싸운 사람이 있다는 사실이 왠지 든든했다. 그녀가 남긴 멋진 작품들도 당연히 좋았지만, 더 좋았던 것은 그녀가 늙어 죽을 때까지 자신의 삶에서 어떤 좋은 것도 포기하지 않았다는 사실이었다. 무엇보다 그녀는 가장 소중한 자기 자신을 포기하지 않았다.

삶을 포기할 만한 고통을 겪은 이후에도 사람들이 삶을 이어 나간다는 것은 얼마나 대단한 일인가. 다른 이에게 드러내기 어려운 트라우마로 홀로 고통받는 분이 있다면 아르테미시아 젠틸레스키의 작품을 보여 드리고 싶다. 언젠가 그 고통이 조금이라도 흐릿해질 때까지 꼭 버텨 주기를 바라면서. 그 트라우마들이 여전히 당신의 발목을 붙잡고 있겠지만, 지금 당신의 삶을 계속해서 살아가는 그 자체만으로도 이미 이긴 것이 아닐까.

나 자신과의 화해

삶의 어두운 터널을
지나고 있을 당신께

●

에드바르 뭉크
Edvard Munch, 1863-1944

대학교 3학년 때 집이 망해 버렸다. 희망 퇴직을 하셨던 아버지는
퇴직금에 무리한 대출금을 더해 전혀 모르던 분야의 사업에 통 크
게 일을 벌이셨다. 어느 순간 우리 집은 말 그대로 빚더미 위에 올
라 앉아 있었다. 이전까지 당연하게 여겨졌던 삶의 모든 것들이 더
이상 당연하지 않았다. 이곳저곳 싼 월세를 찾아 수도 없이 이사를
다녀야만 했다. 이사를 갈수록 집은 점점 좁고 어두워졌다. 한낮에
도 어두운 방 한편에 앉아 있으면 내 미래에 빛이 한 톨이라도 있
을지 의구심이 들었다.

　다른 친구들처럼 평범하게 취업 준비를 할 수 있을 거라 생각했
던 철없던 대학생은 갑자기 모든 것이 막막해졌다. 집에 들어가면
자주 부모님이 싸우고 계셔서 괴로웠고 학교에 있으면 걱정으로
공부에 집중하기 어려웠다. 어디에 있어도 마음이 편하지 않았고

늘 이유 없이 초조했다. 어서 졸업을 하고 취직을 해서 돈을 벌어야 하는데. 아주 가까운 친구가 아니면 이런 상황을 말하기도 여의치 않았다. 창피하기도 했지만 이런 괴로움을 이야기해 봤자 누가 이해나 해 줄까 싶었기 때문이었다.

학교에 오갈 때 드는 지하철 요금을 겨우 내고 나면 한 끼에 1500원 하는 가장 저렴한 학식을 사 먹을 돈조차 빠듯했다. 시간표를 빈틈없이 꾸역꾸역 채워 넣어 3일에 몰아서 짰다. 9시부터 6시까지 점심시간이나 휴식 시간 하나 없는 연강이었다. 그렇게 하면 같이 밥을 먹자는 학교 선후배나 동기들에게 돈이 없어 점심을 함께 못 먹는 것을 시간이 없어서 안 먹는 것으로 포장할 수 있었다. 머릿속은 늘 우울한 생각으로 가득한데도 쉬는 시간에 동기들과 웃고 떠들 때는 연기를 하는 것 같은 기분이 들기도 했다.

내 인생에 이때만큼 비관적이고 나쁜 생각을 많이 했던 적이 없다. 돈을 벌 수만 있다면 무슨 일이든지 할 수 있을 것 같았고, 차라리 삶을 포기하는게 낫지 않을까 하는 생각마저 들었다. '이런 삶이 과연 의미가 있을까?'라는 의문이 매일 머릿속을 맴돌았다. 내가 지금 이렇게 고통받고 있는데, 이 고통을 죽을 둥 살 둥 이겨낸다 한들 그것이 내게 어떤 보상을 해 줄까. 누가 그걸 알아줄까. 당시의 나는 다른 사람들은 과연 이런 시기를 어떻게 이겨내고 여기에서 어떠한 의미를 발견하는지가 너무나 궁금했다.

예술가들 중에서 고통과 불행을 가장 잘 이해했던 화가는 아마 뭉크가 아닐까 싶다.

| 에드바르 뭉크, 〈절규〉, 1893

뭉크의 작품 중 가장 유명한 것은 바로 〈절규〉다. 온 하늘이 화염에 휩싸인 듯 붉게 일렁이고 있다. 혼돈의 한가운데 한 사람이 두 손으로 귀를 틀어막고 입을 벌린 채 비명을 지르고 있다. 이 작품을 보면 많은 사람이 작품 속 주인공이 절규를 하고 있다고 생각하는데, 이는 사실과 조금 다르다. 뭉크가 직접 작품에 대해 언급한 기록을 살펴보면 이렇다.

친구 두 명과 함께 나는 길을 걷고 있었다. 해는 지고 있었다. 하늘이 갑자기 핏빛의 붉은색으로 변했다. 나는 우울감에 숨을 내쉬었다. 가슴을 조이는 통증을 느꼈다 … 그리고 나는 자연을 관통해서 들려오는 거대하고 끝없는 비명을 느꼈다.

그러므로 이 작품은 뭉크 자신이 어디선가 들려오는 자연의 절규에 소스라치게 놀라며 귀를 틀어막는 모습이라는 해석이 더 맞을 것이다.

〈절규〉는 수많은 영화와 광고 등으로 패러디되며 많은 사람들의 사랑을 받고 있다. 이만큼 현대인이 느끼는 불안을 정확하게 표현한 작품이 드물기도 하다. 누구나 별다른 설명이 없어도 제목만으로 작품의 심상을 단박에 이해할 수 있을 것이다. 이는 뭉크가 필연적으로 우울의 감정을 누구보다 잘 이해할 수밖에 없었기 때문이다. 고통과 불안, 정신 질환과 죽음을 빼놓고 그의 삶을 이야기할 수 없다.

나 자신과의 화해

그는 군의관이었던 아버지 크리스티안Christian과 어머니 라우라Laura 사이에서 태어났다. 금슬이 좋았던 부부는 7년 동안 뭉크를 포함해 5명의 자녀를 낳았다. 불행의 그림자는 어머니의 갑작스런 죽음으로부터 드리워졌다. 라우라가 폐결핵으로 사망한 것이다. 뭉크가 다섯 살이 되던 해였다. 크리스티안은 라우라가 죽은 뒤 마음의 문을 닫아버리고 종교에 잘못된 방식으로 빠져들었다. 그는 아이들을 지나치게 엄격히 대하며 정서적으로 학대했다. "어머니가 일찍 죽은 것은 너희들의 원죄 때문이다"와 같은 폭언이나 손찌검도 여러 번이었다.

병약하게 태어나 학교를 그만두고 가정 학습을 해야 했을 정도로 몸과 마음이 여렸던 뭉크에게 아버지의 학대는 견디기 힘든 것이었다. 설상가상으로 열네 살이 되던 해에는 엄마같이 의지하던 누나 소피Sophie가 폐결핵으로 세상을 떠나고 말았다.

〈아픈 아이〉는 뭉크가 투병 중의 누이를 그린 작품이다. 한 친척 여성이 아픈 소녀의 손을 잡고 병상을 지키고 있다. 색감이 어둡고 붓터치가 몹시 거칠어 인물이나 사물의 형체가 분명하게 드러나지 않지만, 두 사람의 슬픔만큼은 더없이 선명하게 전달된다. 모든 것을 체념한 듯한 소녀의 눈길과 오열하듯 떨리는 여자의 어깨가 마치 직접 지켜보는 것처럼 처절하게 와닿는다. 뭉크는 20대 초반에 처음 이 작품을 그린 이후 40년간 같은 주제를 반복해서 그렸다.

이렇듯 불안한 유년시절을 보낸 뭉크는 가족의 품에서 벗어난 이후에도 언제나 파탄에 이르는 관계만 맺었다. 그의 사랑은 그의 작품들처럼 늘 어딘가 불안한 종류의 것들이었다. 유부녀와의 사

| 에드바르 뭉크, 〈아픈 아이〉, 1885-1886

랑에서 헤어나지 못하기도 했고, 자살 소동을 벌였던 약혼녀와 대화하던 중 오발 사고가 발생해 총알이 손가락에 박히는 극단적인 사건도 있었다. 감수성이 예민한 예술가에게 세상은 늘 불안정한 곳이었으며 모든 관계는 고통의 서막과도 같았다. 그래서인지 그는 팔십이 넘어 사망할 때까지 결혼하지 않았다.

그런 그가 그린 연인들의 모습은 서로 사랑하는 사람들이라는 사실이 믿기지 않을 정도로 음침해 보인다. 살짝 걷힌 커튼 사이로 환한 빛이 쏟아지고 있는 것으로 보아 작품 〈키스〉의 배경은 한낮이다. 하지만 두 사람은 빛을 피해 어두운 골방에 숨어 입을 맞추고 있다. 두 사람의 얼굴은 윤곽선이 뭉개져 하나로 합쳐질 듯하다. 하지만 이곳에 사랑의 환희는 없다. 그저 미래가 보이지 않는 관계를 놓지 못하는 희망 없는 몸짓이 있을 뿐이다.

이와 같이 그가 젊은 시절에 제작한 작품들에서는 불안과 공포, 두려움 같은 감정과 더불어 상처가 가득한 인간관계가 어둡고 암울한 색채로 그려진다. 병을 앓다 세상을 떠난 큰 누이의 방을 채운 죽음의 기운, 이루어질 수 없는 연인과의 관계에서 느끼는 절망의 감정 등이 호소력 짙게 표현되어 있다.

뭉크는 늘 자신만의 어둠 속을 헤매고 있었고, 그렇기에 인간의 불안을 어떤 예술가보다 잘 이해하고 작품에 탁월하게 표현해 냈다. 40대에 독일에서 열린 개인전이 대성공하며 거장의 반열에 올랐으나 젊은 시절부터 그를 지배해 온 정신 질환은 그 이후로도 점점 더 심해졌고, 결국 스스로 정신 병원에 들어가기에 이르렀다. 그런데 운명적인 만남이 그를 기다리고 있었다. 고흐를 알게 된 것

| 에드바르 뭉크, 〈키스〉, 1897

이다.

 뭉크와 고흐가 실제로 만났다는 기록은 없지만, 여러 기록을 바탕으로 뭉크가 1900년 이후 고흐의 작품을 전시회에서 보았을 것으로 추정된다. 고흐는 당시엔 거의 무명이나 다름없었으나, 뭉크는 자신보다 더한 고난 속에서도 실낱 같은 희망을 계속 좇으며 아주 작은 기쁨이라도 눈부신 빛으로 그려 냈던 그의 작품에 탄복했다. 뭉크는 훗날 고흐에 대해 일기에 다음과 같이 적기도 했다.

 고흐는 그의 짧은 일생 동안 자신의 불꽃이 꺼지도록 허락하지
 않았다. 그가 예술을 위해 스스로를 불태웠던 몇 년 동안 그의
 불꽃과 열정은 그의 붓 위에 있었다. 그보다 더 오래 살았고,
 더 경제적 여유가 있지만 나 또한 고흐처럼 생각하고 열망한다.
 그와 같이 내 불꽃을 소멸시키지 않고 끝까지 불타는 붓으로
 그림을 그릴 수 있기를. ― 1933. 10. 28

 몇십 년에 걸쳐 어둠의 세월을 지나온 뭉크는 누구보다 고통의 감정을 잘 이해했고 이를 효과적으로 표현하여 성공을 거뒀다. 그런데 고흐의 작품을 접한 후 뭉크의 작품에 극적인 변화가 생겼다. 고흐의 작품에서 희망의 빛깔을 본 뒤 자신의 삶에서도 새로운 변화를 꿈꾸게 된 것일까. 그는 자신의 삶에 스며들어 있던 공포와 불안이 아닌 전혀 다른 이야기를 하기 시작했다.

 전 세계인들의 사랑을 받는 만큼 모국인 노르웨이에서 뭉크에 대한 사랑은 절대적이다. 그가 노르웨이를 대표하는 국민 화가인

만큼 지폐에 등장하는 것도 당연하다. 뭉크의 초상화와 함께 그의 대표작이 들어가야 할 것이다. 그렇다면 그것은 마땅히 〈절규〉여야 하지 않을까?

그런데 지폐를 보면 고개가 갸우뚱해진다. 〈절규〉는 물론이고 우리가 흔히 봐 온 그의 수많은 대표작 중 그 어떤 것도 아니다. 지폐에 등장하는 것은 〈태양〉이라는 조금은 낯선 작품이다.

노르웨이에는 겨울에 해가 뜨지 않는 어두운 낮이 내내 이어지는 극야 현상이 있다. 한낮이 다 되어서야 해가 조금 보일 듯하다가 세 시면 해가 지고 마는 긴 어둠의 겨울. 그래서 겨울 동안 해를 거의 보지 못한 사람들이 우울증에 많이 걸린다고 한다.

깜깜한 겨울을 보내다 봄이 되어 찬란하게 떠오르는 해를 보았을 때의 기분은 어떤 것일까. 오슬로 대학의 주문을 받아 그린 이 작품에서 뭉크는 긴 겨울의 끝에 떠오르는 봄의 첫 태양을 그렸다.

이렇게 밝게, 찬란하게, 주변을 장악하듯 떠오르는 태양이 또 있을까. 아니, 어쩌면 이 태양은 그저 빛난다기보다 차라리 세상에 가장 밝은 빛을 전하기 위해 자신을 쥐어짜는 듯 절박해 보인다. 마치 태양이 스스로의 의지를 가진 것처럼 보일 정도다.

지겹도록 길었던 겨울 동안 구석구석 쌓였을 눈덩이를 모두 없애 버리겠다는 듯 태양은 밝고 강렬하게 빛나고 있다. 마치 뭉크가 길고 우울했던 삶의 후반에서나마 희망의 빛을 보려 노력했던 것처럼 말이다.

〈태양〉은 뭉크에게 유명세를 안겨 주었던 초창기의 어두운 작품들과는 확연히 다른 눈부신 색채를 안고 있다. 내게는 뭉크가 작품

↑ 에드바르 뭉크, 〈태양〉, 1911

↓ 노르웨이 1000크로네 지폐

을 통해서 이렇게 이야기하는 것처럼 느껴진다. 나 역시 어두운 터널 한가운데 있지만 저 환한 빛으로 가기 위해 계속 노력하고 있다고. 잘 되지 않더라도 힘을 내 볼 거라고. 그래도 절망보다는 희망을, 어둠보다는 빛을 이야기하는 편이 좋지 않겠느냐고. 아마도 이 작품이 그 유명한 〈절규〉를 제치고 지폐에 오른 이유도 작품이 품고 있는 희망의 빛 때문이 아닐까.

뭉크는 〈별이 빛나는 밤〉이라는 제목의 작품을 두 점 제작했다. 하나는 서른 살에, 다른 것은 예순이 넘어 그린 것이다. 젊은 시절의 작품에서는 별빛이 희미하다. 칠흑같이 어두운 바다가 검은 하늘을 집어삼킨다. 발코니 계단에 뭉크의 외로운 그림자가 어렴풋이 비친다.

이에 반해 다른 작품에서는 산등성이 위에 선 뭉크의 그림자가 선명하게 드러난다. 여전히 그는 어두운 곳에 홀로 서 있다. 하지만 그는 이제 환한 불빛이 반짝이는 마을과 하늘 위의 빛나는 별을 바라보고 있다. 고흐의 그림을 떠올리게 하는 후기의 작품을 개인적으로 더 좋아한다.

※

고통으로 가득한 삶의 시간을 버텨 내는 것에 어떠한 가치가 있을까? 나는 아직도 답을 찾지 못했다. 아무리 생각해도 그 일들이 일어나지 않았다면 더 좋았을 것이라는 무의미한 바람을 떨치기 어렵다. 그때의 일들이 지금의 나를 만들었다고 말할 수 있을 만큼 씩씩하게 그 시간을 극복해 내지 못했기 때문일 것이다. 어쩌면 극복이라는 것은 결과가 아니라 그것을 향해 계속해서 나아가는 과정 그 자체일지도 모르겠다. 어찌 됐든 그 시간이 나에게 무언가를 주었다고 믿고 싶다. 그리고 그 시기를 버텨 낸 나를 칭찬해 주고 싶다.

와인을 다룬 만화『신의 물방울』에는 '좋은 와인은 어떤 것인가'에 대한 작가 아기 다다시亜樹 直 남매의 인터뷰가 수록되어 있다. 보통 최고의 와인이라고 불리는 것들은 대부분 포도가 영글기 최적의 날씨였던, 일조량과 비가 적당했던 축복받은 생산 연도(빈티지)에 우후죽순 쏟아져 나온다고 한다.

그런데 정작 다다시 남매가 작품 속에서 '12사도'로 표현한 최고의 와인들은 포도가 익기에는 최악이라고 하는, 비와 된서리가 치던 해에 생산된 것이다. 작가는 굳이 그 와인들을 최고의 와인으로 선정한 이유에 대해 이렇게 말했다.

비와 된서리를 맞는 고통 속에서도 열매를 꼭 맺고 말겠다는 포도나무의 노력이 와인의 맛을 더할 수 없이 깊게 만듭니다. 마치 사람처럼 말이죠.

| 에드바르 뭉크, 〈별이 빛나는 밤〉, 1893

| 에드바르 뭉크, 〈별이 빛나는 밤〉, 1922-1924

아름다운 세상은
살아 볼 만한 곳

●

빈센트 반 고흐

Vincent van Gogh, 1853-1890

제주도 남동쪽, 볼거리가 아주 많지는 않은 조용한 동네에 '김영갑 갤러리두모악 미술관'이 있다. 첫 직장을 그만두고 무작정 제주도로 향했던 나는 김영갑 작가가 누구인지조차 모르는 상태로 미술관을 방문했다. 그때까지 내가 알고 있던 정보라고는 '평생 제주도 풍경을 찍었던 김영갑이라는 사진작가가 만들었다는 미술관'이라는 것뿐이었다.

알고 보니 뜻밖에 김영갑 작가는 제주도 출신이 아니었다. 부여에서 태어난 그는 우연히 방문한 제주도에 반해 스물아홉 살에 제주도에 자리를 잡았다. 그리고 죽을 때까지 평생 동안 제주도의 모습만을 카메라에 담았다. 미술관은 그가 루게릭병을 진단받은 후 폐교를 고쳐 만들어 낸 곳이었다. 그는 몸의 근육들이 점점 굳어져 가는 동안에도 작품을 담을 공간들을 직접 하나하나 다듬었고 이

나 자신과의 화해

곳을 완성한 뒤 결국 49세가 되던 해에 사망했다.

미술관 안 그의 작품들 속에는 오로지 제주도의 풍경만이 담겨 있었다. 바람이 부는 제주도의 오색 빛깔 하늘, 푸릇푸릇한 새싹이 돋은 오름, 검은 돌에 철썩이는 파도의 거품, 노을을 한껏 머금은 황금빛 머리칼을 바람에 나부끼는 억새들. 그는 제주도의 가장 아름다운 순간을 포착하기 위해 하루 종일 한 장소에서 버틴 날도 있었다고 한다. 그렇게 그는 수십 년간 마치 숨 쉬듯 제주도를 카메라에 담았다.

작품을 처음 보기 시작했을 때는 '어머, 제주도가 이렇게까지 아름다운 곳이었던가?'라는 생각이 들었다. 비슷한 풍경을 어디선가 봤던 것 같은데도, 그가 담은 모습은 무언가 달랐다. 작품을 더 둘러본 후에는 '어쩜 이렇게 예쁜 풍경들만 잘 잡아냈지. 신기하네'라고 생각했다.

하지만 어느 순간부터 그의 사진은 단순히 찰나의 영감으로 운 좋게 아름다운 장면을 포착한 것이 아니라는 느낌이 들기 시작했다. 그는 제주도가 살아 내는 모든 순간에 함께하고 있었다. 그곳을 나올 때쯤 비로소 나는 깨달았다. 아, 이 분은 제주도를 정말 사랑하셨구나…….

작품 속에는 그가 제주도를, 제주도가 품은 오름을, 오름이 안고 있는 황금빛 갈대밭을, 갈대가 바라보는 푸른 하늘을, 하늘이 말갛게 비춰진 바다를 얼마나 사랑했는지가 절절하게 드러난다. 김영갑 작가에게 제주도는 단순히 아름다운 풍경이 아니었다. 그에게 제주도는 사랑하는 이의 카메라 앞에서만 넘치도록 싱그러운 미소

를 짓는 연인이었다. 살아서 숨을 쉬고, 사랑받을 수 있고, 사랑하
는 이에게 빛나는 모습을 보여줄 수 있는 생명체였다.

　풍경 사진에 가슴 먹먹한 감동을 받은 것은 그때가 처음이었다.
별다른 관광지도 없는 한적한 동네의 작은 미술관에 사람들의 발
길이 끊이지 않는 이유는 아마도 나와 같이 느낀 분들이 많기 때
문이라 생각한다. 대상에 대한 넘쳐 나는 사랑이 느껴지는 김영갑
작가의 작품을 보며 고흐가 떠올랐다.

| 김영갑-2005

⁂

고흐는 서양 미술사상 가장 위대한 화가이자 대중적으로도 가장 인기가 많은 화가이다. 고흐가 세계인의 넘치는 사랑을 받는 데는 드라마 같은 비극적 삶도 한몫할 것이다. 그의 이름인 빈센트는 태어나자마자 죽었던 형의 이름을 물려 받은 것이었고, 어머니는 종종 어린 고흐에게 "너 대신 형이 살았어야 했는데"라고 이야기하곤 했다. 시작부터 환영받지 못한 삶이었다.

　그의 격정적인 인생사는 이미 너무나 많이 알려져 있다. 고갱과의 다툼 끝에 귀를 자른 일, 매춘부와의 동거, 만성적인 우울증, 정신 병원 요양과 발작, 젊은 나이의 자살⋯⋯. 한 사람의 삶에 이렇게 많은 고난이 있었다는 것이 신기할 정도다. 그래서인지 고흐라는 화가보다는 고흐의 생애에 대해 이야기하는 편이 더 익숙했다.

그러다 우연히 『반 고흐, 영혼의 편지』라는 책을 읽게 되었다. 고흐가 동생 테오에게 죽기 전까지 18년간 보낸 670여 통에 이르는 편지를 부가적인 설명 없이 담백하게 정리한 책이다. 이 책의 서문에서 마음을 울리는 문장을 만났다.

> 그의 그림이 극적인 인생사의 후광 없이는 아무 의미도 찾지
> 못할 정도로 보잘것없단 말인가. 그의 꽃이, 그의 별이, 그의
> 태양이, 나무와 사람들과 그 자신의 모습이 정말 영화 같은
> 인생을 장식하는 보조물에 불과한 것인가 ⋯•

이 문장을 읽고 깨달았다. 정작 고흐가 자신의 인생을 던져서 그렸던 작품들을 집중해서 본 적이 없었다는 사실을. 그가 직접 쓴 편지들을 읽으면 비극적인 삶을 살았던 고흐라는 한 개인보다, 오히려 화가로서의 그를 그려 볼 수 있게 된다.

> 노력은 존중받을 가치가 있고, 절망에서 출발하지 않고도 성공에
> 이를 수 있다. 실패를 거듭한다 해도, 퇴보하는 것처럼 느껴질
> 때가 있다 해도, 일이 애초에 의도한 것과는 다르게 돌아간다
> 해도, 다시 기운을 내고 용기를 내어야 한다.
> ― 1882년 10월 22일

• 빈센트 반 고흐, 신성림 옮김, 『반 고흐, 영혼의 편지』, 위즈덤 하우스, 2017
이후 본 장에서 언급되는 고흐의 편지는 모두 이 책을 인용한 것이다.

| 빈센트 반 고흐, 〈비애〉, 1882

고흐는 수없이 고민하며 새로운 방법을 연구하는 성실한 예술가였다. 작업량 또한 엄청났다. 그는 37년의 짧은 생애 동안 879점의 작품과 1000여 점의 습작을 남겼다. 불 같은 성격 때문에 사람들과 꾸준히 교류하거나 사교적인 활동을 하기 어려웠다는 사실을 감안하더라도 실로 엄청난 수치이다. 실제로 편지를 보면 그가 밥 먹고 자는 시간 외에는 대부분 작업에만 열정적으로 매달렸다는 사실을 알 수 있다. 그는 매 작품마다 몸이 상할 정도로 심혈을 기울였다.

그의 편지에서는 늘 인간의 좋은 면을 보고자 했던 따뜻한 예술가의 모습이 엿보인다. 예민하고 어디로 튈지 짐작이 안 되었던 고흐를 동생 테오를 제외한 누구도 따뜻하게 품어 주지 못했다. 하지만 그는 타인에게 인정이 많고 관대했다. 고흐는 인물화를 그리는 이유를 "인간이야말로 우리의 관심을 끌고, 생각하게 만들며, 직접적으로 우리를 감동시키기 때문이다"라고 말했다.

고흐가 매춘부인 시엔을 처음 만났을 때 그녀는 남자에게 버림받고 임신한 몸으로 한겨울에 길을 헤매고 있었다. 고흐는 그런 시엔을 집으로 데려가 따뜻한 물로 목욕을 할 수 있게 하고 혼자 먹기에도 부족한 빵을 나누어 먹이며 보살펴 주었다. 병색이 완연했던 시엔이 그와 함께 지내며 몸이 좋아지자 고흐는 크게 기뻐했다고 한다. 그는 시엔이 힘겹게 아이를 낳자 아이의 이름을 지어 주고 정성을 들여 그녀를 간호해 주었다.

하지만 시엔과의 동거를 알게 된 가족과 지인들은 고흐가 타락했다며 원색적으로 비난했다. 이에 대해 고흐는 "한 여자를 저버리는 일과 버림받은 여자를 돌보는 일 중 어떤 쪽이 더 교양 있고,

| 빈센트 반 고흐, 〈복권 판매소〉, 1883

더 자상하고, 더 남자다운 자세냐"며 반문했다.

고흐는 시엔과 함께 지내는 동안 시엔과 그녀의 딸을 모델로 여러 점의 그림을 그렸다. 현실의 삶에서 두 아이를 가진 가난한 매춘부였던 시엔은 고흐의 작품에서 위대한 여성으로, 자애로운 어머니로, 깊은 슬픔에 잠긴 고뇌하는 인간상으로 분했다.

그는 타인을 쉽게 단정하거나 경멸하지 않는 사려 깊은 사람이었다. 〈복권 판매소〉에서는 한 무더기의 사람들이 복권 판매소 앞에 몰려 있다. 고흐는 그곳에 모인 대부분이 늙고 가난하며, 삶을 지탱하기 위해 발버둥 치며 간신히 살아온 사람들임을 한눈에 알아보았다. 고흐 자신은 복권에 대한 환상을 갖는 것이 비합리적이라고 생각했지만, 한편으로는 그들의 입장이 될 수 없는 이상 눈으로 보이는 것만으로 판단할 수는 없다는 사실을 알고 있었다.

우리 눈에 유치해 보일 수도 있지만, 그들 입장에서 생각해 보면 정말 심각한 문제가 될 수도 있겠지. 음식을 사는 데 썼어야 할 돈, 마지막 남은 얼마 안 되는 푼돈으로 샀을지도 모르는 복권을 통해 구원을 얻으려는 그 불쌍하고 가련한 사람들의 고통과 쓸쓸한 노력을 생각해 보렴. — 1882년 10월 1일

고갱과 고흐가 같은 인물을 두고 그렸던 초상화를 비교하면 고흐가 사람에게 가졌던 존중감을 여실히 느낄 수 있다. 둘은 아를의 노란집과 같은 거리에 있던 카페의 주인 마담 지누Madame Ginoux를 완전히 다른 방식으로 그려 냈다. 고갱의 작품 속 지누 부인은

| 빈센트 반 고흐, 〈아를의 여인〉, 1888-1889

| 폴 고갱, 〈밤의 카페, 아를〉, 1888

술잔을 앞에 두고 앉아 능글맞은 미소를 짓고 있다. 그림 뒤편에는 매춘부를 그려 넣어 부인을 포주로 묘사했다. 냉소적이었던 고갱다운 설정이다. 반면 고흐는 지누 부인을 책을 읽으며 턱을 괴고 사색하는 모습으로 묘사함으로써 부인의 지적인 면모를 드러냈다.

이렇듯 인간을 사랑했던 고흐는 풍경이나 정물을 그릴 때도 단순히 형상을 옮겨 내는 데 그치지 않았다. 그는 〈나무 뿌리〉에 대해 편지에서 "온 힘을 다해 열정적으로 대지에 달라붙어 있지만, 폭풍으로 반쯤 뽑혀 나온 시커멓고 울퉁불퉁한 옹이투성이의 뿌리들 속에 살아가기 위한 발버둥을 담아내고 싶었다"라고 말했다. 그는 사람을 그릴 때만큼이나 자신을 둘러싼 풍경도 감정을 이입해 그려 냈다. 황금빛 밀밭은 유년 시절의 행복한 추억을 상기시켜 주었고, 별이 빛나는 밤하늘은 언제나 그를 꿈꾸게 해 주었다.

… 별을 그려서 희망을 표현하는 일, 석양을 통해 어떤 사람의
열정을 표현하는 일, 이런 건 결코 눈속임이라고 할 수 없다.
실제로 존재하는 걸 표현하는 것이니까. 그렇지 않니.
— 1888년 9월 3일

예술가로서의 고흐는 성실함의 의미를 이해하고 사람을 존중하며, 별빛의 아름다움에 감사하는 화가였다. 고흐는 생전에 작품을 거의 팔지 못해 생계를 걱정하며 자주 배를 곯았다. 전적으로 생계를 의지하던 동생에게 죄책감을 느껴 늘 괴로웠고, 사람들에게 이해받지 못해 외로웠다.

빈센트 반 고흐, 〈나무 뿌리〉, 1890

하지만 그럼에도 불구하고 고흐는 편지에 "이 세상은 살아 볼만한 곳이다"라고 썼다. 그렇기에 이 세상은 그림으로 그려 볼 만한 가치가 있는 곳이었다. 그는 애틋한 눈길로 세상 곳곳에 숨은 아름다움을 찾아 냈다. 그가 캔버스에 펼쳐 낸 눈부신 색채는 그가 세상에 대해 가졌던 애정의 빛깔이었다.

※

누군가는 루게릭병으로 고통받다 세상을 떠난 김영갑 작가의 인생을 비극으로 정의할 수도 있다. 하지만 그의 작품들을 보고 있자면 그의 고통의 순간들이 잘 그려지지 않는다. 그저 눈부시게 사랑스러운 제주도의 아름다움이 있을 뿐이다. 많은 수난이 있었을지언정 어떤 대상을 그렇게까지 사랑할 수 있었던 사람의 삶이 불행했으리라고는 함부로 말할 수 없을 것이다.

고흐에 대해서도 그렇다. 세상에 대한 애정과 무엇보다 사랑하는 직업, 자신을 온전히 이해하는 동생을 가졌던 고흐의 삶 또한 비극이라는 한 단어로 단정하기는 어렵게 느껴진다.

한 번쯤 고흐에 대한 슬픈 이야기를 머릿속에서 비우고 고흐의 작품을 보면 어떨까. 오로지 그가 그린 해바라기의 찬란한 노란빛, 눈이 시리도록 청명한 하늘, 숭고한 사람들을 바라보는 것이다. 고흐의 비극적인 삶을 굳이 떠올리지 않더라도, 그의 작품 속 별들과 풍경과 아름다운 사람들은 찬란한 빛을 잃지 않는다.

천문학적인 액수는
그의 삶에 매겨진 것

●

마크 로스코

Mark Rothko, 1903-1970

십 대 시절에 좋아했던 아이돌 가수나 배우들이 재활약하는 모습을 보면 감회가 새롭다. 화려했던 그 시절을 지나 함께 나이 들어가며 인간적으로도 훨씬 친근해진 그들의 모습이 꼭 동창을 다시 만난 것처럼 반갑다. 정상의 자리를 찍고 내려오는 흔치 않은 경험을 했던 그들이, 또 다른 삶을 잘 살아 내는 것만으로 어쩐지 뭉클할 때도 있다.

그중에서도 최근에 가장 관심을 갖게 된 연예인을 꼽으라면 핑클의 옥주현 님이다. 걸그룹의 효시라고 할 수 있는 4인조 그룹 핑클에서 메인 보컬을 맡았던 그녀다. 그녀가 노래를 잘 하는 것은 이미 아이돌 활동 시절에도 누구나 아는 바였지만, 최근에 뮤지컬 배우로 활동하는 모습을 보면 그녀는 이제 다른 분야에서도 최고를 향해 나아가고 있다는 사실을 알 수 있었다.

나 자신과의 화해

몇 년 전 아주 오랜만에 뮤지컬을 보러 가면서 옥주현 님의 공연을 꼭 짚어 골랐던 이유도 그녀가 나의 기억 속 모습과 어떻게 달라졌는지 궁금했기 때문이었다. 그리고 실제로 보게 된 그녀는 완연한 디바의 모습이었다. 고음을 내지를 때마다 그녀의 목소리로 공연장이 꽉 차는 느낌에 몇 번이나 소름이 돋았는지 모른다. 뮤지컬을 많이 보지 않은 내가 그녀의 실력에 대해 함부로 왈가왈부하기는 어렵지만, 적어도 그녀가 다른 단계로 발돋움했다는 사실만은 분명해 보였다.

실제로 그녀는 2005년에 처음 뮤지컬에 입문한 이후로 꾸준히 실력을 향상시켜 가면서 명실상부 티켓 파워가 있는 배우로 손꼽히고 있다. 많은 관람객을 모으며 인기를 끌었던 뮤지컬 〈레베카〉에서는 댄버스 부인 역을 맡아 팬들에게 '옥댄버'로 불리며 티켓 완판을 이어가기도 했다.

최근에는 한 인터뷰를 보고 자신의 일을 대하는 그녀의 태도에 존경심마저 가지게 되었다. 그녀가 매일같이 반복되는 공연에서 늘 최고의 모습을 선보이려 얼마나 다방면으로 부단히 노력하는지 알 수 있었다. 그녀는 최고의 성량을 내기 위해 이비인후과 전문의에게서 성대를 이루는 근육에 대해 배우고, 정확한 딕션을 위해 음성학을 공부하며 한국어의 특성에 맞춘 화성과 발음을 조합하는 연구를 하고 있었다. 또한 인물에 걸맞은 체형과 연속 공연을 버틸 체력을 유지하기 위해 숨 쉴 틈 없는 스케줄로 매일 스스로를 단련하고 있었다. 최고의 공연을 위해 삶의 대부분의 시간을 쏟아붓는 그녀의 노력은 자기 관리를 넘어서는 것이었다. 그녀는 자신이 이렇게까지 노력해야 하는 이유에 대해 다음과 같이 말했다.

관람객 분들이 공연을 굉장히 비싼 돈을 주고 오는 것이다.
사실 대단한 거다. 월급을 받아서 그중에 몇십만 원을 쓴다는
것이. CD처럼 남는 것도 아니니까 정말 비싼 돈인 거다. 그러니
그들에게 정말 최고의 시간을 만들어 줘야 한다.*

그녀가 그렇게까지 혹독하게 자신을 관리하는 것은 자신이 사랑
하는 일과 자신을 사랑해 주는 사람들에 대한 진정성 때문이었다.
자신의 공연을 기대하는 사람들을 만족시켜야 한다는 절박함이
그녀를 움직이게 했다. 그런 마음가짐으로 임하는 공연들이 사람
들을 감동시키는 것은 당연하지 않을까. 최선의 것을 만들기 위해
자신의 일에 헌신하는 태도는 결과물에 그대로 녹아나 사람을 압
도하는 아우라를 발산하는 듯하다.

＊

미술에 관심을 갖게 된 뒤 뜻밖에도 가장 신선한 매력을 느꼈던
분야는 바로 현대 미술이었다. 현대 미술은 더 이상 캔버스 안에만
존재하지 않을뿐더러, 회화 작품이라 할지라도 도대체 무엇을 그
린 것인지 알 수 없는 경우가 많다. 무제이거나 혹은 너무나 길고
어려운 제목이 붙어 관람객을 당황스럽게 하기도 한다. 그런데도
불구하고 수십 억에서 수백 억에 이르는 작품가를 들으면 이해하
기 어려운 것을 넘어 마음이 불편한 것도 사실이다.

● Olive의 예능 프로그램 〈밥블레스유 2〉 5화에서 옥주현 님이 말한 내용을 문어체에
맞추어 일부 각색하였다.

하지만 작품가를 생각하지 않고 작품 자체와 작가의 개인적인 서사, 그리고 표현하고자 한 의도를 따라가다 보면 고전 작품보다 훨씬 재미있게 느껴지곤 했다. 오히려 현대 미술의 경우 작가의 삶과 생각을 알아갈수록 작품을 이해하기 쉬웠다. 그가 작품을 통해 표현하고자 한 의도 또한 동시대를 살아가는 사람으로서 공감대가 있어 더 와닿을 때가 많았다.

물론 그렇다고 해서 현대 미술 작품에 붙여지는 천문학적인 금액까지 너그럽게 이해하게 된 것은 아니었다. 작품 자체는 훌륭하지만 여전히 그에 붙는 놀라운 가격들에 마음으로는 동의가 잘 되지 않았다. 그런데 한 예술가를 알게 되면서 이에 대한 생각이 조금 바뀌게 되었다. 바로 마크 로스코라는 미국의 현대 미술 작가이다. 그는 아름다운 색면으로만 이루어진 작품으로 유명하다. 현대 미술을 비판할 때 '도대체 뭘 그린 거냐', 혹은 '이런 건 나도 그릴 수 있겠다'(?)라고 이야기하는 대표적인 작품들이 아닐까 싶다.

로스코는 미국의 미술 역사에서 아주 중요한, 미국이 사랑하는 현대 작가 중 한명이다. 미국은 제2차 세계대전 이후로 사실상 대부분의 분야에서 패권을 쥐고 있는 강대국이다. 그런데 마크 로스코가 한창 활동을 하던 1950년대 당시 미국에 굳이 하나의 약점으로 꼽을 수 있는 분야가 바로 예술이었다.

예술은 아무래도 시간과 역사의 누적이 필요하다는 점에서 당시의 미국은 도저히 긴 미술사를 가진 유럽을 따라갈 수 없었다. 앤디 워홀Andy Warhol을 필두로 팝 아트를 주도하며 조금씩 예술의 중심지가 되어 가긴 했지만 여전히 미국의 입장에서 아쉬운 부분이

있었다. 바로 혁신적인 아이디어로 승부하는 현대 미술은 '감동' 측면에서 고전 미술을 능가하기 어렵다는 점이었다. 그런데 로스코의 예술은 현대 미술이면서도 관람객의 마음에 울림을 주는 것이었다.

로스코는 러시아 드빈스크Dvinsk에서 유대계 러시아인으로 태어났다. 유대인으로서, 또한 이민자로서 그가 성장 과정에서 겪었던 불평등은 그의 정체성에 다양한 방식으로 영향을 미쳤다. 알파벳을 구경조차 하지 못한 채 열 살의 어린 나이로 이민을 왔지만, 예민한 감수성을 가진 똑똑한 아이는 12년의 정규 교육 과정을 8년 만에 월반 졸업하고 예일 대학교에 장학금을 받으며 입학했다.

하지만 당시의 미국에서는 유대인에 대한 차별이 극심했고 학교 또한 예외는 아니었다. 사유적이고 비판적이며 변화를 추구하는 학생이었던 로스코는 학교에서 더 이상 배울 것이 없다고 판단했다. 결국 그는 2년 만에 대학교를 중퇴한 뒤 아트 스튜던츠 리그 Art Students League라는 사설 미술 아카데미에 들어갔다. 그리고 그곳에서 예술이 앞으로 자신의 인생이 될 것이라는 사실을 깨달았다.

이후 다양한 방식으로 실험을 하면서 예술 세계를 확장시켜 나가던 그는 자신만의 작품 스타일을 만드는 결정적인 계기를 만나게 되었다. 바로 색채를 해방시킨 예술가로 평가받는 앙리 마티스의 〈붉은 화실〉이었다. 그는 붉은색이 비현실적일 정도로 모든 것을 압도한 이 작품에서 색채만이 전달할 수 있는 강렬한 감정의 힘을 느꼈다. 마티스의 예술 세계를 면밀히 관찰한 그는 색채의 힘으로 모든 것을 바꾸리라 마음 먹었다.

마크 로스코, 〈No.10〉, 1950

| 앙리 마티스, 〈붉은 화실〉, 1911

그는 순수한 색면들을 캔버스에 배치한 뒤 보는 사람을 압도할 만큼 거대한 캔버스 안에 담는 작업을 시작했다. 그는 인간을 가장 인간답게 하는 것은 사람이 느끼는 다양한 감정이며, 색채만이 그 근원적이고 순수한 감정을 그대로 표현할 수 있다고 믿었다. 그에게 색깔이란 지식이나 철학적인 사유가 필요 없이 누구라도 본능적으로 감각을 느끼게 할 수 있는 도구였다. 그는 그렇게 거대한 색면을 구성함으로써 관람자가 그 색깔 안에 잠기고, 그 경험을 통해 자신의 감정에 매몰되길 바랐다. 이에 대해 그는 다음과 같이 말했다.

한 가지 분명히 말하건대, 나는 추상주의자가 아닙니다. 나는 색과 형태의 관계 따위에는 관심이 없습니다. 비극, 황홀경, 운명같이 근본적인 인간의 감정을 표현하는 데 관심이 있을 뿐입니다. 많은 이들이 나의 그림을 보고 울며 주저 앉는 것은 내가 이러한 근본적인 인간적 감정들을 전달할 수 있다는 것을 보여줍니다. 내 그림 앞에서 눈물을 흘리는 사람들은 내가 그리면서 겪었던 종교적 체험을 똑같이 경험하는 것입니다 …

로스코는 자신의 작품을 통해 관람자가 자신의 가장 근원적인 감정에 접근하고, 이 과정을 통해 순수한 인간성을 회복하길 바랐다. 그는 영혼의 결을 건드리고 마음을 움직이는 예술의 신성한 힘을 진심으로 믿었다. 그는 예술이 인간을 더 나은 방향으로 변화시킬 수 있다고 생각했다. 이와 같은 확고한 신념을 가지고 그는 계속 작업해 나갔다. 40대 중반에 가깝도록 무명에서 벗어나지 못했고 가난했지만 그는 신경 쓰지 않았다.

이름 없는 예술가의 삶은 고달플 수밖에 없었다. 대공황 동안 극심한 경제적 궁핍을 겪어야 했던 가족들은 예술가의 길을 고수하는 그를 이해하지 못하고 비난하기도 했다. 하지만 로스코는 예술가의 삶을 사는 자신을 스스로 부양하며 예술 세계를 꾸준히 다져 나갔다. 그는 20대 후반부터 예술 작품으로 겨우 생계를 유지할 수 있을 정도가 된 50대 초반까지 브루클린Brooklyn의 유대인 교육 센터에 속한 아카데미에서 일주일에 두 차례 아이들에게 회화와 조각을 가르쳤다.

20년이 넘는 기다림 끝에 비로소 그의 예술을 사람들이 조금씩 이해하기 시작했다. 경제적인 부를 누릴 수 있는 기회도 함께 찾아왔다. 뉴욕 한복판의 마천루인 시그램Seagram 빌딩의 건물주가 1층에 위치한 초호화 레스토랑을 장식할 대형 벽화를 35,000불에 제안한 것이다.

현재의 가치로 환산하면 3억 9천만 원에 달하는 큰 금액이었고 무엇보다 50대가 넘어서야 처음으로 받게 된 개인 연작 의뢰이기도 했다. 이전까지 화가로서의 수입은 거의 없다시피 해서 아주 곤궁한 생활을 하고 있었던 로스코는 제안을 수락했다.

그런데 그의 예술관을 이해하는 사람들에게 이것은 납득할 수 없는 일이었다. 예술의 순수한 힘으로 영혼을 울리는 회화가 로스코가 추구하는 바가 아니었던가? 그런데 돈 많은 사람들이 와서 최고급 식사를 하는 초호화 레스토랑의 벽에 걸리는 그림이라니.

하지만 로스코가 작품의 제작 기간 중 여행을 하다 우연히 만난 미술사학자 존 피셔John Fischer에게 건넸다는 말은 그가 제안을 수락한 이유에 대해 조금은 다른 이야기를 전한다.

나는 그 계약을 아주 분명한 악의를 가지고, 일종의 도전으로 했네. 나는 거기서 식사를 하는 개자식들의 입맛이 딱 떨어질 만한 작품을 만들 거라고.

그는 자신의 작품으로 그곳에서 사치하며 식사하는 사람들의 영혼을 정화할 수 있다고 생각할 만큼 예술에 순수한 믿음을 가지고 있었다. 하지만 당연하게도 현실은 달랐다. 최고급 식당에서 한 끼 식사와 와인으로 노동자의 한 달 월급 정도는 쉽게 쓰는 부자들에게 그의 작품은 그저 레스토랑의 격에 맞는 예쁜 장식품일 뿐이었다. 로스코는 레스토랑이 오픈한 뒤 아내와 함께 식사를 하러 가서 그 사실을 마주했다.

실제로 로스코는 굉장히 근검절약했으며 반자본주의적인 사상을 가지고 있었다고 한다. 그는 예술 외에는 딱히 삶에서 즐기는 것이 없었다. "한 끼 식사에 5불 이상을 쓰는 것은 범죄다"라고 말하곤 했던 그는 성공한 뒤에도 늘 배달 중국 음식으로 끼니를 때웠고, 저렴하면 저렴할수록 더 좋아했다. 그는 레스토랑에서 식사를 하고 돌아온 그날 밤, 친구들에게 전화를 걸어 레스토랑에 계약금을 모두 돌려주고 자신의 작품을 찾아올 것이라고 말했다. 자신의 조수에게는 "그런 음식을 먹으면서 그런 돈을 내는 사람들은 내 작품을 절대 처다보지 않을 걸세"라며 분노했다. 로스코는 마침내 약 1년 뒤 돈을 모아 선금을 모두 되돌려주고 그림들의 소유권을 회수했다. 작품의 일부는 테이트 모던에 기부되어 현재까지 그곳에 있다.

그는 돈을 벌기 위해 예술을 택한 것이 아니었다. 그는 오직 자신의 작품을 통해 사람들이 잊고 있던 스스로의 가장 순수한 부분에 닿기를 원했다. 그가 죽기 2년 전에 의뢰받아 완성한 작업물은 그의 예술 세계의 정점으로, 그를 다른 모든 현대 미술 작가들과 구분 짓는 지점이 되어 준다.

바로 마크 로스코 예배당으로, 그가 말년에 가장 몰두했던 작업이다. 휴스턴의 수집가인 존John과 도미니크 드 메닐Dominique de Menil의 제안으로 그의 이름을 따서 지어진 이 예배당의 내부는 오직 로스코의 작품으로만 이루어져 있다. 검은색에 가까운 어두운 색조의 커다란 캔버스들이 마치 제단화처럼 놓여 있다.

로스코가 수도자의 마음으로 만들어낸 이 공간에는 말로 설명할 수 없는 엄숙함이 깃들어 있다. 그리고 그의 바람대로 이곳은 모든 종교의 예배가 열릴 수 있는 예배당이자, 사람들이 지식을 공유하는 커뮤니티의 역할을 하고 있다. 예술의 신성한 힘이 녹아 들어간 이 공간에서 사람들은 자신의 내면을 돌아보며 영성을 회복한다.

로스코는 20대에 처음 예술을 접한 뒤로 명성과 무관하게 오로지 예술에 헌신했다. 아무도 알아봐 주지도, 이해해 주지도 않는 긴 무명 시절 동안 그는 예술이란 어떤 것이어야 할지, 관람객에게 울림을 줄 수 있는 방법은 무엇일지를 고민하고 또 고민했다. 세속

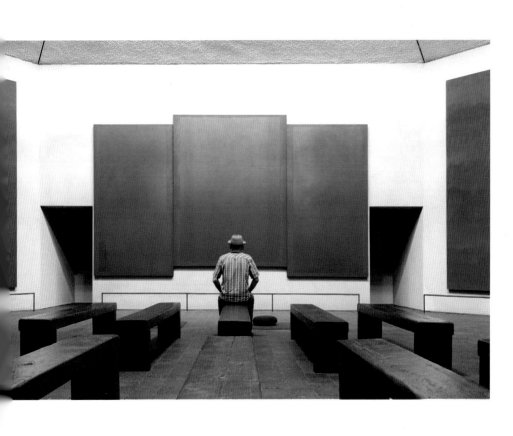

| 마크 로스코, 〈로스코 예배당〉, 1971

적인 성공만이 목표였다면 그 긴 세월을 버텨 낼 수 없었을 것이다. 그는 자신의 작품을 진정으로 이해할 누군가를 위해 외롭게 그 시간을 보냈다. 그 간절한 마음은 그가 전성기를 맞이한 이후에도, 66세의 나이로 세상을 떠나기 직전까지도 한결같았다.

가장 순수하고 아름다운 감정을 색으로 표현해 내기 위한 고집스러운 노력은 날이 갈수록 그가 더 외골수처럼 작업하도록 만들었다. 결국 그는 점점 어둠에 매몰되어 갔다. 즐기지 않았던 흥청망청한 파티를 열기도 하고 누군가가 곁에 있지 않을 때는 몹시 불안해했다. 가까운 가족마저 외면할 정도로 자신을 잃어버린 그에게 남은 친구라고는 술과 담배, 마약뿐이었다.

그가 세상을 떠난 해에 제작된 붉은색의 무제 작품은 후에 'Red'라는 애칭으로 더 유명해졌다. 마지막까지도 작품에 열중하던 그는 끝내 유서도 남기지 않은 채 스튜디오에서 홀로 손목을 그었다. 다음날 아침 조수가 그를 발견했을 때 그는 마지막 작품처럼 붉은 피로 바닥을 채운 채 싸늘하게 식어 있었다.

그의 비극적인 최후가 뇌리에 강렬하게 남아서인지, 나는 막연히 이 작품이 죽음을 암시하는 불길한 핏빛일 것이라고 예상했었다. 그런데 실제로 전시장에서 이 작품을 마주했을 때의 느낌은 예상과는 정반대였다. 작품 속에서 보이는 것은 심장의 펌프질을 통해 돌아가는 선명한 피와 맥박과 같은, 마치 활활 타오르는 불처럼 강인한 생명력이 느껴지는 힘찬 붉은빛이었다. 그가 무엇을 의도했는지는 정확히 알 길이 없지만 왜인지 내게는 그렇게 받아들여졌다. 어쩌면 순수한 예술을 위해 온 생을 바쳤던 로스코가 자신의

| 마크 로스코, 〈무제〉, 1970

예술혼이 무너져 가는 것을 느끼며 마지막으로 쥐어짜 낸 생명력은 아니었을까.

※

새로운 분야에서 최고의 길을 걷고 있는 옥주현 님과 끝까지 본인의 예술 세계를 고수했던 마크 로스코에게서 나는 자신의 모든 것을 헌신하는 진정성을 느꼈다. 자신의 작품을 누군가가 받아들여 줄 것이라고 믿고, 내가 가진 최선의 것을 혼신의 힘을 다해 이끌어 내는 과정. 과정 자체가 보상인 그들의 진정성은 작품 곳곳에 진하게 스며든다고 믿는다. 자신의 인생을 걸고 노력하는 그들의 간절한 태도와 흔들림 없는 노력 덕분에 우리는 최고의 결과물들을 즐길 수 있다.

로스코의 작품에 붙은 천문학적인 가격표를 잠시 잊고 그의 삶과 예술관, 그가 예술에 쏟은 헌신을 생각하며 다시 한번 작품을 바라본다면 누구나 충분한 감동을 느낄 수 있을 것이다. 어쩌면 한 사람이 일생을 걸었던 결과물에 가격을 매긴다는 것 자체가 불가능한 일일지 모른다. 한 장의 가격표로는 한 예술가의 피나는 노력과 열정을, 그리고 그의 인생과 철학을 설명할 수 없다.

〈미스터 빈*Mr. Bean*〉 시리즈 중에는 미스터 빈이 유명 미술관의 비싼 작품에 우연히 재채기를 하고 이를 고치려다가 완전히 작품을 망가뜨리는 에피소드가 있다. 미스터 빈이 결국에는 자신의 얼굴을 덧그려 버려 사람들을 실소하게 만드는 작품은 〈회색과 검은색의 편곡: 화가의 어머니*Arrangement in Grey and Black: The Artist's*

Mother〉이다.

이 작품을 그린 19세기 미국 출신 화가 제임스 맥닐 휘슬러James Abbott McNeill Whistler는 색채와 형태의 조화를 미학적으로 실험하고자 했다. 그는 음악적 화성에 맞추어 색채를 조화시키려는 혁신적인 시도들을 계속했고, 이를 난해하다고 받아들였던 당시의 대중들은 그를 거세게 비난했다. 마치 지금의 현대 미술처럼 말이다.

당대 유명 미술사학자였던 존 러스킨John Ruskin은 그의 전시회를 본 뒤 "대중의 얼굴에 물감통을 부어 버린 것 같은, 고작 이틀 만에 완성된 그림에 200기니라는 거금을 붙였다니 파렴치하다"라고 혹평했다. 이에 휘슬러는 명예 훼손으로 존 러스킨을 고소했다. 그는 재판의 변호문에서 다음과 같이 말했다고 한다.

나는 이틀간의 노동에 대한 가격을 매긴 것이 아니다. 그것은 내 일생의 작업으로 얻은 지식에 대한 가격이다.

어둠이 나를
집어삼키지 않도록

●

카라바조
Caravaggio, 1571-1610

아이가 태어나고 1년이 좀 안 되었을 때 문득 우울감이 찾아왔다. 그것은 처음에 우울감처럼 오지 않았다. 다만 아이의 발달 상황에 대해 지나치게 걱정하기 시작했고, 언젠가부터는 관련된 정보를 하루 종일 검색하느라 아이를 돌보는 데에 소홀할 정도가 되었다.

걱정이 멈추지 않으니 남편과 부모님을 포함한 주변인들에게 아이가 괜찮은 것 같은지 계속 물어보기 시작했는데, '아이는 아무 문제없다', '너가 예민해서 괜한 걱정을 하는 거다'라는 대답들이 엇비슷하게 돌아왔다. 왜 다 똑같이 저렇게 얘기하지. 분명 이상한 것 같은데. 하루 종일 걱정과 서러움에 사로잡혀 있었다.

그러던 어느 날 멍하니 설거지를 하고 있는데 갑자기 눈물이 줄줄 흘렀다. '세상에 나 이해해 주는 사람은 아무도 없네. 하루 종일 아기를 보는 엄마라서 잘 아는 건데. 다들 나보고 이상하대. 정

나 자신과의 화해

말 세상에 단 한 명도 날 이해 못 해.' 그 생각을 하고 몇 초 뒤에 문득 소름이 끼쳤다. 아, 이거 좀 위험하다. 그 길로 바로 보건소에서 운영하는 육아 우울증 상담소를 찾았다. 보건소의 의사 선생님은 많이 힘드셨을 것 같다며 가벼운 마음으로 정신과 진료를 받는 게 어떻겠냐고 조언해 주셨다. 그렇게 처음으로 정신과를 가게 되었다.

생전 처음 만난 정신과 선생님은 어찌나 사려 깊고 친절하시던지. 처음엔 진료실 책상 위에 환자가 앉는 쪽으로 곽티슈가 올려져 있는 게 좀 의아했는데, 알고 보니 그보다 더 정확한 위치는 없었다. 선생님의 다정한 상담 덕분에 그 곽티슈에서 휴지를 만국기처럼 계속 뽑으며 눈물 콧물을 쏟아야 했으니까. 나는 강박증과 불안장애라는 진단을 받았다. 약도 함께 처방받았는데 나의 경우에는 의사 선생님과의 상담이 훨씬 도움이 되었다.

나는 첫 상담으로부터 한 달이 채 되기 전에 약 복용과 상담을 마무리 지을 수 있었다. 역시 전문가의 도움이 필요했고 다행히 증상이 가벼운 편이었다. 아직까지 그와 비슷한 불안증은 다시 없었고 앞으로도 필요할 때는 꼭 정신과 진료를 받으리라 결심했다.

생각해 보면 이십 대에는 심리적으로 힘들었던 날이 지금보다 더 많았다. 요즘에는 '우울증은 치료받아야 하는 마음의 감기다'라는 말이 있을 정도로 우울증과 정신과 진료에 대한 인식이 많이 개선되어 가고 있지만 십여 년 전만 해도 또 다른 분위기였던 듯하다. 나 또한 정신과에 방문하는 것은 아주 극단적으로 심각한 케이스라고 생각했고, 마음이 힘들 때 간다는 것은 아예 떠올릴 수도 없는 선택지였다. 그 시절의 나는 견딜 수 없이 힘든 시기들을 매일 정신을 잃을 때까지 혼자 술을 마시면서 한동안 잠수를 타는 식으로 어찌어찌 대충 넘겼던 것 같다.

감정의 기복이 심하고 예민하며 늘 걱정이 많아 불안도가 높은 나의 성향은 타고난 기질과 유년 시절의 경험이 어우러져 만들어졌을 것이다. 우리 가정은 나름의 문제들을 가지고 있었고 특히 친척들과의 관계에서 심한 불화가 잦았다. 부모님의 말싸움조차 스트레스였던 나는 친척 모임이 자주 고함과 몸싸움으로 마무리되는 것이 그렇게 괴로울 수가 없었다.

나는 내가 가졌던 지옥 같은 감정들을 잘 해소하지 못한 채, 그것들을 대충 얼기설기 누더기처럼 꿰매 덮은 어설픈 모습으로 어느 순간 갑자기 어른이 되어 버렸다. 제대로 버려지지 않은 감정의 찌꺼기는 여전히 내 안에 그대로 남아 있다.

하지만 돌이켜 보면 나의 어두운 부분들은 그것대로 내가 더 나은 사람이 되는 데에 도움을 주었다. 나는 내 고통을 민감하게 감각하는 만큼 다른 사람의 아픔에도 예민해질 수 있었다. 그래서 최대한 다른 사람에게 상처 주지 않으려 하고 사려 깊게 말하려 노력한다. 전공도 아닐뿐더러 대학교를 졸업할 때까지 아무런 연관도 없었던 미술 작품들을 통해 위안을 받으며 새로운 꿈을 갖게 된 것 또한 타고난 예민함 때문이 아닌가 하는 생각도 든다. 걱정이 많기에 가능한 많은 대안을 신중히 검토하여 피곤한 대신 위험에 잘 대비할 수 있다. 앞으로도 쉽진 않겠지만 나의 이런 부분들을 잘 끌고 가면 조금 더 나은 내가 될 수 있지 않을까.

카라바조는 16세기 후반부터 17세기 초반에 걸쳐 활동하며 바로크 시대의 문을 연 예술가이다. "카라바조 이전에도 미술이 있었고 이후에도 미술이 있었지만, 카라바조로 인해 이 둘은 절대 같은 것이 될 수 없다"라는 말이 있을 정도로 그가 미술사에 끼친 영향은 엄청나다.

그의 엄청난 실력만큼이나 믿을 수 없는 것은 그가 미술사에서 다른 예시를 찾을 수 없을 만큼 수많은 범죄와 이해할 수 없는 악행들을 저지른 사람이라는 점이다. 신이 그에게 찬란한 아름다움을 표현하는 재능과 내면의 악마라는 가장 모순된 두 가지를 함께 줌으로써 일종의 실험을 하려 한 것이 아닐까 싶을 정도로 그의 삶과 예술은 모순으로 가득한 드라마다.

카라바조는 1571년 이탈리아 밀라노의 중산층 가정에서 태어났다. 그의 본명은 미켈란젤로 메리시 다 카라바조Michelangelo Merisi da Caravaggio로, 우리 모두가 알고 있는 거장 미켈란젤로와 이름이 같다. 실제로 그 또한 미켈란젤로를 존경하며 그와 같은 천재 예술가가 되려는 야심을 품었다고 한다. 그는 그 위대한 미켈란젤로와 구분하기 위해 그의 아버지의 고향 마을의 이름인 카라바조로 불리게 되었다.

그의 활동 시기는 화려했던 르네상스가 막바지에 다다른 매너리즘의 시대였고, 종교적으로는 가톨릭 교회를 향한 개혁의 움직임이 움트고 있었다. 즉 한 시대를 풍미했던 것들이 차츰 빛을 바래가며 새로운 동력을 필요로 하는 시기였다. 이러한 혼돈의 시기에

| 카라바조, 〈카드놀이 사기꾼〉, c.1594

그는 혜성처럼 나타나 독창적인 예술로 사람들을 압도했다. 누군가는 찬미하고 누군가는 혐오했지만, 누구도 무시할 수는 없었던 카라바조. 그의 예술은 그가 단단히 발을 딛고 있던 시공간에 대한 지극한 현실 감각으로부터 시작되었다.

초기 작품인 〈카드놀이 사기꾼〉에서는 세 명의 젊은 남성들이 한창 카드 놀이에 몰두하고 있다. 하지만 자세히 보면 이 중에 한 명은 완전히 사기판에 휘말렸다는 사실을 알 수 있다. 정면을 향해 앉은 청년은 자신이 쥐고 있는 패를 고심하며 바라보고 있지만, 우리에게 등을 보이고 있는 청년은 허리춤에서 가짜 카드를 꺼내고 있는 중이다. 그와 한 패인 뒤편에 선 사람은 눈을 한껏 치켜뜨고서 불쌍한 청년의 패를 읽어 손가락으로 알려 주고 있다. 영화 〈타짜〉의 긴장감 넘치는 배경 음악이 들릴 것만 같다. 사기를 당하는 이의 순진한 표정, 사기꾼의 조마조마해 보이는 옆얼굴, 패를 읽는 간교한 눈빛이 코믹하면서도 감탄을 자아낼 만큼 사실적이다.

이 작품은 우연한 기회에 프란체스코 마리아 델 몬테Francesco Maria del Monte 추기경의 눈에 들어오게 된다. 추기경은 당시 이탈리아의 경제와 정치 모두에 큰 영향력을 휘두르던 메디치 가문의 로마 대리인이었다. 그는 카라바조의 천재성을 한눈에 알아보았고 이후 평생에 걸쳐 가장 든든한 보호막이자 후원자가 되어 주었다. 난폭하고 참을성 없는 그가 이후 몇 번이나 범죄에 연루되었을 때 은밀한 힘을 행사해 로마 당국의 처벌을 피하게 해준 이가 바로 그였다.

델 몬테 추기경은 카라바조를 위해 자신의 저택에 작업실을 마련해 주었고 그는 그곳에서 안정적으로 작업하며 기량을 닦아 나갔다. 카라바조의 작품에서 가장 두드러지는 미학적 특징은 '빛과 어둠의 강렬한 대조'인데, 이는 미술사에서 르네상스와 바로크가 구분되는 지점이기도 하다. 르네상스의 작품이 천국을 그리듯 화면 전체에 은은한 빛을 뿌린다면, 카라바조는 연극 무대를 연출하듯 인물들을 어둠 속으로 밀어 넣고 눈부신 스포트라이트의 빛을 뿌렸다. 그는 마치 극 연출가처럼 어둠과 빛의 극적인 대조를 활용하는 동시에 치밀한 자연주의적 화법을 능수능란하게 구사했다.

그는 본능적으로 아름다움을 알아볼 수 있는 눈과 신묘한 손재주를 가진 천재 화가였지만 한편으로는 로마 길거리에서 늘 문제를 일으키는 불한당이기도 했다. 그는 특별한 이유 없이 시내를 활보할 때도 장검을 차고 다녀 불법 무기 소지로 여러 번 체포되기도 했다. 사소한 일로 벌컥 벌컥 화를 내서 자주 시비가 붙었고 밥 먹듯이 주먹을 휘둘러 패싸움을 일으켰다. 길거리의 부랑아들, 선술집의 주정뱅이와 노름꾼, 매춘부들이 그가 속한 세계의 사람들이었다.

한편 명성이 점점 퍼져 나가자 자신감이 붙은 카라바조는 새로운 변화를 시도했다. 바로 그의 세계 속 인물들, 즉 길거리의 사람들을 모델로 한 종교화였다. 이는 전례를 찾아볼 수 없는 혁신적인 시도였다.

성 마태는 머나먼 이국땅 에티오피아에서 복음을 전하다가 왕의 밀명을 받은 자객에 의해 죽임을 당한 성인이다. 보통 성인의 순교 장면은 신앙을 지키기 위해 자신의 목숨마저 아끼지 않은 영웅담

| 카라바조, 〈성 마태의 순교〉, 1599-1600

으로 표현되곤 한다. 실제로 비슷한 시기의 르네상스풍 작품 속에서 성 마태는 두려움 없이 죽음을 받아들이는 모습으로 그려졌다. 그러나 카라바조는 이를 로마 뒷골목에서 일어날 법한 지극히 현실적인 사건으로 재현했다.

화면 중앙의 자객은 바닥에 쓰러진 성 마태의 손을 난폭하게 낚아채며 고함을 지르고 있다. 성 마태는 이미 몇 차례 칼에 찔린 듯 바닥에 피를 흘리고 있다. 자객의 손에 들린 장검이 곧 성 마태의 몸을 관통할 것이다. 세례를 받기 위해 기다리고 있던 소년들은 혼비백산하여 도망치는 중이다. 끔찍한 파국 속 성 마태는 고통과 두려움으로 일그러진 얼굴을 한 채 임박한 죽음에서 달아나려 손을 내저으며 몸부림치고 있다. 성인에게도 죽음의 공포와 육신의 고통은 참기 어려운 것이었다.

종교화라는 것을 알 수 있는 유일한 단서는 화면 오른쪽 위에서 황급히 구름을 타고 내려온 천사의 모습뿐이다. 그 어디에서도 성스러움은 찾아보기 어려운 잔인한 살인극이다. 하지만 역설적이게도 이를 통해 인간의 몸을 가지고 있었던 성인들이 겪었던 무시무시한 사건들을 형형히 체감할 수 있으며, 그들의 순교가 얼마나 극한의 성스러운 행위였는지를 알 수 있다. 그리고 그것을 강조하는 것은 역시 화면 속 강렬한 빛과 어둠의 조화다. 이 어둠과 빛의 대조처럼 그는 말 그대로 성스러움에서 세속을, 그리고 세속에서 성스러움을 찾을 수 있는 화가였다.

이와 〈성 마태의 소명Calling of Saint Matthew〉 두 작품을 통해 카라바조는 명실공히 당대 로마 최고의 화가로 자리매김하게 되었다.

나 자신과의 화해

두 작품을 주문한 산 루이지 데이 프란체시San Luigi dei Francesi 성당은 그의 작품에 크게 만족했고, 시간이 지난 뒤 앞의 두 작품과 함께 놓일 중앙 제단화를 주문했다. 성 마태가 천사로부터 복음서를 받아 적는 장면을 그려 달라는 부탁이었다. 이를 통해 성 마태 삼 연작을 완성할 수 있게 될 것이었다. 카라바조는 야심 차게 작품을 완성해 냈지만 뜻밖의 혹평에 직면하게 되었다.

주문자들을 당황시킨 첫 번째 작품, 〈성 마태와 천사〉는 소실되어 사진으로만 남아 있다. 더러운 맨발에 남루한 옷을 입은, 막 밭을 갈다 온 것만 같은 중년 남자가 책에 글을 쓰고 있다. 연필을 잡은 손 모양이 어색한 것으로 보아 그는 글을 잘 읽지도 쓰지도 못할 것 같다. 어색한 표정으로 당황해서 쩔쩔매는 그의 손을 잡아 천사가 대신 글을 써 주고 있다. 천사의 거룩한 도움을 받아 성령이 충만한 모습으로 복음서를 작성해야 할 성인의 모습은 온데간데없고, 남루함만이 가득한 이 작품에 주문자들을 최종적으로 인수 거부 의사를 밝혔다.

결국 카라바조는 자신만의 창조적인 표현을 조금 덜어내고 주문자의 입맛에 맞는 두 번째 판을 빠르게 작업해 냈다. 〈성 마태의 영감〉에는 성인답게 옷을 고상하게 갖춰 입은 성 마태가 등장한다. 성 마태는 이지적인 눈빛으로 천사와 눈을 맞추며 곧게 잡은 연필로 차분하게 글을 써 내려가고 있다. 성 마태의 머리 뒤에서 날카롭게 빛나는 후광은 그가 성인임을 확실히 한다. 전작보다 훨씬 기품 있고 고상해진 성 마태는 성당 관계자들의 마음에 쏙 들었고, 이 작품은 현재까지 콘타렐리Contarelli 예배당의 중앙 제단을

↑ 카라바조, 〈성 마태와 천사〉, 1602
↓ 카라바조, 〈성 마태의 영감〉, 1602

장식하고 있다.

그러나 이 작품 전후로 카라바조는 지나치게 현실적인 표현으로 인해 작품의 인수가 거부되는 일을 여러 차례 겪었다. 이로 인해 카라바조는 자존심에 큰 상처를 입었다. 자신의 예술에 대한 신념만큼이나 거대한 분노를 마음에 품고 있던 카라바조는 이 즈음부터 걷잡을 수 없는 광포함의 길을 걷게 되었다. 그리고 그의 난폭함과 광기는 작품에까지 스며들어 사람들을 분노하게 만들었다.

결정적인 사건은 가르멜 수도회에 소속된 산타 마리아 델라 스칼라Santa Maria della Scala 성당에 걸릴 대형 제단화의 주문에 관한 것이었다. 그들은 신앙의 절대적 모델로 삼고 있던 성모 마리아의 영면을 담은 성화를 주문했다. 그런데 카라바조는 성모 마리아의 마지막 순간을 현실적이다 못해 비천해 보이는 여자가 죽는 장면으로 적나라하게 표현해 그들을 격분시켰다.

카라바조가 그린 〈성모의 죽음〉에서 고귀한 생을 마감하는 순간 천사가 노래를 부르며 하늘로 승천하는 기적은 없다. 그저 머리가 헝클어진 채, 생의 흔적이 가신 누렇게 뜬 얼굴을 한 여자의 보잘것없는 시신이 있을 뿐이다. 더 충격적인 것은 카라바조가 성모 마리아의 모델로 물에 빠져 자살한 로마 매춘부의 시체를 이용했다는 사실이었다. 그야말로 신성 모독이었다.

이 작품은 성당에 전시되자마자 수도회 책임자들의 즉각적이고 맹렬한 분노를 일으켰다. 성인을 모독한 그림은 즉시 카를로 사라체니Carlo Saraceni의 그림으로 대체되었다. 무엇보다 이로 인해 많은 로마 가톨릭 지도자들이 카라바조가 성화를 그릴 만한 기본 덕목

을 갖춘 사람인지 의심하기 시작했다. 카라바조의 명성은 여전히 공고했지만 종교계에서는 그에게 주문하는 것을 내심 꺼림직해하기 시작했다. 작품의 주문량이 전 같지 않아지자 그의 파괴적인 성향은 더욱 거세게 날뛰었다.

이 즈음의 카라바조는 경찰에게 욕설을 내뱉고, 모녀를 모욕하고, 종업원의 얼굴에 요리를 집어던지고, 여인숙 주인집에 돌을 던지고, 무기를 불법으로 소지하고, 공증인에게 상해를 입히는 등의 죄목으로 6년간 총 15번이나 수사 기록부에 이름을 올렸다. 그중에서 감옥에 갇힌 것은 최소 7번이었으며 탈옥도 여러 번 했다. 서른아홉의 나이로 길지 않은 생을 마감하기 전까지 그는 온갖 범죄에 연루되었는데, 그럼에도 계속해서 방면되었던 것은 그의 천재적인 재능을 아까워한 고위층 후원자들의 입김 때문이었다.

그러나 결국 서른다섯 살이 되던 1606년에는 더 이상 용서받기 어려운 죄를 범하게 되었다. 그는 테니스 경기 중에 붙은 사소한 시비로 상대방을 칼로 찔러 즉사시킨 뒤에 자신도 큰 부상을 입고 말았다. 그는 여러 도시를 전전하며 도피 생활을 했는데, 범죄자에 도망자 신분이었지만 가는 곳마다 그의 그림을 원하는 수많은 추종자들에게 환대를 받았다고 한다. 카라바조는 최종적으로 1607년에 몰타섬Malta Island에 당도해 그곳에서 기사 작위를 받고자 했다. 기사 작위가 살인죄에 대한 교황의 사면을 받는 데 도움이 될 것이라고 생각했던 것이다.

결국 그는 기사단에 거액의 헌정금 대신 작품을 제출하여 기사

카라바조, 〈성모의 죽음〉, 1604-1606

작위를 받는 데에 성공했다. 하지만 그의 안에 있는 괴물이 기사 작위 같은 것으로 온순해질 리 없었다. 이번에는 6개월도 채 되지 않아 동료 기사와 싸움을 벌여 기사단에서 제명되고 투옥되었다. 카라바조는 다시금 탈옥한 뒤에 한동안 시칠리아에서 머물다 나폴리로 이동했는데, 여기서 정체불명의 자객에게 공격당해 심한 부상을 입고 말았다.

겨우 회복한 그는 다시 교황의 사면을 받기 위해 회심의 작품 세 점을 준비했다. 사면을 주선해 줄 자신의 후원자이자 교황의 조카인 보르게세Borghese 추기경을 위한 선물이었다. 실제로 보르게세 추기경 또한 다방면으로 그를 방면시킬 방법을 모색하고 있었다. 하지만 그가 너무 많은 악행을 저질렀던 탓일까. 이번에는 신이 그를 돕지 않았다.

작품을 싣고 로마로 가던 도중, 카라바조를 다른 사건의 범죄자로 착각한 경비 대장이 경유지 항구에서 그를 체포해 구금한 것이다. 카라바조는 보석금을 지불하고 이틀 만에 석방되었지만 나폴리에서 싣고 온 작품들은 이미 배와 함께 떠나 버린 뒤였다. 그는 그림을 찾기 위해 다음 기착지인 포르토 에르콜레Porto Ercole까지 뜨거운 여름의 태양빛 아래를 걸어 올라갔지만 이미 그림은 종적을 감춘 뒤였다.

작품 없이는 사면을 받지 못할 것이란 낭패감과, 아직 완벽히 회복되지 못한 육체에 엉겨 붙은 피로가 그를 집어 삼켰다. 쇠약해진 그는 결국 말라리아(혹은 이질)에 걸려 신음하다가 초라한 간이 진료소 침상에서 그대로 숨을 거뒀다. 카라바조의 육신은 포르토 에르콜레의 이름 없는 공동묘지에 묘비 없이 대충 묻혀 버렸다. 현재까지도 그의 시신이 어디에 매장되었는지 알 수 없다. 천재 화가에게 어울리지 않는 초라한 죽음이자, 동시에 신의 벌을 받은 듯한 범죄자의 마땅한 최후였다.

〈골리앗의 머리를 들고 있는 다윗〉은 그의 마지막 작품으로 알려져 있다. 하느님은 다윗에게 힘을 주어 작은 돌팔매로 거대한 적장 골리앗을 물리치게 했다. 성서의 내용대로라면 다윗은 골리앗의 잘린 머리를 쳐들고 위풍당당한 모습으로 승리에 환희하고 있어야 한다. 하지만 카라바조는 어째서인지 다윗을 골리앗의 잘린 머리를 연민에 차 바라보는 모습으로 그렸다. 고통으로 일그러진 골리앗의 표정에는 슬픔과 회한이 어려 있는 것 같다. 카라바조는 잘린 골리앗의 머리에 당시의 자화상을, 그리고 다윗의 얼굴에 자신의 소년 시절의 얼굴을 그려 넣었다고 알려져 있다.

※

지금이라면 그의 불 같은 성격과 잔인한 폭력성, 괴팍한 언행과 난폭한 광기는 분노 조절 장애 진단을 받을지도 모르겠다. 늘 불안감과 피해 의식에 휩싸여 있었던 그는 일정한 거주지 없이 떠돌며 손에는 단검을 쥐고 신발을 신은 채 잠자리에 들었다고 한다. 범죄에 연루된 삶을 살면서도 그 세계에 마음 편히 머무르지 못했고, 교회의 사면을 통해 양지에 나오길 바라는 이중성을 보였다. 세속과 성스러움이 하나로 어우러진 그의 작품처럼 그 자신 또한 양자의 모습을 모두 가지고 있었다. 어쩌면 작품 속 다윗처럼 다스려지

| 카라바조, 〈골리앗의 머리를 들고 있는 다윗〉, c.1610

지 않는 자신 안의 괴물을 누구보다 쳐내 죽이고 싶었던 것은 카라바조 그 자신이었을지도 모른다.

우리가 그의 작품에서 아름다움을 느끼는 것은 이 세상이 단순히 선과 악으로 이분되기 어려운 곳이며 우리 자체도 그 이중성의 산물이라는 사실을 이해하기 때문이다. 우리도 언제나 스스로에게 끝없는 모순을 느끼며, 우리 안에 공존하는 양단의 모습 사이에서 고뇌한다. 카라바조 또한 아름다운 작품을 잉태시키는 매 순간마다 자신 안의 괴물과 지독한 전쟁을 벌였을지 모를 일이다.

그렇기에 그가 끝내 자신과의 싸움에서 패배하고 수많은 범죄를 저지른 끝에 세상을 떠났다는 사실이 더욱 안타깝다. 그가 자신의 폭력성을 잘 다스리며 오래 살아 더 많은 작품을 남겼다면 마음 편히 그의 작품을 감상할 수 있었을 것이다. 하지만 한편으로는 그가 발견한 이중성의 아름다움이 그의 지독한 내면의 싸움의 결과물이라는 사실을 인정하지 않을 수 없다. 그는 실패했지만 우리는 더 나은 삶을 살기 위해 계속해서 우리 안의 괴물들과 싸워야 할 것이다.

나 또한 여전히 내 안에 어두운 그림자들이 서늘하게 드리우는 순간들을 느낀다. 하지만 이제 그런 감정이 완전히 사라지길 기대하지는 않는다. 다시 태어나지 않는 이상 불가능한 일이라는 사실을 알기 때문이다. 이제는 그저 그 감정들의 목끈을 단단히 잡은 채로 잘 구슬려서, 그 호랑이가 늙고 이빨이 빠져 힘을 다할 때까지 데리고 가 볼 요량이다. 그 끝에는 어떤 모습으로든 나아진 내가 있기를 바라면서.

당신의 보석을
갈고 닦는 시간

●

앙리 루소
Henri Rousseau, 1844-1910

대학 시절, 같은 과에 A라는 남자 선배가 있었다. 오가며 마주칠 때 가볍게 인사를 나누는 정도의 사이였다. 이야기를 제대로 나눠 본 적은 없었지만 내가 기억하는 그는 다정다감한 말투에 늘 말끔하고 예의 바른 사람이었다.

그러던 어느 날이었다. 그날에는 조 모 교수님의 '소비자 행동'이라는 강의의 학기말 팀플 과제 발표가 있었다. 기억력이 그다지 좋지 못한 내가 이렇게까지 정확히 기억하는 이유는 그날 수업 중에 일어난 일로 꽤나 충격을 받았기 때문이다. A 선배가 발표를 마무리하고 자리로 돌아가려는데, 갑자기 교수님께서 이렇게 말씀하시는 것이었다.

"야 A야, 발표 잘 들었다. 잘했고, 근데 얘들아. 얘 노래 되게 잘한다? 너 노래나 한 곡 하고 들어가라."

"오오오오~ 한 박자 쉬고, 두 박자 쉬고~"

잘한다 해도 당시 유행하던 소몰이 창법 정도겠거니, 라고 생각하며 큰 기대를 걸지 않고 심드렁하게 보고 있었다. 그런데 조금 쑥스러워하던 A 선배가 목을 가다듬고 노래를 시작했는데, 세상에, 순간 귀가 뚫린다는 것이 무슨 말인지 알 것 같은 느낌이 들었다. 그는 정말로 맑고 청아한, 그야말로 옥구슬 굴러가는 목소리로 지금껏 들어 본 적 없는 아름다운 노래를 부르는 것이었다. 후에 알았지만 그가 불렀던 노래는 바로 뮤지컬 〈지킬 앤 하이드〉의 메인 테마곡인 '지금 이 순간'이었다.

한 곡이 다 끝나도록 강의실 안의 누구 하나 숨소리 한 번 내지 않고 집중했고, 노래가 끝나는 순간 모두가 강의실이 떠나갈 듯 환호성을 지르며 박수를 쳤다. 그건 정말 내가 눈 앞에서 들은 노래 중 가장 아름다웠다.

그리고 얼마 뒤, 한 친구가 나에게 이야기했다.

"너 그때 소비자 행동 수업 때 노래 불렀던 A 오빠 알지? 그 오빠 학교 졸업하고 뭐 한다고 하는 줄 알아?"

"아니, 몰라. 뭐 한다는데?"

"야, 뮤지컬 배우 한대. 군대도 갔다 왔는데 경영학과 졸업하고 나서 지금 나이에 뮤지컬 배우는……. 약간 무리 같지 않아?"

"진짜? 그러게……. 오빠 엄청 성실해 보이던데 좀 의외다."

내가 취업을 준비했던 해는 2007년으로, 2008년 리먼 브라더스 사태로 이어지는 금융 위기가 시작되며 취업난이 본격화되던 시기였다. 경영학과의 특성상 대다수가 공인 회계사 시험을 준비했고 나머지는 줄어드는 기업의 신규 채용에 불안해하며 졸업과 동시에 아무 회사나 일단 취직하는 것을 목표로 하고 있었다. 그런 때에 호기롭게 꿈을 향한 도전이라니.

'학점도 좋은 걸로 알고 있는데 이제 와 뮤지컬 배우라니, 좀 어렵지 않을까'라고 잠깐 생각했다가 '에휴, 누가 누굴 걱정하니. 내 걱정이나 하자'며 시험 공부로 돌아왔다. 나는 4학년 마지막 학기가 끝나 가는 12월에 겨우 취업 막차를 탈 수 있었고, 이후로는 바쁘게 사회생활에 적응하며 한동안 A 선배를 까맣게 잊고 살았다.

그런데 몇 년 뒤, 나와 내 친구들을 그 선배의 소식을 뜻밖에도 TV를 통해서 알게 되었다. 아름다운 노래로 강의실을 한순간에 무대로 바꿔 버려 우리를 깜짝 놀라게 하고, 연극영화과도 아닌 경영학과를 졸업하고 뮤지컬 배우를 한다며 한 번 더 우리를 놀라게 했던 A 선배. 그가 2011년 한국뮤지컬대상에서 남우신인상을 수상했다는 것이었다.

A 선배는 바로 2018년 조승우와 함께 쿼드러플 캐스팅으로 뮤지컬 〈지킬 앤 하이드〉의 주인공을 맡았으며 굵직한 작품에서 늘 주조연의 자리를 놓치지 않는, 현재 한국 뮤지컬계의 탑 클래스 남자 배우 중 한 명인 박은태 님이다. 그의 활동 소식을 듣게 될 때마다 대학 시절 강의실에서 들었던 노래와 함께 떠오르는 화가가 있다. 바로 19세기 프랑스의 화가 앙리 루소이다.

앙리 루소는 서양 미술사에서 비슷한 사례를 찾기 어려울 정도로 그 생애와 작품에 독특한 점을 가지고 있다. 그는 어린 시절부터 일찌감치 모두를 놀라게 할 재능을 드러내지도, 아카데미에서 수학하거나 거장의 밑에서 수업을 받는 엘리트 코스를 밟지도 않았다. 그는 정규 회화 수업을 받은 적이 단 한 번도 없었다. 그는 오랜 시간 생업이 따로 있는 '주말 화가', 즉 아마추어 화가로 커리어를 시작했다.

루소는 27살에 파리 세관 사무소에 취직한 뒤 퇴직하기까지 22년 동안 그곳에서 일했다. 그래서 평생 세관원이라는 뜻의 '두아니에Le Douanier'라고 불렸지만, 사실 그의 업무는 거창한 별명이 무색하게 단순히 선박 통행료를 징수하는 일이었다. 주말에만 그림을 그릴 수 있었던 그가 본격적으로 전시회에 작품을 내기 시작한 것은 사십 대의 일이었고, 퇴직하고 본격적으로 전업 화가로 전향한 것은 49세나 되어서였다.

당시 그가 살던 파리에서는 인상파 화가들이 캔버스에 펼친 눈부신 빛이 사람들을 사로잡고 있었다. 이에 반해 루소의 그림은 당대의 어떤 운동이나 유파, 미술 사조와도 연관 없이 마치 그 자체로 갑자기 하늘에서 뚝 떨어진 것 같은 작품이었다. 루소는 정규 교육을 받은 화가라면 당연히 이해하고 있어야 할 원근법이나 명암법을 제대로 구사하지 못했다. 그는 오로지 순수한 독학을 통해 자신의 눈에 보이는 대로, 마음이 이끄는 대로만 그림을 그렸다.

특히 초상화에서 그의 서툰 기법이 극명하게 드러나는데, 대부

분 의뢰를 받아 그려졌던 이 작품들은 오해를 사는 일이 많았다. 대표적으로 〈소녀와 인형〉의 주인공은 인형과 꽃을 들고 풀밭에 앉아 있는 어린 소녀이다. 그런데 소녀의 얼굴은 팔자 주름이 지나치게 선명하여 어딘지 늙어 보이고, 인중과 턱 밑의 명암이 과도해 수염이 덥수룩한 것처럼 보이기도 한다. 머리와 몸을 구분해 주는 목도 없으며, 무성한 잔디풀 위에 의자가 있는 것처럼 부자연스럽게 앉아 있어 흡사 투명 의자 벌을 받고 있는 것처럼 보이기도 한다. 루소의 의뢰인 가운데는 나중에 그림을 거부하거나 몰래 없애버리는 사람들이 간혹 있었다고 하는데, 루소에게는 미안하지만 그 마음이 충분히 이해가 된다.

더 당혹스러운 사실은 루소가 대상을 사실적으로 재현하기 위해 부단히 애썼다는 점이다. 한때 루소의 모델이 되었던 시인 기욤 아폴리네르Guillaume Apollinaire에 의하면 루소는 아주 특이한 방식으로 초상화를 그렸다고 한다. 그는 모델의 얼굴과 몸의 치수를 일일이 자로 잰 다음 그것을 일정한 비례로 축소해 캔버스에 옮겼다. 심지어 피부의 정확한 색을 찾으려 물감 튜브를 모델의 얼굴에 대보기까지 했다고 한다. 나름 치밀하게 그려진 초상화가 실제로 그 인물과는 전혀 닮지 않은 것으로 유명해지고 말았던 것이다.

이렇듯 정교한 기법이 부족한 루소의 작품들은 사람들의 조롱거리가 되기 일쑤였다. 꽤 오랜 시간 루소의 작품들은 농담거리로서만 주목을 받았고 악명에 가까운 명성만 얻을 뿐이었다. 1893년 앵데팡당Indépendants전에서는 작품이 지나치게 미숙하다며 출품이 거부될 위기에 처하기도 했다. 루소는 심사위원의 승인 없이도 작품을 전시할 수 있는 화가의 권리를 호소한 툴루즈 로트레크 덕택에 겨우 출품할 수 있었다. 1907년 가을 살롱전에서는 의장 프란츠 주르댕Frantz Jourdain이 그의 작품을 참지 못해 장식 미술품을 전시하는 하급 전시장으로 쫓아낸 적도 있다고 한다.

하지만 정작 루소 자신은 이러한 평가에 괴로워하지 않았다. 그는 개의치 않고 계속해서 창작 활동을 이어 갔다. 당시로서는 다소 늦은 나이인 27살에 생업을 가진 주말 화가로 시작했을지언정 그는 49살에 전업 화가로 전향하기 전까지 20년이 넘는 시간 동안 최선을 다해 작품을 그려 냈다. 자신을 향한 비난과 조롱에 굴복하지 않고 그 긴 시간 동안 스스로를 믿으며 묵묵히 자신의 예술관을 밀어붙였다.

대표작 〈잠자는 집시 여자〉에서 루소만의 매력이 물씬 풍겨 난다. 작가가 "아무리 사나운 육식 동물이라도 지쳐 잠든 먹이를 덮치는 것은 망설인다"라는 부제를 붙인 작품 속에는 어두운 배경에 잠든 집시 여성과 그녀의 냄새를 맡고 있는 사자가 등장한다.

강인지 산인지 사막인지 짚어 말하기 어려운 공간, 동이 트는 새벽인지 한밤중인지 정확히 알 수 없는 시간. 집시 여인은 만돌린과 물병을 옆에 두고 지팡이를 쥔 채 깊이 잠들었다. 그런 그녀의 곁에 발소리도 내지 않고 다가온 사자는 형형히 눈을 빛내며 조용히 그녀의 냄새를 맡고 있다. 하얀 달빛이 사자의 갈기 위에 부서진다. 사나운 맹수와 깊고 평온한 잠이 공존하는 모순의 순간이 루소만의 환상적인 화풍으로 그려져, 마치 꿈속의 장면인 듯 신비로우면서도 손에 잡힐 듯한 현실적 긴장감을 함께 안겨 준다.

| 앙리 루소, 〈잠자는 집시 여자〉, 1897

그리고 1906년부터 1910년 사이에 집중적으로 정글 주제의 작품들을 그리며 오랜 시간 응축된 루소의 끈기와 노력이 본격적으로 꽃피기 시작했다. 루소가 육십 대에 이를 때였다. 〈꿈〉에서는 이국적인 풀과 나무, 거대한 꽃이 무성한 정글 한가운데 한 여자가 나신으로 소파 위에 누워 있다. 더불어 호랑이와 코끼리 같은 야생 동물들과 피리를 불고 있는 정체 모를 검은 여인이 개연성 없이 등장한다. 그는 작품 속 대상 전부에 동등한 중요성을 부여했고 모든 세부 사항을 섬세하게 그려 냈다. 풀의 이파리 하나까지 그려 낸 치밀함, 갑작스러운 색의 변화, 비례가 정확히 맞지 않는 형태, 전경과 배경이 구분되지 않는 그의 기법은 견고하고 추상적인 아름다움을 자아내며 정글의 신비로움을 효과적으로 표현한다.

그의 구성과 상상력은 점점 향상되어 자신만의 독보적인 화법으로 완성되었다. 지식이나 기법에 매몰되지 않은 순수함과 직감이 결국 그의 강력한 무기가 되었다. 누군가의 가르침이나 도움 없이 혼자 성실하게 노력했던 삼십 여 년의 시간은 어딘가 모르게 사람의 마음을 잡아끄는 그만의 독창적인 작품 세계로 완성되었고, 시대의 흐름과도 맞아 떨어지며 새로운 회화를 열망하는 사람들의 눈을 사로잡았다. 폴 고갱Paul Gauguin 또한 앵데팡당전에 출품되었던 루소의 작품을 보고 "진실이 있어. 미래가 있다고! 바로 여기에 회화의 진수가 있어!"라며 찬탄했다고 전해진다.

루소는 인생의 후반부에 접어들어서 피카소나 들로네, 막스 에른스트와 같은 당대 유명 화가들에게 주목을 받기 시작했다. 그들에게 앙리 루소는 막혀 있던 근대 서양화의 새로운 물길을 트여

| 앙리 루소, 〈꿈〉, 1910

줄 거장으로 받아들여졌다. 일찍부터 그의 진가를 알아봤던 피카소는 루소의 그림에서 때 묻지 않은 싱싱한 원시성을 보았다. 피카소는 "루소에게 낯선 것이란 없다. 그는 특유의 불변의 논리를 가장 완벽하게 재현한다"라고 평가했다.

1908년 11월, 화가와 지식인과 학자들이 함께 모인 연회에서 피카소는 루소에게 경의를 표했다. 순수하고 엉뚱한, 어린아이 같은 성격의 소유자였던 루소는 천재 화가와 사람들에게 인정받았다는 기쁨을 숨기지 못했다. 그래서 루소가 피카소에게 "우리 둘은 현존하는 최고의 화가들이죠. 당신은 좀 이집트풍이고 내가 더 모더니즘 쪽에 가깝지만!"이라고 이라고 말했을 때, 피카소를 포함한 모두가 악의 없이 받아들이고 웃었다고 한다. 엉뚱하지만 아예 틀린 말이라고는 할 수 없었기 때문이다. 그가 가진 독창성과 스스로를 믿어 온 오랜 시간이 그를 정말로 피카소와 어깨를 견줄 만한 최고의 화가로 만든 것이다.

＊

나는 박은태 님이 본인의 꿈을 위해 어떤 시간을 보냈는지 전혀 알지 못한다. 내가 기억하는 한 박은태 님은 대학 졸업 후 몇 년이 지나지 않아 곧 정상의 자리에 올랐다. 그래서 아마추어로 시작했던 앙리 루소보다 훨씬 더 큰 재능을 가지고 더 피나는 노력을 했을 것으로 짐작할 뿐이다.

그럼에도 내가 루소의 작품을 보며 그를 떠올리는 것은, 대학 시절 박은태 님에 대해 가졌던 생각을 떠올리면 타인의 꿈과 진실된 노력, 그리고 재능을 내가 얼마나 가벼이 여겼는가에 대해 부끄러운 마음이 들기 때문이다. 그분을 잘 모르는 나도 그렇게 생각했으니 아마 가까운 사람들로부터는 수도 없이 많은 만류와 걱정을 들었을 것이다. 하지만 그 속에서도 스스로를 믿고 자신의 길을 꿋꿋이 걸었을 그가 진심으로 존경스럽다.

앙리 루소와 박은태 님에게서 굳이 공통점을 한 가지 찾자면, 자신의 재능을 진심을 다해 보석처럼 소중히 여기며 닦아 왔을 그 시간이다. 누구도 믿어 주지 않을 때조차 자신을 믿고 노력하는 시간이 결국에는 스스로를 성장시키고 단단하게 만들어 준다. 아무리 좋은 씨앗일지라도 자신의 재능을 진심으로 아끼는 마음이 없다면 종국에는 어떠한 열매도 맺을 수 없을 것이다. 그래서 새로운 일을 시작하기 전 좀처럼 확신이 들지 않아 두려움이 마음 속에 뭉게뭉게 일어날 때, 이제는 앙리 루소를 떠올린다.

앙리 루소는 그림을 그리기 시작했을 때부터 신이 내린 재능을 보이지는 않았지만, 자기 확신에 있어서만큼은 천부적인 재능을 지녔다. 그는 사람들에게 인정받기 훨씬 전부터 일관되게 자신이 최고의 화가라는 자부심을 가지고 있었다. 새로운 도전을 앞두고 타인의 시선과 결과에 대한 두려움으로 망설이는 분이 있다면, 루소가 사기 사건에 휘말렸을 때 자신을 변호하면서 한 말을 들려드리고 싶다.

내가 유죄 판결을 받는다면 가장 피해를 보는 것은 내가 아니라 예술 그 자체일 것이다!

타인의 인정보다
자신의 인정이 중요했던 화가

●

구스타브 쿠르베
Gustave Courbet, 1819-1877

점점 고전이 좋아지는 것을 보니 확실히 나이를 먹어 가는 것 같
다. 우연히 『데미안』을 다시 읽고 이게 내가 어렸을 때 읽었던 작
품이 맞나, 라는 생각이 들 정도로 큰 감동을 받았다. 이렇게 깊은
사유가 필요한 작품이 어떻게 중고등학생 필독서란 말인가? 이 작
품을 온전히 이해할 수 있는 학생이 있다면 그것도 조금 무서울
일이다. 확실히 고전은 어느 정도 삶의 여정을 걸은 뒤 읽어야 더
큰 감동이 있다고 느껴진다.

　어른이 된 뒤에 다시 읽은 고전 중에 최고를 뽑으라면 단연 니
코스 카잔차키스Nikos Kazantzakis의 『그리스인 조르바』이다. 나뿐만
아니라 많은 사람들이 가장 좋아하는 작품으로 꼽는 데는 이유가
있다고 생각한다. 스페인 최대 규모의 SPA 브랜드인 자라의 창업
주 아만시오 오르테가Amancio Ortega 또한 이 책을 읽고 감동을 받

나 자신과의 화해

아 브랜드의 이름을 지었다고 한다. 자라의 시초가 되는 작은 옷가게의 이름을 ZORBA를 그대로 따서 지었으나 한 동네 술집과 이름이 똑같아 항의를 받고 철자를 재배치해 지금의 ZARA가 되었다고 전해진다.

『그리스인 조르바』는 작가가 실제로 만났던 인물과 경험을 자전적으로 녹여낸 소설이다. 이야기는 그리스 남부의 항구 도시 피레에프스Piraiévs의 한 카페에서 주인공인 '나'와 중년 뱃사공 조르바가 운명적으로 만나며 시작된다. 지식의 효용에 대해 의문을 갖던 젊고 유복한 지식인 주인공은 세상 경험을 쌓기 위해 크레타섬Creta I.에 가기로 결정한다. 그리고 카페에서 배를 기다리던 중 조르바와 우연히 만나 이런저런 대화를 나누다가 그의 호기로움과 묘한 매력에 이끌려 그와 함께 크레타섬으로 가게 된다.

크레타섬에 도착한 후 두 사람은 동업자로 갈탄 채굴 사업을 시작하는데, 그곳에서 사랑과 치정, 싸움이나 살인과 같은 온갖 산전수전을 함께 겪으며 교감하고 우정을 쌓아 간다. 그리고 이 과정에서 주인공은 조르바라는 인물이 자유롭게 세상을 살아가는 방식에 경외감을 가지게 된다. 모든 것을 책에 의존해서 배워 왔던 삼십대의 주인공은 예순이 넘은 중년의 조르바를 통해 실존하는 세계에 발을 붙이고 살아간다는 것이 무엇인지를 배운다.

조르바를 한마디로 정의하긴 어렵지만, 굳이 이야기하자면 세상 어디에도 구속받지 않는 자유인이다. 그는 모든 일에 거침이 없다. 법이나 체제 같은 것은 물론이고 상식이나 다른 사람의 이목에도 구애받지 않는다. 그는 늘 현재를 살고 있다. 일을 할 때는 일에만,

춤을 출 때는 춤에만, 사랑을 나눌 때는 사랑에만 몰두하며 매 순간을 충만히 살아간다.

물레를 돌리는 데 방해가 된다며 왼쪽 새끼손가락을 칼로 잘라 버린 괴인. 꽃 내음을 맡으며 꽃과 돌과 비가 하는 말을 알아들을 수 있으면 좋겠다고 말하는 낭만주의자. 전쟁의 참상을 직접 겪은 뒤로 세상 모든 사람이 네 편 내 편 할 것 없이 결국 죽음을 맞이하는 불쌍한 존재일 뿐이라는 사실을 깨달은 도인. 수개월 돈과 노력을 쏟아부은 탄광 사업이 망하자 "이제 빈털터리가 되었으니 아무것도 우리를 방해하지 못할 것"이라며 껄껄 웃는 이상한 호인.

종교나 이념, 사회적 규범으로부터 벗어나 누구의 눈치도 보지 않으며 하고 싶은 말과 행동을 쏟아 내지만 사실 그는 누구보다 현실적인 감각과 직관력을 가지고 있다. 그는 모든 세상일을 초월한 듯 보이면서도 갓 태어난 아기새처럼 넘치는 생명력과 호기심으로 하루를 산다. 조르바는 책에서 삶을 배운 나약한 인간이 아니라 온몸을 내던져 인생을 깨우친 생활 철학자였다. 이런 그를 어찌 사랑하지 않을 수 있을까. 조르바를 보며 주인공은 이렇게 말한다.

죽음이 존재하지 않는 듯이 사는 거나, 금방 죽을 것 같은
기분으로 사는 것은 어쩌면 똑같은 것인지도 모른다. 조르바는
내게 삶을 사랑하는 법과 죽음을 두려워하지 않는 방법을
가르쳐 주었다. •

카잔차키스는 1883년 터키의 지배 아래 있던 그리스의 크레타섬

• 니코스 카잔자키스, 이윤기 옮김, 『그리스인 조르바』, 열린책들, 2009
이후 본 장에서 언급되는 『그리스인 조르바』의 구절은 모두 이 책을 인용한
것이다.

에서 태어나 자유와 이념의 전쟁터 한복판에서 자랐다. 조부와 부친이 독립운동에 참가했고 그 또한 저항 전투에 가담했다. 자유를 향한 갈망, 이를 위한 투쟁과 희생을 보며 자란 그가 인간 자유의 근본에 의문을 품은 것은 당연한 일일지도 모른다.

종교, 학문적으로 한쪽에 치우치는 일이 없어 성경과 불경을 같은 시기에 읽기도 했다고 한다. 그리고 그 또한 조르바처럼 평생 동안 수많은 나라를 여행하며 오직 경험 속에서 삶의 진수를 찾고자 했다. 카잔차키스는 제2차 세계대전이 한창 진행 중이던 1941년에 에기나섬Aigina I. 자택에서 단 45일만에 『그리스인 조르바』를 써내려 갔다고 한다.

책에는 다음과 같은 대화가 나온다.

조르바: 처음부터 분명히 말하겠는데, 마음이 내켜야 해요. 만약 내게 강요하면, 그때는 끝장입니다. 이건 분명히 아쇼. 내가 인간이라는 걸.
나: 인간이라고요? 그게 무슨 뜻입니까?
조르바: 뭐긴, 자유라는 거지!

인간의 존재 자체가 자유라고 말했던 조르바. 그리고 조르바의 말처럼 죽는 순간까지 진정한 자유인으로서 어느 이념이나 사상에도 얽매이지 않기 위해 끊임없이 탐구하고 삶을 유랑했던 니코스 카잔차키스. 그 두 사람이 만나게 된 것, 그리고 카잔차키스를 통해 소설 『그리스인 조르바』가 탄생한 것 모두 멋진 운명처럼 느껴진다. 조르바를 다시 읽으며 19세기 프랑스의 자유로운 화가였던 구스타브 쿠르베가 떠올랐다.

※

쿠르베는 어떤 것에도 얽매이지 않았던 당당한 예술가로 누구에게도 고개 숙이지 않는 호기로운 생을 살았던 인물이다. 쿠르베는 프랑스 동부의 프랑슈콩테 지방에 있는 농촌 마을 오르낭Ornans에서 부농의 아들로 태어났다.

쿠르베가 살던 19세기까지 제도권 예술에서 인정받는 주제는 신화나 역사 속 영웅, 종교나 도덕처럼 고귀하다고 여겨질 만한 것들이었다. 하지만 쿠르베는 지금 자신의 눈앞에서 벌어지고 있는 일들, 삶과 동떨어지지 않은 현실 그대로를 화폭에 담으며 리얼리즘이라는 새로운 예술의 물꼬를 틀었다.

대표작 〈오르낭의 장례식〉에서 그는 제목 그대로 자신이 태어난 오르낭에서 종조부의 장례식을 치르는 장면을 그려 냈다. 화면 중심에 곧 관이 들어가게 될 묏자리가 보이고, 왼편으로는 관을 든 행렬이 막 도착하고 있다. 성직자들과 검은 상복을 입은 마을 사람들 오십여 명이 화면을 정신없이 채우고 있다.

지금 우리의 시각으로 보기에는 그다지 특별할 것 없는 이 작품은 당대 사람들에게는 충격으로 다가왔다. 당시에는 예술 작품에 걸맞은 주제와 크기에 대한 규범 같은 것이 있었다. 예를 들어 정물화나 풍경화는 작게 그리고, 역사화나 종교화는 크게 그려야 한다는 식이었다. 당연히 크기가 클수록 더 중요하고 예술적으로 가

| 구스타브 쿠르베, 〈오르낭의 장례식〉, 1849-1850

치가 있었다. 그런데 이 작품은 가로 폭이 6미터, 세로 폭이 3미터를 훌쩍 넘는 거대한 규모를 자랑한다. 쿠르베는 누군지조차 알 수 없는 시골 사람의 죽음을 마치 대단한 역사적 사건인 듯 대형으로 그려 낸 것이었다.

무엇보다 그의 작품 속에 등장하는 대부분의 사람은 평범하기 그지없는 동네의 주민들이었다. 아름답지도 권위가 있지도 않은, 평범하다 못해 촌스럽게까지 느껴지는 사람들의 모습을 마주한 이들은 예술의 권위가 바닥에 떨어진 듯 당혹스러워했다. 비평가들은 "이 그림이 절망적일 정도로 비천하다"고 악평했다. 그러나 이곳에 그려진 평범한 사람들의 얼굴은 예술이 외면했을 뿐 그 시대를 살아가는 실존하는 존재들이었다.

이와 관련해 쿠르베는 이렇게 말했다.

나는 회화란 구체적인 예술, 실제이면서 현존하는 것들의
재현으로만 구성된다고 생각한다.
추상적인 것, 보이지 않는 것이나 존재하지 않는 것은 회화
주제의 범위가 아니다. 만약 나에게 천사를 보여 줄 수 있다면
내가 그것을 그리겠다.

그는 '예술에서 다룰 수 있도록 허용된 인물들'을 그리지 않았다. 그는 그의 눈앞에서 살아 있는 사람들을 그렸다. 또한 중요한 인물일수록 크게 그리거나 화면의 중심부에 배치하던 형식을 깨고 실제의 크기로 나란히 배치했다. 그가 후에 연설에서 "리얼리즘은

본질적으로 곧 민주주의 미술"이라고 이야기했듯이 그의 작품 속 사람들은 평등하게 자신만의 입지를 가지고 있다. 그가 주창한 리얼리즘은 이후 인상파로 이어지며 현대 미술의 근간이 되었다.

다른 작품 〈안녕하세요 쿠르베 씨〉 또한 특별한 순간을 묘사한 것 같지는 않다. 제목도 우리가 으레 떠올리는 장엄한 문구와는 거리가 멀다. 흡사 장기하와 얼굴들 같은 인디 밴드의 노래 제목 같기도 하다. 특별히 교훈적인 내용이나 우리가 모르고 있는 사실을 전달하는 것 같지 않으며, 그저 평범한 시골길에서 마주친 몇 명의 사람들을 그린 작품이다. 분명 역사적으로 비장한 의미를 지닌 순간은 아닐 것이다.

오른쪽에서 편한 옷차림에 모래 먼지가 묻은 신발을 신고 막대기를 짚은 사람이 바로 쿠르베 자신이다. 왼편에 단정한 옷매무새에 잘 정돈된 머리 모양을 한 채 쿠르베를 향해 팔을 벌린 남자는 쿠르베의 후원자인 알프레드 브뤼야스Alfred Bruyas이다. 그는 모자를 벗어 쿠르베에게 예를 갖추고, 뒤쪽의 하인 또한 고개를 숙여 쿠르베에게 인사하고 있다.

그런데 그런 그들에게 쿠르베는 짝다리를 짚은 채로 턱을 살짝 치켜들고 있다. 이 작품은 말 그대로 우연히 쿠르베와 마주친 그의 후원자인 귀족과 그 하인이 '안녕하세요, 쿠르베 씨'라며 아주 공손히 인사하고 쿠르베가 이를 받아들이는 장면을 그린 것이다.

실제로 이런 일이 일어났을까? 아닐 가능성이 높다. 후원자는 화가에게 돈을 대어 주는 막강한 힘을 가진 존재이다. 당연하게도 화가에게 있어 후원자란 현대의 우리에게 익숙한 '갑'의 개념이었을

| 구스타브 쿠르베, 〈안녕하세요 쿠르베 씨(만남)〉, 1854

것이다. 하지만 쿠르베는 예술가라는 자신의 직업에 대해 누구보다 큰 자부심을 가지고 있었고, 이를 작품을 통해 드러냈다.

쿠르베는 이 작품에 '천재에게 경의를 표하는 부'라는, 피식 웃음이 나올 정도로 뻔뻔한 부제를 붙였다. 작품 속에서의 쿠르베는 너무나 당당해서 거만해 보이기까지 하며, 그의 부제대로라면 이런 천재를 후원한다는 사실을 귀족이 영광으로 여겨야 할 일로 느껴질 정도다. 그는 자신의 돈줄을 쥐고 있는 후원자에게 휘둘리는 인물은 아니었음이 분명하다.

쿠르베는 표현의 과감함에 있어서도 상식과 규범의 테두리를 아슬아슬하게 넘나들었다. 〈잠Le Sommeil〉은 얼핏 기존의 여성의 누드화와 크게 다르게 느껴지지 않는다. 그런데 여기서 중요한 것은 누드의 여성이 두 명이라는 점이다. 이들은 방금 막 정사를 끝내고 곯아 떨어진 레즈비언들인 것이다.

여성의 성기를 클로즈업한 작품도 있다. 오르세 박물관에서 전시 중인 이 작품은 그다지 크지 않은데도 격이 다른 존재감을 뿜어낸다. 한때 프랑스의 정신분석학자인 자크 라캉Jacques Lacan이 소유하기도 했었던 이 작품은 오르세에서 1995년이 되어서야 전시되었다. 작품이 만들어진 150여 년 전에도, 작품이 대중에게 공개되었던 때에도, 지금의 우리에게도 충격적으로 보이는 이 작품의 제목은 바로 〈세상의 기원〉이다.

쿠르베는 이렇듯 '예술은 고상한 것이어야 한다'라고 말하는 사람들이 작품에서 보리라 감히 상상하지 못했던 것들을 짚어 냈고, 도저히 예상하거나 짐작할 수 없는 제목을 붙임으로써 사람들의

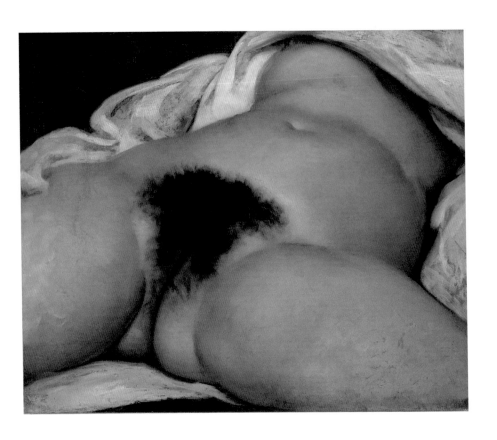

| 구스타브 쿠르베, 〈세상의 기원〉, 1866

가치관을 뒤흔들었다. 그는 시쳇말로 선을 넘다 못해 선으로 줄넘기를 하는 화가였던 것이다.

그는 어떻게 해야 사람들을 도발할 수 있는지 잘 알고 있었지만 이러한 논란만으로 사람들의 입에 오르내린 것은 아니었다. 그의 이름과 함께 리얼리즘 예술의 존재를 세상에 알린 일화가 있다. 19세기 중반 쿠르베는 〈화가의 작업실〉이라는 작품을 제작했다. 작품 중앙에서 그림을 그리고 있는 쿠르베가 보인다. 그의 옆에는 누드 모델이 서 있으나 뜻밖에도 그는 풍경화를 그리고 있다. 작품에 등장하는 사람들은 모두 실존 인물들로 오른편에는 그의 미학적인 세계와, 왼편에는 현실 세계와 연관된 인물들을 그려 넣었다. 대립되는 두 세계의 중재자인 쿠르베의 모습이 돋보인다.

그는 이 작품과 〈오르낭의 장례식〉을 포함한 14점을 1855년 파리 박람회에 출품하려 했으나 전시 공간이 부족하다는 이유로 이중 세 작품의 인수를 거부당했다. 보통 화가들이었다면 거절당할 경우 바로 포기하고 자신은 그 정도의 화가라고 받아들였을 것이다. 그러나 그는 그러지 않았다. 그는 누군가 자신의 가치를 평가하도록 내버려 두는 사람이 아니었다. 그는 누구도 생각지 못한 새로운 방식으로 행동했다.

쿠르베는 박람회 바로 옆에 임시 건물을 지어 자신의 작품 40점으로만 이루어진 새로운 전시를 개최했다. 전시장은 '리얼리즘관'으로 이름 붙였고, 박람회처럼 입장료도 받았다. 사람들은 이를 계기로 이런 당찬 행동을 하는 별난 인물이 누구이며 그가 하고자 하는 예술이 무엇인지 궁금해하기 시작했다. 그는 이렇게 리얼리

| 구스타브 쿠르베, 〈화가의 작업실: 화가로서의 7년 생활이 요약된 참된 은유〉, 1854-1855

즘 예술과 자신의 이름을 자기만의 방식을 통해 세상에 알렸다.

이후 거침없이 작품 활동을 하며 다방면으로 활동했던 쿠르베는 1870년에 프랑스 최고의 영예로 여겨지는 레지옹 도뇌르 훈장의 수훈자로 지목되었다. 그러나 그는 "나는 어떤 정부의 형태로부터도 독립되고 자유롭다"며 이를 거부했다. 그는 타인이 부여하는 권위나 세상의 규범에는 한 톨의 중요성도 두지 않았다. 그에게는 오직 스스로의 인정과, 예술가적 자긍심을 바탕으로 자신만의 예술을 할 수 있는 자유가 가장 중요했다.

말년의 쿠르베는 몇 년간 사회주의 정권이었던 파리 코뮌과 연관된 활동을 함으로써 여러 분쟁에 휘말렸고, 결국 정부로부터 전 재산을 몰수당한 뒤 스위스로 망명해 그곳에서 생을 마감했다. 우리의 시선으로는 안타깝고 초라한 마무리로 보일 수도 있으나, 평생을 스스로의 신념에 따라, 스스로 원하는 대로만 살았던 그가 자신의 마지막을 어떻게 바라봤을지는 알 수 없는 일이다.

✳

『그리스인 조르바』의 작가 니코스 카잔차키스의 묘비는 그가 태어났던 크레타섬에 있다. 망망대해를 향해 탁 트인 높은 지대에 위치한 그의 묘비에는 다음과 같이 쓰여 있다.

나는 아무것도 바라지 않는다. 나는 아무것도 두렵지 않다.
나는 자유다.

구스타브 쿠르베는 생전 다음과 같은 편지를 썼다고 한다.

혹여 내가 죽거든, 나에 대해 이렇게 말해주시오.
쿠르베는 어떤 학파에도, 어떤 교파에도, 어떤 제도에도, 어떤
아카데미에도, 특히 어떤 정권에도 속하지 않았으며 오직 자유의
진영에만 속해 있었다고.

나 자신과의 화해

어떤 상황에서도 스스로를
바라볼 수 있기를

•

하르먼스 판 레인 렘브란트
Rembrandt Harmenszoon van Rijn, 1606-1669

사진 찍는 것을 그렇게 좋아하는 편이 아니다. 정확히는 내가 찍히는 것이 썩 내키지 않는다. 예전에는 셀카도 꽤 찍었던 것 같은데 언젠가부터는 사진을 거의 찍지 않고 있다. 핸드폰의 갤러리에서 내 얼굴이 찍힌 사진 한 장을 찾기가 어렵다. 사진을 찍고 싶지 않은 솔직한 이유는 나이를 먹어 가는 나 자신의 적나라한 모습을 바라볼 자신이 없기 때문이다. 이제는 전만큼 피부도, 눈매도, 표정도 생기 있지 않다. 이런 내 모습을 그대로 바라보는 일이 어쩐지 부끄럽기도, 또 씁쓸하기도 하다.

그런데 최근 우연히 인터넷에서 가족들이 수십 년에 걸쳐 매년 같은 장소에서 같은 옷을 입고 찍은 사진들을 보고 난 후 생각이 바뀌었다. 평소에 자주 사진을 찍지 않는 대신 날짜를 정해 놓고 꾸준히 사진을 찍으면 어떨까, 하는 생각이 들었다. 나이 들어 가는 나 자신을 그대로 인정할 수만 있다면, 사진이 일기처럼 삶의 궤적을 드러내 줄 수도 있을 것이다. 삶의 여러 지점들에서 겪는 변화들이 나의 외형에도 드러날 테니 말이다.

사실 외모만으로 한 사람을 파악하기란 쉽지 않다. 하지만 그럼에도 불구하고 한 사람을 구성하는 많은 것들이 특유의 분위기로 풍겨 나오기도 한다. 이것은 그가 무슨 옷을 입었고 어떤 직업을 가졌는지와 직접적으로 늘 상관이 있지는 않다. 그 사람의 분위기를 대변하는 것이 눈빛인지, 그가 자주 짓는 표정인지, 혹은 자세인지도 정확히 말할 수 없다. 어쩌면 이 모든 것의 총합체일지도 모른다.

이렇게 모두는 각자의 분위기를 지니며 이것은 같은 사람일지라도 시기나 상황에 따라 다르게 나타나기도 한다. 사랑에 빠져서 예뻐졌다든가, 집에 우환이 있는 것 같다든가, 혹은 얼굴이 상했다든가 하는 말이 존재하는 것은 바로 이 때문이다. 분위기는 정확히 측정되는 것은 아니지만 대부분의 사람들이 동의할 수 있을 만큼 확연한 것이기도 하다.

＊

화가들이 남긴 초상화를 보면 이러한 사실을 특히 재미있게 살펴볼 수 있다. 똑같은 인물이더라도 화가가 누구냐에 따라, 혹은 모델의 처지에 따라 다양한 느낌으로 변주되는 것을 보면 인간의 삶이 얼마나 다채로운 모습으로 표현될 수 있는지 실감하게 된다.

특히 자화상의 경우에는 더 흥미롭다. 화가에게 자기 자신은 비싼 모델료를 지불하지 않아도 되는 유용한 연습 도구인데다가, 스스로 가장 잘 이해하는 사람인 동시에 인생에 걸친 탐구의 대상이기도 했다. 화가의 삶에 대한 사료를 바탕으로 그림이 그려진 시기와 그의 생애를 함께 비교해 보면 더 풍부하게 자화상 작품을 감상할 수 있다. 그중에서도 '그려진 자서전'이라 불릴 만큼 인생 전반에 걸쳐 꾸준히 자화상을 그린 이가 있으니 바로 렘브란트다.

렘브란트는 네덜란드의 최고 번영기인 17세기를 살았던 화가로, 그가 활동했던 시기를 '렘브란트 시대'라고 부를 만큼 네덜란드 회화에 뚜렷한 족적을 남겼다. 그가 직접 남긴 기록은 많지 않지만 그에 대해 남아 있는 여러 사료를 보면 그는 상당히 파란만장한 삶을 살았던 것으로 보인다. 작품 특유의 매력으로 인해 꽤 오래 전부터 많은 사랑을 받아 왔으며 아직까지도 위작에 대한 논쟁과 새로운 작품 발굴로 화제를 불러오는 화가이기도 하다.

렘브란트는 네덜란드 레이던Leiden의 중산층 집안에서 태어났다. 그의 집안에 미술과 직접적으로 관련된 직업을 가진 사람은 없었으나, 그는 학교 교육을 금세 그만둔 뒤에 일찌감치 도제 방식으로 미술을 배우기 시작했다. 암스테르담으로 거처를 옮겨 당시의 유명 화가였던 피터 라스트만Piter Lastman에게 6개월간 가르침을 받은 뒤 그는 고향으로 돌아가 스튜디오를 열었다. 그렇지만 1631년 다시 암스테르담으로 떠난 뒤에는 죽을 때까지 평생을 그곳에서 작업하며 살았다.

렘브란트가 화가로서 활동하던 당시 네덜란드에서는 상업을 통해 부를 축적한 부르주아 계층이 빠른 속도로 늘어나고 있었다. 활

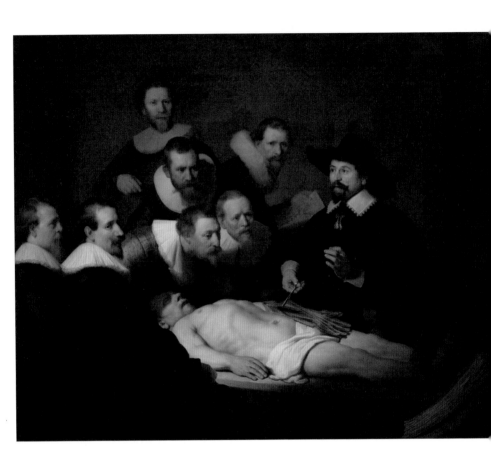

| 하르먼스 판 레인 렘브란트, 〈툴프 박사의 해부학 강의〉, 1632

동 초기에 그는 이러한 부르주아들의 초상화로 수익을 벌어들었다. 그는 그들의 재력과 함께 그들의 성공의 기반이 된 자신감과 진취성을 자연스럽게 그림에 녹여내어 인기를 끌었다. 부르주아층은 왕이나 귀족 초상화의 거만함보다는 영민함과 지적 능력이 작품에 드러나길 원했고 그는 그 취향을 정확히 맞췄다.

렘브란트는 여기서 더 나아가 조합이나 자치 단체에서 주로 주문했던 단체 초상화를 혁신적으로 그림으로써 성공을 위한 기반을 다졌다. 렘브란트 이전에도 단체 초상화는 그려졌으나 단순히 등장인물들을 나란히 배치하는 구성이 대부분이었다. 오늘날까지도 졸업 앨범이나 결혼 사진에서 흔히 등장하는 구도처럼 말이다.

그런데 렘브란트는 암스테르담의 외과 의사 협회에서 주문한 단체 초상화인 〈툴프 박사의 해부학 강의〉에서 혁신적인 구성을 시도했다. 그는 의사들의 모습을 시신을 해부하는 박사 주위에 모여 그의 말을 경청하는 특정한 시점으로 각색해 그려 냈다.

이러한 설정은 마치 영화의 한 장면처럼 드라마틱한 느낌을 준다. 사선으로 놓인 시체와 비대칭으로 배치된 인물들의 집중하고 있는 표정이 작품에 강한 역동성을 불어 넣고 있다. 또한 인물 각각의 표정을 통해 특별한 설명이 없어도 개개인의 특성을 짐작할 수 있게 했다.

렘브란트는 초상화가로서 젊은 나이에 성공을 거두었다. 또한 비슷한 시기에 한 작은 도시의 행정장관의 딸인 프리슬란트Friesland 태생 사스키아 판 오이렌부르흐Saskia van Uylenburgh와 결혼함으로써 남부러울 것 없는 인생의 황금기를 맞이했다.

| 하르먼스 판 레인 렘브란트, 〈모자를 쓴 자화상〉, 1642

이 시기에 그가 그린 자화상에서는 자신의 삶에 느끼는 만족감과 자신감이 강한 에너지로 뿜어져 나온다. 고급스러운 빛깔과 화려한 디자인의 옷, 반짝이는 장신구들에서 그가 가진 재력이 돋보인다. 표정에는 자신감과 활력이 넘치고, 다부지게 다문 입 언저리로 자신이 하고 있는 일에 대한 확신에 찬 엷은 미소가 흐른다. 야심만만해 보이는 그는 분명히 이 세상에서 부러울 것이 없는 사람이다.

이때쯤해서 그는 임대로 살고 있던 집에서 나와 큰 빚을 지며 거대한 저택을 구매했다. 여기서 그치지 않고 값비싼 동판화, 오래된 무기, 동양 의복, 박제 동물, 아라비아 양탄자와 같은 사치품들로 집 안을 화려하게 꾸몄다. 늘어나는 수입과 비례하여 빚도 기하급수적으로 늘어났지만 그는 두렵지 않았다. 젊음과 화가로서의 실력, 사랑하는 가족을 모두 가진 그는 이 화려하고 멋진 삶이 앞으로 계속해서 이어지리라 믿어 의심치 않았다.

그런데 영원할 것만 같던 행복은 오래 이어지지 못했다. 그의 작품은 인기가 있었지만 언제나 그가 돈을 버는 속도보다 쓰는 속도가 더 빨랐다. 또한 그의 재력을 뒷받침해줄 것이라고 생각했던, 아내 앞으로 예정되어 있던 유산은 기대보다 너무 적었다.

결정적으로는 뜻밖에도 그가 화가로서 가진 재능과 자부심이 그의 발목을 잡았다. 어느새 렘브란트에게는 부르주아 계층의 입맛에 딱 맞도록 그들을 현실보다 훨씬 이상화해서 그리는 일이 지루하게 느껴졌던 듯하다.

〈야간순찰대〉라는 단체 초상화는 암스테르담 민병대의 주문을

| 하르먼스 판 레인 렘브란트, 〈야간순찰대〉, 1642

받아 제작한 것으로, 대원들이 각각의 포즈로 화면 전경과 후경에 배치되어 있다. 대원들이 출동을 나가기 위해 걸어 나오는 모습을 역동적으로 표현했다. 현장으로 나가려는 순간의 소란스러움이 들려올 듯 사실적이며, 판에 박힌 듯 사람들이 나란히 선 단체 초상화보다 훨씬 더 입체적으로 보인다. 하지만 안타깝게도 작품을 주문한 사람들의 입맛에는 전혀 맞지 않았다. 똑같은 돈을 내고도 나는 왜 이렇게 뒤에 있느냐, 저 사람은 당당해 보이는데 나는 왜 이렇게 졸렬한 포즈로 그려졌느냐, 이러쿵저러쿵 뒷말이 많았고 결국 작품에 돈을 내지 못하겠다며 분쟁이 일어났다.

렘브란트 또한 이들의 의견에 순순히 맞춰줄 만큼 호락호락하진 않았다. 결국 이 분쟁은 렘브란트를 고객의 취향을 파악하지 못하고 자기 뜻만 세우는 고집스런 화가로 소문나게 만들었고, 이후로 단체 초상화 의뢰는 대폭 줄어들었다. 수입이 적어졌고, 예술가로서의 자존심에도 상처가 났다.

개인의 삶에도 불행의 기운이 스며들었다. 아내 사스키아와의 사이에서 세 명의 자녀가 태어났으나 모두 채 몇 달을 살지 못하고 세상을 떠났다. 네 번째 아이인 티투스Titus가 건강하게 태어났지만 새로운 생명을 얻게 됨과 동시에 다른 가족의 생명의 불이 꺼졌다. 티투스를 출산한 지 9개월 만에 사랑하는 아내 사스키아가 서른의 젊은 나이로 세상을 떠나고 만 것이다. 분쟁을 일으킨 작품인 〈야간순찰대〉가 제작된 해였다. 그의 인생을 찬란하게 비추고 있던 빛이 조금씩 사그라들기 시작했다.

사랑하는 아내를 잃고 줄어든 수익으로 작업을 해 나가던 40대

중반의 초상화에서, 그는 더 이상 금빛 체인이 둘러진 보드랍고 화려한 옷을 입고 있지 않다. 그가 입고 있는 건 물감이 잔뜩 묻어 있는 낡은 작업복이다. 관람객을 매섭게 쏘아보던 형형한 눈빛은 한풀 꺾였다. 붉은색 융단과 번쩍이던 장식에 씌워졌던 쨍한 물감의 빛깔들은 흐리고 온건해졌다. 다른 사람에게 자랑하려던 호사스러운 옷을 모두 벗어 던진 그의 본모습은 바로 화가 그 자체이다. 사랑하는 아내와 부귀영화를 잃은 자신에게 남은 자긍심은 이제 화가로서의 정체성뿐이라는 듯, 작업복 속에서 양손을 허리춤에 세운 그가 우리를 지긋이 바라본다.

한번 휘말려 들어간 불행의 굴레는 쉽사리 벗어지지 않았다. 사랑하는 아내를 잃고 외로움 속에서 작업을 하던 그에게 한 여자가 마음에 들어왔다. 바로 렘브란트의 가정부로 고용되었던 헨드리키에Hendrickje Stoffels였다. 헨드리키에는 서서히 몰락해 가던 렘브란트를 인간적이고 따뜻하게 보살펴 주었다. 인정받지 못하는 외로운 작업 속에서 헨드리키에는 마치 아궁이에 불을 때듯 렘브란트의 삶에 훈기를 불어넣어 주었다.

이 시기 렘브란트는 〈플로라〉라는 작품을 그렸다. 플로라는 봄의 여신이자 만물을 소생시키는 꽃과 풍요의 여신이다. 수많은 화가들이 오랫동안 젊음과 생명력, 싱그러움을 표현하기 위해 이 주제를 활용했다. 다른 작품들 속에서 플로라는 인생의 봄의 시기를 연상시키듯 젊고 아름다운 여성들이 꽃으로 한껏 치장한 채로 볼을 붉히는 아름다운 자태로 그려졌다.

하지만 그의 작품 속 플로라는 그다지 젊어 보이지 않는다. 눈밑

| 하르먼스 판 레인 렘브란트, 〈플로라〉, c.1654

에 살짝 지방 주머니가 드리워져 있고 턱밑의 얼굴선도 날렵하지 않다. 그녀의 옷 또한 여신을 연상시키기보다는 정갈한 중년 여성의 복식에 가깝다. 봄의 여신이라면 떠오르는 화사한 꽃들로 에워싸여 있지도 않다. 그녀는 다만 한 줌의 꽃을 조용히 들고, 고요하고 따뜻한 시선을 화면 밖으로 겸손하게 던지고 있다.

이 작품은 바로 헨드리키에를 모델로 하여 그려졌다. 그녀의 모습은 여신이라고 이름 붙이기엔 너무나 평범하며, 우아하다고 표현하기에는 지극히 소박하다. 하지만 그녀는 젊고 화려한 플로라들과는 다른 인간적이고 안온한 힘을 지니고 있다. 렘브란트의 플로라는 외적인 아름다움보다는 인간미가 느껴지는 기품으로 무장하고 있다. 헨드리키에는 렘브란트에게 있어 따뜻한 애정의 기운을 다시 불어넣어 준 봄의 여신이었고, 그것은 단순한 미적 유희와는 비교할 수 없는 생에 대한 강력한 의지의 원천이었을 것이다.

렘브란트는 헨드리키에를 이렇듯 사랑했던 것이 틀림없지만 결혼은 하지 않았다. 사스키아가 렘브란트가 재혼할 시에는 그들의 아들 티투스 앞으로 물려준 유산에 대한 권한을 상실한다는 유언을 남겼기 때문이었다. 그들의 관계는 불륜이 될 수 밖에 없었다. 헨드리키에는 교회에서 소환장을 받아 간통한 것을 시인하도록 요구받았고, 그녀는 관계를 인정하는 대신 영성체를 받을 기회를 박탈당했다. 교회의 외면보다 더 날카로웠던 것은 지역 사회의 비난이었다. 그나마 남아 있던 사회적 명성마저 나락으로 떨어져 나뒹굴었다. 가난은 점점 더 무거운 짐이 되어 갔다.

결국 렘브란트는 1656년에 공식적으로 파산을 선언했다. 1657년

에는 렘브란트의 위세를 상징했던 대저택에 대한 소유권을 상실했다. 집뿐만 아니라 그 안을 가득 채웠던 가구와 그림, 장식품들과 수집품까지 모두 경매로 넘어갔다. 렘브란트의 옷과 헨드리키에의 냄비까지 팔았다고 하니 자산 상태가 얼마나 좋지 않았는지 짐작할 수 있다. 그들은 교외의 값싼 집으로 이사할 수밖에 없었다. 더 이상 비참할 수는 없을 것 같은 상황이었다. 하지만 역설적이게도 바로 이때부터 그가 사망하기 전까지인 13년의 기간 동안 그는 후대에 길이 남을 역작을 연이어 제작했다.

〈돌아온 탕아〉는 그가 사망하던 해에 완성된 작품이다. 이는 신약 성서 누가복음서 제15장에 나오는 종교 주제다. 유산을 미리 받고 아버지 곁을 떠난 작은 아들이 재산을 모두 탕진하고 돼지치기를 하며 비참하게 지내다 결국 아버지의 집으로 돌아온다. 아들은 아버지의 비난과 호통을 예상했지만 아버지는 아들이 고생 끝에 자신의 곁으로 돌아온 것을 기뻐하며 연회를 연다.

렘브란트의 작품 속 지친 아들은 누더기를 걸친 채 낡은 신발 한쪽마저 벗겨져 있다. 아버지는 눈이 잘 보이지 않을 정도로 노쇠했으나 그의 손만은 돌아온 아들을 두 번 다시 잃지 않겠다는 듯, 단단히 아들의 어깨를 붙들고 있다. 모든 것을 용서받은 아들은 지친 방황의 끝에서 아버지의 품에 안겨 눈을 감고 편안한 숨을 내쉰다. 아버지의 큰 사랑이 모두의 어깨 위에 황금빛 축복처럼 잔잔히 흐른다. 렘브란트 또한 신에게서 방탕했던 시절의 자신을 용서받고 싶었던 것은 아닐까.

렘브란트는 말년에 〈제욱시스로서의 자화상〉을 남겼다. 고대 그

| 하르먼스 판 레인 렘브란트, 〈제욱시스로서의 자화상〉, c.1662

리스의 전설적인 화가였던 제욱시스에게 한 노파가 방문해 자신을 모델로 해서 아프로디테를 그려달라고 요청했다고 한다. 얼굴에 주름이 가득한 노파를 앉혀 놓고 그림을 그리던 제욱시스는 그 상황이 너무 우스워 미친 듯이 웃음이 터져 나왔고 그러다가 그만 숨이 막혀 죽고 말았다고 한다.

렘브란트는 화가 제욱시스와 자신을 동일시했다. 자화상 속 그가 한쪽 입을 비죽 올려 웃고 있다. 하지만 그것은 제욱시스의 비웃음이라기보다는 해탈한 것만 같은 웃음이다. 화려했던 과거의 자신과, 삶의 풍랑 속에 늙고 가난한 자신의 모습이 거울 속에서 겹쳐질 때 그는 무슨 생각을 했을까.

그는 초라한 자신을 외면하거나 미화하지 않았다. 대신 그는 빛나는 눈으로 모든 것을 잃은 자신을 마치 제삼자처럼 객관적으로 묘사했다. 인간의 내면을 포착한 것이 화가로서 그의 위대함이었다면, 초라한 자신조차 그대로 인정하고 받아들인 것은 한 인간으로서 그의 위대함이었다.

※

렘브란트가 죽기 몇 년 전 그가 사랑했던 헨드리키에와 하나 남은 아들 티투스마저 세상을 떠났다. 말년의 그는 가난했고 사랑하는 이를 모두 잃었으며 누구도 찾지 않는 불행한 인간이었다. 본인이 자초한 부분이 있을지언정 그의 몰락에 세상의 냉대는 너무나 야멸찼다. 과거의 영광을 생각하며 무너져 버릴 수도 있었을 것이다. 하지만 그 대신 렘브란트는 끊임없이 화가로서 자신의 인생과 예술을 탐구했다. 그리고 그런 자신과 사람들의 모습을 바라보며 예측할 수 없는 삶의 풍랑 속에서도 그저 꿋꿋이 버텨내는 인간 존재의 숭고함을 발견했다.

깊은 인간애가 우러난 그의 작품 속 인물들에게서는 마치 그 잔잔한 내면의 품위가 몸 안에서부터 금빛으로 스며 나오는 것처럼 보인다. 스스로 삶의 무게를 지탱하는 인간 본연의 모습은 그 자체만으로도 아름다울 수 있음을 우리는 그의 시선을 통해 깨닫는다. 예기치 못했던 비극적인 운명을 어깨에 짊어진 채 누구도 원망하지 않고 버텨내는 인간상. 그것은 어쩌면 바로 렘브란트 자신이었을지 모른다. 그리고 말년의 그가 작품 속에서 붙들었던 빛은 역사상 어느 화가도 화폭에 담지 못했던, 아름다운 '영혼의 빛'이었다.

나 자신과의 화해

타인과의 화해

신이 모든 곳에 있을 수 없어
엄마를 만들었다

●

루이즈 부르주아
Louise Bourgeois, 1911-2010

2015년 겨울을 따뜻하게 날 수 있게 해 주었던 드라마가 있다. 바로 〈응답하라 1988〉이다. 이 드라마는 1980년대를 배경으로 가족과 사랑, 우정에 대한 일상적인 이야기를 따뜻한 시선으로 그려 내어 많은 인기를 끌었다. 매 편마다 코끝이 찡한 에피소드가 하나둘씩은 꼭 있었지만, 그중에서도 내가 눈물 콧물을 폭포처럼 쏟으면서 봤던 편은 바로 엄마에 대한 이야기를 다뤘던 5화 '월동 준비'였다. 특히 한 내레이션이 마음에 와닿았다.

신이 모든 곳에 있을 수 없어 엄마를 만들었다고 한다. 엄마의 나이가 되어서도 여전히 엄마는 나의 수호신이며, 여전히 엄마는 부르는 것만으로도 가슴 에는 이름이다. 엄마는, 힘이 세다.

엄마. 소리 내어 되뇌는 것만으로도 수많은 감정을 불러일으킬 수 있는 단어가 세상에 몇이나 될까. 어쩌면 엄마라는 존재에 대한 이런 복잡한 감정은 인류 보편의 것인지도 모른다.

※

내게 현대 미술에 대한 선입견을 완전히 거두게 해 준 작품이 있다. 우리나라의 상섬 리움미술관에서도 한동안 전시되어서 눈에 익은 분들도 많을 것이다. 나는 이 작품을 이전에 보았지만, 설치 작품은 의미보다는 조형적인 아름다움을 위해 만든 것이라는 편견이 있었기에 작품에 대해 그다지 궁금하지는 않았다.

한눈에 알아볼 수 있듯이 이 작품은 거미를 표현했다. 길고 가느다란 다리를 위태롭게 딛고 서 있는 거대한 거미. 작품마다 사이즈가 다양하긴 하지만 가장 유명한 작품의 높이는 6미터에 달하기 때문에 실제로 보면 더 압도적이다.

이 작품에 대해 알지 못했을 때에는 당연히 작품의 제목이 '거미'일 것으로 짐작했다. 하지만 이후 알게 된 작품의 제목이 전혀 뜻밖이라 놀랐던 기억이 있다. 작품의 제목은 〈마망〉, 프랑스어로 '엄마'라는 뜻이었다.

거미라고 하면 일반적으로 많은 사람이 두려움을 느낄 것이다. 거기다가 사람의 키보다 몇 배는 더 큰 거미라니. 작가는 왜 이 거대한 거미에 엄마라는 제목을 붙인 것일까. 혹 엄마와 관련해 어떤 공포라도 가졌던 것일까.

이 작품을 제작한 이는 루이즈 부르주아라는 프랑스계 미국인

| 루이즈 부르주아, 〈마망〉, 1999

작가이다. 무려 60세까지 무명 시절을 보내다가 〈마망〉을 시작으로 70대부터 미술계의 주목을 받기 시작했다. 이후 자신의 삶을 토대로 솔직하면서도 직관적인 작품들을 만들며 98세로 세상을 떠나기 전까지 왕성하게 활동했다. 그녀의 작가로서의 황금기는 70대부터 죽기 직전까지였다.

루이즈 부르주아는 1911년 크리스마스에 3남매 중 둘째로 태어났다. 그녀의 아버지 루이 부르주아Louis Bourgeois는 파리에서 태피스트리를 수선하고 판매하는 갤러리를 운영했고, 어머니 조세핀 부르주아Josephine Bourgeois는 아버지를 도와 직물을 짜는 일을 했다. 태피스트리란 벽면에 거는 대형 직물로 아름다울 뿐만 아니라 보온 효과가 있어 오랜 시간 유럽에서 사용되어 왔다. 태피스트리 사업으로 큰 돈을 벌었던 아버지 덕분에 그녀는 유복한 환경에서 자라날 수 있었다.

남부러울 것 없는 유년 시절을 보낸 부르주아에게 평생에 영향을 미칠 충격적인 사건이 벌어졌다. 부유했던 동시대 다른 집과 마찬가지로 그녀에게도 새디 고든 리치몬드Sadie Gordon Richmond라는 영어 가정 교사가 있었다. 당시의 가정 교사는 단순히 교육뿐만 아니라 숙식을 함께하며 아이를 돌보는 육아 도우미의 역할도 함께하는 직업이었다. 그렇기에 어린아이들에게 가정 교사는 사실상 가족처럼 느껴질 때가 많았다. 부르주아 또한 가정 교사를 친언니처럼 믿고 따랐다. 그런데 그런 가정 교사가 자신의 아버지와 10여 년 동안 불륜 관계를 지속해 왔다는 사실을 알게 된 것이다.

20대에 이르러서야 이 사실을 알게 된 그녀는 분노했다. 아버지를 증오했고 가정 교사를 원망했다. 하지만 그 둘보다도 더 이해할 수 없었던 것은 자신이 가장 사랑했던 어머니였다. 어머니는 이 모든 사실을 처음부터 알고 있었으면서도 가정을 깨지 않으려 모른 체했던 것이다. 둘이 불륜을 저질렀다는 사실 자체보다도 누구보다 믿었던 어머니가 오래도록 불륜을 묵인했다는 사실이 부르주아를 더 절망하게 만들었다.

그녀는 후에 이 사건이 자신의 인생을 바꿨다고 말하며, 자신이 예술가가 될 수 있었던 원천은 이러한 '관계'에 대한 허무함과 고민이라고 고백했다. 이해할 수 없는 미련한, 아이에게 상처를 주는 선택을 했던 엄마. 그렇다면 과연 부르주아는 엄마를 쳐다보기조차 징그러운 거미로 표현함으로써 엄마에 대한 분노를 표출한 것일까.

여기서 다시 작품을 자세히 봐야 한다. 〈마망〉을 찬찬히 뜯어보면 일반적인 거미를 표현했다고 하기에는 이상한 점을 발견할 수 있다. 거미는 몸통에 비해 엄청나게 긴 다리를 가지고 있기에, 하중을 분산하고 무게 중심을 잡기 위해서 몸통을 거의 바닥에 닿을 정도로 낮은 위치에 두는 것이 일반적이다.

하지만 〈마망〉의 거미는 얇고 긴 다리를 땅에 디딘 채 몸통을 부자연스럽게 치켜올리고 있다. 실제 거미와 비교하면 다리에 힘이 많이 들어가서 부들부들 떨리는 것처럼 보이기도 한다. 이렇듯 예사롭지 않은 자세의 거미를 아래쪽에서 올려다 보면 한 가지 눈에 띄는 것이 있다. 거미의 배 아래에 그물처럼 보이는 철망이 붙어 있다. 그리고 그 안에는 대리석으로 만들어진 하얀 구슬들이 들

| 루이즈 부르주아, 〈마망〉 상세

어 있다. 이 거미는 바로 알을 품고 있는 '엄마 거미'인 것이다.

거미는 종류에 따라 알을 부화하는 방식이 다르다. 직접 알을 품고 있기도 하고, 식물의 잎 뒤에 붙여 놓기도 하고, 땅 위에 텐트를 치듯 뭉쳐 놓기도 한다. 하지만 모든 엄마 거미에게서 공통적으로 나타나는 특징이 하나 있다. 바로 엄마 거미들은 일단 한번 알을 낳고 나면 알이 부화할 때까지 먹지도 자지도 않고 탈진할 때까지 알을 지킨다는 것이다. 그래서 일부 거미 종에서는 알에서 갓 부화한 아기 거미들의 첫 끼니가 죽은 엄마의 시신이 되기도 한다.

작품의 엄마 거미가 이렇게 위태로운 모습으로 저항하듯 몸을 잔뜩 추켜올려 꼿꼿이 버티고 서 있는 것은 바로 배 아래쪽의 알들을 위험으로부터 지켜 내기 위해서였다. 거미는 자신의 새끼들을 지키기 위해서라면 죽음에 가까운 고통도, 어쩌면 죽음도 불사할 수 있다. 배 아래 품고 있는 알들을 위해서라면 그들은 무슨 일이든 할 수 있다. 루이즈 부르주아의 어머니처럼 말이다.

거미가 매일 실을 뽑아내듯 직물을 짜는 일밖에 할 줄 몰랐던 엄마. 거미가 실로 집을 만들어 내듯 직물업으로 가정을 지켰던 엄마. 남편의 부정을 미련하게 지켜보기만 했던, 이해할 수 없는 소름 끼치는 엄마.

하지만 자식들을 지키기 위해서 떨리는 얇은 다리로 자식들을 배 아래 숨기고 자신이 모든 고통을 감내했던 엄마. 우둔하고 억척스러운, 하지만 그 모든 고통을 바로 '나' 때문에 견뎌 내야 했던……. 바보 같은, 위대한 엄마.

부르주아의 어머니는 그녀가 21세가 되던 해에 세상을 떠났다.

어머니의 결정을 이해하고 어머니와 화해하기에는 어린 나이였을 것이다. 하지만 부르주아는 결혼을 하고 세 아이의 어머니가 되어 가는 과정에서 자신의 어머니를 완벽히 이해하게 되었다. 그녀에게 알을 밴 거미의 모습은, 자식을 지키기 위해서는 어떠한 치욕과 고통도 감내할 수 있고 그렇기에 삶의 매 순간 필사적으로 몸부림칠 수밖에 없었던 자신의 어머니 그 자체였다.

부르주아에게 어머니라는 존재는 이해하기 어려웠던 어른이자, 동시에 죽어가는 순간조차 자식들이 자신의 몸을 먹도록 허락하는 거미처럼 지독한 모성의 존재였던 것이다. 이렇게 그녀는 어머니에 대한 자신 안의 모순된 감정을 해결해 가는 처절한 삶의 과정을 통해서 작품 〈마망〉을 탄생시켰다. 이렇듯 자신에게 닥쳤던 가장 고통스러운 일들을 극복해 내기 위해 괴로움을 고백하고 그것을 예술로 승화시키는 작품을 '고백 예술'이라고 부르기도 한다.

※

가끔은 엄마가 부끄러울 때가 있었다. 엄마에겐 왜 최소한의 체면도, 자존심도 없는지 화가 날 때가 있었다. 그건 자기 자신보다 더 지키고 싶은 소중한 것이 있기 때문이란 걸, 바로 나 때문이란 걸 그땐 알지 못했다. 정작 사람이 강해지는 건 자존심을 부릴 때가 아닌, 자존심마저 던져 버렸을 때다.

— 〈응답하라 1988〉, '월동 준비' 편

나 또한 가끔은 너무 억척스러운 엄마가 싫을 때가 있었다. 하지만 사실 나는 그 억척스러움을 방패막으로 삼아 조금은 천진난만하게 살 수 있었다. 엄마의 눈으로 온갖 더러운 꼴을 다 보아서 나는 세상의 좋은 면들을 조금은 더 볼 수 있었다. 내가 그악스럽지 않게 살 수 있었다면, 자신도 그러고 싶지 않았을 엄마가 상처 난 몸으로 온갖 것들을 막아섰기 때문이었다. 그것을 이제 와서야 아주 조금 안다.

언뜻 흉물스러워 보이는 거미는 부르주아에게 어머니 그 자체였고, 위대한 모성의 다른 모습이었다. 하지만 여전히 끝이 칼처럼 뾰족한 다리로 어린아이의 마음에 상처를 주었을, 이해되지 않는 거대하고 무서운 어른의 모습 또한 공존한다. 그녀는 어머니란 존재에 대한 양가적인 감정을 솔직하게 고백함으로써 모두가 그녀의 마음에 깊이 공감하고 감동할 수 있도록 했다. 이 거대한 거미는 그 어떤 말보다도 더 직접적이고 강력하게 우리가 품고 있는 '엄마'에 대한 감정을 두드린다.

루이즈 부르주아는 작품 〈마망〉에 대해 다음과 같이 말했다.

이 거미 작품은 나의 어머니에게 바치는 시다. 그녀는 나의 절친한 친구였다. 마치 거미처럼 나의 어머니 또한 방직을 하는 사람이었다. 그리고 또한 거미처럼 아주 현명했다. 거미는 질병을 옮기는 모기를 잡아먹는 아주 유용한 생명체이다. 나의 어머니는 이렇듯 한 마리의 거미처럼 꼭 필요하며 누군가를 보호할 수 있는 존재였다.

사진 한 장에 담기
어려운 이야기

●

에드가르 드가
Edgar De Gas, 1834-1917

어린 시절 친구들 집에 놀러 가면 종종 커다란 가족사진이 반겨 주곤 했다. 가정 분위기가 단란한 것 같아 내심 부러웠던 친구들의 넓은 아파트 거실 벽에는 늘 환하게 웃고 있는 가족사진이 훈장처럼 반짝이며 걸려 있었다. 그때의 나에게 대형 가족사진은 화목함의 상징처럼 느껴졌다.

내가 기억하는 한 우리 집에는 가족사진이 없었다. 왜 그 흔한 가족사진 한 번을 안 찍었을까. 특별히 사진 찍는 것에 별 의미를 두지 않았던 무심함 때문이 클 것이다. 그래도 한 번쯤은 찍었을 수도 있었을 텐데. 사는 게 바빠서였을까, 아니면 남들에게 자랑할 만큼 다복하지 않아서였을까.

이십 대 후반에 친구와 둘이 여행을 갔을 때였다. 1박 2일의 짧은 여행의 마지막 날, 빠듯한 일정 중에도 친구는 공항에 가기 직

타인과의 화해

전까지 부모님께 드릴 선물을 사느라 바빴다. "우리 아빠가 명란 진짜 좋아하시거든. 이 지역 특산품인데 말린 명란포라도 안 사가면 엄청 뭐라고 하실 거야"라며 맑게 웃는 친구가 왠지 모르게 부러웠다. 부모님의 취향을 안다는 것은 그만큼 부모님과의 관계가 애정으로 꽉 들어차 있다는 의미로 느껴졌다.

어린 시절 나와 부모님의 관계는 특별할 것이 없었다. 부모님은 빠듯한 살림에서 맞벌이를 하며 아이를 길러 내시느라 바빴고, 나또한 부모님께 불만과 애정의 감정이 공존했다. 두 분의 성향은 정반대였고 꽤 자주 부부 싸움을 하셨던 것으로 기억한다. IMF와 이런저런 이유들로 좋지 않아진 집안 사정은 더 많은 다툼의 물꼬를 만들었다.

이는 흔한 내 세대 가족의 이야기이기도 하다. 회사에서 살아남기 위해 밤낮으로 바빴던 아버지는 부엌에 드나드는 남자는 아니었고, 어머니는 살림을 전담하며 돈까지 버느라 늘 지쳐 허덕이셨다. 시어머니와 시누이는 어머니에게 매서웠고, 장인어른과 장모님을 모시고 사는 더부살이 또한 아버지에겐 고단했을 일이었다. 나이를 먹어 보니 부모님의 삶의 무게 또한 녹록지 않았을 것임을 이해한다.

여러 굴곡을 겪으면서 나는 부모님의 선택들이 속 터지게 답답했다가 짠했다가 했다. 때로는 아버지의 무모함이, 때로는 어머니의 끝없는 하소연이 나를 힘들게 했다. 나 또한 부모님에게 살갑고 따뜻한 딸은 전혀 못 되었다. 아마 그 동안 나 자신도 모르게 억눌려 왔던 무엇인가가 있었던 것도 같다. 사춘기와 이십 대를 지나는 동안 이렇다 할 반항 한 번 하지 않았던 나는 서른이 한참 넘어 부모님께 고래고래 소리를 지르며 모진 소리를 해 댔다.

괜찮다고 생각했지만 아마도 두고두고 쌓여 왔을 어떤 앙금이 터진 탓이었을 것이다. 그렇게 난생처음 몇 달을 부모님과 연락을 끊고 살았다. 다툼은 없어 잔잔한 날들이었지만 속은 까맣게 죽어가는 느낌이었다. 아마 부모님껜 더했을 것이다. 그러다 어찌어찌 다시 연락을 하게 되었고, 지금은 아기의 애교를 보며 함께 웃고 여전히 날선 대화를 주고 받기도 하면서 다시금 그냥저냥 지내고 있다.

우리 가족의 관계는 계속해서 함박웃음이 터져나올 만큼 화목하지는 않지만, 그렇다고 내내 눈물을 흘려야 할 정도로 비참하지도 않았다. 사실 대부분의 날들은 그럭저럭 무탈하게 보냈으며 웃음 짓는 날들도 있었다. 그러나 때때로, 아니 꽤 자주 서로에 대한 미움이 마음 속에서 조용히 끓어 오를 때도 있었을 것이다. 그렇게 웃음과 눈물과 애증의 조각보를 이어 붙인 것이 우리 가족의 적나라한 현실이었다.

※

이렇듯 복잡한 가족의 관계를 기민하게 포착하여 화폭에 담아낸 화가가 있다. 19세기 프랑스 화가 에드가르 드가였다. 드가는 정확한 소묘와 신선하고 화려한 색채로 파리의 근대적인 생활을 옮겨낸 화가로 유명하다. 특히 그의 발레리나 시리즈는 한눈에도 더할 나위 없이 아름다워 당대에도 인기가 많았다.

타인과의 화해

| 에드가르 드가, 〈무대 위에서의 발레 리허설〉, c.1874

하지만 드가는 한편으로는 날카로운 시선으로 발레리나들의 현실을 포착했다. 현대의 발레는 소위 '집안에 돈 좀 있어야 할 수 있는' 것으로 여겨지지만, 드가가 살던 당대의 발레에 대한 인식은 지금과는 많이 달랐다. 당시 발레는 오히려 집안 형편이 어려운 여자 아이들이 부와 명예를 얻을 수 있는 유일한 길로 여겨졌고, 이는 종종 부르주아 스폰서와의 어두운 관계로 이어지기도 했다.

발레리나와 관계를 맺은 스폰서는 리허설 중에도 무대 뒤로 들어갈 수 있는 권한을 가졌다. 아름다운 무대 뒤 한편에 검은 정장 차림을 한 이들의 모습을 드가의 작품에서 찾아볼 수 있다.

이렇게 드가는 현실을 미화하거나 포장하지 않고 냉철하게 표현했다. 그런 그가 그린 가족 초상화는 다른 화가들의 것과 사뭇 다르다. 그는 〈벨렐리 가족〉에서 고모의 가족을 매우 독특한 방식으로 그려 냈다.

우선 우리에게 익숙한, 얼굴 가득 함박웃음을 띠고 다정히 모여 앉은 모습이 아니다. 그 대신 가족 사이의 심리적인 긴장감이 생생히 드러난다. 작품의 구도와 얼굴 표정, 포즈, 시선 모두에 긴장감이 자연스럽게 녹아들어 있다.

드가는 고모인 라우레 벨릴리Laure Bellelli의 초대를 받아 1858년 8월 피렌체를 방문했다. 〈벨렐리 가족〉이 제작된 시기는 특정하기 어렵지만, 피렌체에 머무는 동안 인물을 개별적으로 여러 점 드로잉하고 1859년 3월 파리로 돌아온 후 작업실에서 완성했을 것으로 추정된다.

전문가들은 이 그림을 뱃속 아기부터 죽은 할아버지까지 다양

| 에드가르 드가, 〈벨렐리 가족〉, 1858-1867

한 세대를 아우르며 인간의 여러 시기를 보여주는 것으로 해석하곤 했다. 라우레는 임신 중인 것으로 보이며, 뒤쪽의 액자에 걸린 드로잉은 1858년에 세상을 떠난 할아버지 일레르Hilaire를 그린 것이고 어머니와 딸들은 그를 추모하기 위해 검은색 상복을 입고 있기 때문이다. 그러나 작품을 자세히 살펴보면 이 가족 초상화가 중점적으로 보여주려고 하는 것은 형이상학적인 메시지가 아닌 가족 사이의 팽팽한 대립, 지극히 현실적인 힘의 관계에 대한 이야기인 것을 알 수 있다.

아버지는 화면 오른쪽에서 관람자를 등지고 가족을 바라보는 옆모습으로 그려졌는데, 얼굴은 대부분 그림자가 져 있고 허리를 굽힌 구부정한 모습으로 앉아 있다. 한데 모여 당당히 전신을 드러내는 어머니나 딸들에 비해서 존재감이 아주 약하다. 드가는 아버지를 가족의 중심에서 배제하여 귀퉁이로 밀어내고, 어머니인 라우레가 화면을 압도하도록 그려냄으로써 이 가족 안에 존재하는 대립과 힘의 관계를 표현했다.

라우레는 28세에 정치 성향이 짙은 언론인이었던 젠나로 벨렐리Gennaro Bellelli와 정략 결혼을 하게 되었다. 집을 자주 비웠고 가정을 돌보는 데 관심이 없었던 젠나로에게 아내와 아이들은 정을 붙이기 어려웠을 것이고, 가족 안에서 그의 입지는 약할 수밖에 없었을 것이다. 확실히 구석으로 밀려난 남편보다는 정면을 향하여 선 채 화면 전체에 존재감을 드리우는 아내가 가족의 중심인 것처럼 보인다.

드가가 피렌체에 머무는 짧은 기간에도 벨렐리 가족의 불행은 감추기 어려웠다. 라우레는 후에 드가에게 "남편은 불합리하고 부정직하다. 네가 익히 알고 있는 그 혐오스러운 성격을 가진 데다가, 제대로 된 직업이 없는 젠나로와 사는 것은 곧 나를 무덤으로 이끌 것이다"라고 고백하기도 했다.

어머니와 함께 서 있거나 가깝게 위치한 딸들의 모습을 통해 이들이 어머니에게 심리적으로 의지하고 있음을 알 수 있다. 어머니와 딸들, 그리고 아버지 사이의 거리는 이 결혼이 실패했다는 사실을 가감 없이 보여준다. 마주치지 않고 완전히 다른 곳을 향하는 부부의 엇갈린 시선 또한 이들이 무언가를 공유하기엔 너무 다른 지향점을 가지고 있다는 것을 보여주는 듯하다.

하지만 화면 가운데에 위치한 줄리아Giulia의 모습은 그냥 지나칠 수 없다. 어머니의 완벽한 지지자일 듯한 조반나Giovanna와 달리 줄리아는 어머니와도 다소 떨어져 있다. 조금은 경직되어 보이는 다른 가족들과 달리, 줄리아는 자신의 왼쪽 다리를 깔고 앉아 양손을 허리 위에 올리는 편안한 자세를 취하고 있다. 아마도 부모님의 날 선 대립 관계 사이에서 줄리아는 늘 침착하게 중립의 위치를 취했던 것은 아닐까. 드가는 가족 사이의 섬세하고 미묘한 감정들을 화폭 위로 옮겨 왔다.

이렇게 드가의 초상화는 영롱한 행복의 순간을 그려 왔던 관습적인 가족 초상화의 전형에서 완전히 벗어나 있다. 각 인물의 개성을 드러내는 것을 넘어서서 가족 사이에 도사리고 있는 팽팽한 긴장감을 묘사함으로써 이들의 진짜 관계를 솔직하게 그려 냈다. 이 작품이 어쩐지 위로가 되었던 것은 왜였을까.

나이를 좀 더 먹으면서 나는 알게 되었다. 세상의 모든 가족들에게는 저마다의 이야기가 있다는 것을. 그리고 그 이야기는 사진 한 장에 담아낼 수 없을 만큼 길고 복잡하다는 것을. 때로 어떤 이야기는 가족이라는 이름에 걸맞지 않게 너무나 아프기도 하고, 또 아무리 행복한 가정이라도 〈벨렐리 가족〉처럼 차가운 갈등의 순간들도 있다는 사실을 말이다.

어쩌면 가족의 관계라는 것은 한 장의 사진이나 그림으로 표현해 내기 어려운, 더 복합적이고 역동적인 것일지도 모른다. 무너지고 서로를 증오했다가도 고통의 시간을 부축하며 건너기도 하고 때로는 행복의 절정을 함께 맞이하기도 하는, 그렇게 아주 변화무쌍하면서도 동시에 긴 서사를 지닌 관계. 지금 우리 가족의 모습을 사진으로 찍는다면 과연 우리는 웃는 모습일까, 아니면 벨렐리 가족 같은 모습일까. 어떻게 표현된다고 해도 그 한 순간만으로 우리 가족의 진짜 모습을 대변할 수는 없을 것이다. 그 모두가 우리 가족의 모습이니 말이다.

결혼
그 이후

·

윌리엄 퀼러 오차드슨
William Quiller Orchardson, 1832-1910

요즘에는 비혼을 선언하는 사람들이 점점 많아지고 있다. 나는 결혼을 하고 아이를 낳아 키우고 있지만 비혼을 결정하는 사람들이 많아지는 사회 분위기에 공감이 된다. 스스로의 삶조차 책임지기 힘든 시대에 누군가와 함께하거나 누군가를 부양한다는 것은 근거 없는 낙관만으로 결정할 수 없는 일이다. 결혼을 하지 않는 것은 책임감이 부족하기 때문이라고 말하는 이도 있다. 하지만 오히려 상대에 대한 막중한 책임감을 온전히 이해하는 것이 비혼을 결심하는 여러 요인 중 하나는 아닐까 조심스레 생각해 본다.

친구들이나 지인들을 봐도 기혼과 비혼의 비율이 비등비등하다. 또 결혼은 하되 아이가 없는 커플들도 많다. 가파르게 떨어지는 혼인율과 출산율 또한 이러한 경향이 만연해지고 있다는 사실을 뒷받침한다.

사실 나 또한 크게 결혼의 필요성을 느끼지 못했고 아이를 꼭 낳고 싶다는 생각 또한 없었다. 남편을 만나 결혼을 하게 되었을 때 우리는 양가 부모님께 아이를 낳지 않겠다고 선언했다. 결혼과 더불어 특히 아이를 낳는 일은 막중한 책임감을 가지고 현실을 냉정하게 판단한 뒤에 결정해야 할 일이라 생각했다.

남편과 나는 결혼 이후에 펼쳐질 분홍빛 미래에 대한 기대감이 거의 없는 사람들이었다. 그 대신 결혼 이후에 펼쳐질 차가운 현실 속에서 서로 책임감 있게 행동할 수 있을지에 큰 부담을 가지고 있었다. 우리가 꾸준히 서로를 경제적으로 부양할 능력을 갖추고 있는가? 매일 닥쳐올 잡다하고 끝이 없는 집안일들과 골치 아픈 관계의 얽힘을 감내할 수 있을 것인가? 우리는 끊임없이 자문했다. 그래서 사랑이 당연히 밑바탕이 되긴 했지만, 그보다는 오히려 서로의 인간성에 대한 믿음에 더 큰 비중을 두고 결혼을 결정했다.

그리고 우리는 결혼식을 하지 않았다. 당시에 둘 다 결혼식을 할 만한 목돈도 전혀 없었고, 또 '제대로 못할 바에는 아예 안 하는 게 낫다!'라는 알량한 자존심도 있었다. 하지만 웨딩드레스와 결혼식에 큰 환상이 없었던 것도 사실이었다.

식을 올리지 않기로 결심한 이상 우리의 결혼은 아주 간단했다. 우리가 해야 할 일이라고는 앞으로 평생 기념하고 싶은, 제일 마음에 드는 날 하루를 결정하는 것밖에 없었다. 우리는 우리가 정한 결혼기념일에 맞춰 혼인 신고를 하고 비싼 레스토랑에서 맛있는 식사와 와인으로 결혼을 자축했다. 그리고 가까운 이들과 함께 식사를 하거나 혼인 신고서 사진을 첨부한 메일을 보내며 결혼식을 갈음했다.

그렇게 결혼식 없이 부부가 되었지만 우리는 큰 부부 싸움이나 극적인 굴곡 없이 평범한 결혼 생활을 잘 보내고 있다. 우리의 연애는 남들이 부러워할 만한 이벤트나 격정적인 애정의 확인 같은 것이 없이 참 밋밋하다고도 할 수 있었다. 하지만 결혼 이후에는 소소하게 서로를 잘 챙기고 각자의 가치관을 지켜 주면서, 또 함께 아이를 길러 내고 가족 구성원으로서 각자 맡은 몫을 제대로 해내면서 믿음과 안정감이 차곡차곡 쌓여 가고 있다.

우리는 다양한 방식으로 행복하지 않은 결혼 생활을 많이 보았고, 우리도 결혼하면 얼마든지 그렇게 될 수 있을 것이라고 생각했었다. 특히 노파심과 걱정이 많은 나는, 조금 이상하지만 '우리만큼은 다를 거야'라기보다 '우리도 반드시 저렇게 된다'라고 확신했다. 어떤 종류의 문제로 불행해질지는 전혀 예측할 수 없었기 때문에, 우리는 최악의 불행을 피하기 위해서 서로 최선을 다하자고 약속했다. 그리고 지금도 계속해서 노력하고 있다.

그래서일까, 그렇게 두렵던 결혼 생활의 휘장을 젖히고 그 안을 들여다보니 생각보다는 훨씬 할 만하게 느껴졌다. 행복하지 않은 결혼 생활을 보며 미리 마음을 다잡고 나니, 평온하게 결혼 생활을 하는 수없이 많은 부부들이 존재한다는 당연한 사실 또한 보였다.

무엇이든 겉에서 볼 때는 좋아 보일 때가 더 많다. 하지만 그 안에 함께 담겨 있을 부정적인 요소들을 충분히 검토한다면, 그래서 미리 마음의 준비를 한다면 무엇이든 훨씬 더 충실히 해낼 수 있지 않을까. 특히 그것이 자신의 인생에 엄청난 영향을 미치는 결혼과 같은 중대한 결정이라면, 한 번쯤은 그 아름다운 포장을 벗겨내고 민낯을 보아야 하지 않을까 싶다.

※

여기 한 부부가 있다. 고상한 빅토리아풍으로 아름답게 꾸며진 방은 부부의 경제력이 상당함을 짐작케 한다. 그런데 이 부부의 모습이 심상치 않아 보인다. 아내와 나이 차이 차이가 꽤 있어 보이는 남편이 벽난로 앞에 서서 방을 벗어나려고 하는 아내의 뒷모습을 눈으로 쫓고 있다. 찌푸린 표정과 손을 주머니에 찔러 넣고 비스듬히 선 자세에서 언짢은 기분이 숨겨지지 않는다.

남편의 오른편에 놓인 소파 위로 외출에서 돌아온 아내가 던져 놓은 붉은 코트와 장갑, 양산이 보인다. 아내는 화면 밖의 우리와 남편을 등지고 서 있는데 반대편 어두운 방의 거울에 그녀의 얼굴이 희미하게 비친다. 외출에서 돌아오자마자 벌어진 참을 수 없는 말다툼의 끝에 방을 박차고 나가는 중이 아닐까. 그녀는 불행의 시작을 감지하면서 어둠 속에서 어떤 표정을 짓고 있을까. 부부 사이의 좁힐 수 없는 마음의 거리는 두 사람 사이의 넓고 휑한 마룻바닥의 거리만큼이나 멀다. 방이 실제로 얼마나 안락하고 따뜻한지와 상관없이 방 안을 휘감고 있는 냉랭한 공기가 몸을 감싸듯 느껴진다.

작품의 제목은 은유적이지만 우리는 단박에 그 의미를 알아차릴 수 있다. 〈첫 구름〉, 그들의 결혼 생활에 밀어닥칠 폭풍을 예견하는 듯한 제목이다.

| 윌리엄 퀄러 오차드슨, 〈첫 구름〉, 1887

이 작품은 불행한 결혼을 묘사한 윌리엄 퀄러 오차드슨의 삼연작 중 하나다. 당시 귀족 사회에서는 재력 있는 나이 든 남성과 아름다운 젊은 여성의 결혼이 만연했다. 남성은 여성의 미모를, 여성은 남성의 부를 취했고 사랑이 없는 결혼에 단단한 기반이라곤 없었다. 화가는 이러한 결혼의 끝을 예고하듯 이 작품이 처음으로 전시될 때 앨프리드 테니슨Alfred Tennyson의 시 한 구절을 인용했다.

이것은 류트 안의 작은 균열일 뿐이나 결국에는 음악을 멈출 것이다.

오차드슨은 영국의 초상화가이자 풍속화가로, 초기에 셰익스피어 등의 희곡을 배경으로 한 작품들로 명성을 얻었다. 그리고 이후에는 상류 사회의 결혼 생활을 예리하게 관찰한 작품들로 인기를 끌었다.

이야기가 담긴 서사화에 아주 능했던 그는 심리적인 균열이나 긴장, 절망을 표현하기 위해 넓은 실내 공간을 잘 활용했다. 또한 그는 섬세한 보디랭귀지나 표정을 통해 사람의 감정이나 분위기를 잡아내는 능력 또한 탁월했다. 그는 사람들의 감정이 만들어 내는 공기의 변화를 미묘한 표정과 텅 빈 공간, 차분한 색조의 조율을 통해 작품에 효과적으로 담았다.

삼연작 중 다른 작품인 〈정략 결혼〉에서는 테이블에 앉은 부부의 모습이 보인다. 〈첫 구름〉에서 남편의 뒤에 있던 벽난로가 보이는 것으로 보아 같은 방인 듯하다. 두 사람 사이에 놓인 기다란 테이블이 또 다시 그들 사이의 심리적 거리를 강조한다. 아내는 식사에는 관심조차 없다. 남편과 맞닿은 테이블조차 몸서리 쳐지는 듯, 뒤로 기대 앉아 어서 이 불편한 식사가 끝나길 기다리며 시선을 멀리 던진다. 남편은 테이블 앞쪽으로 바짝 몸을 기대어 대화를 시도하려 하지만 그의 눈에는 체념이 어려 있다. 노란빛이 은은하게 맴돌던 방의 분위기는 연한 초록빛으로 가라앉았다.

마지막 작품인 〈정략 결혼, 그 후〉는 불행한 결혼의 끝을 보여준다. 벽난로가 화면 왼편으로 보이는 것을 보아 우리는 여전히 같은 방 안에 있다. 남편은 홀로 불 꺼진 벽난로 앞에 힘없이 앉아 있다. 뒤쪽 테이블의 한쪽 끝에는 애초에 한 명을 위해 준비된 듯한 와인과 간단한 음식이 놓여 있다. 하지만 와인병도 따지지 않았고 식기도 깨끗하다. 비어 있는 테이블이 더욱 공허하게 느껴진다. 건네지 못한 말들이 그의 힘없이 떨궈진 손 안에 담겨 있다. 애정의 온기가 전혀 느껴지지 않는 이 방은 이제 불이 꺼진 벽난로처럼 검초록빛으로 차갑게 식어 버렸다.

당대 상류층의 결혼을 비판하기 위해 제작된 오차드슨의 삼연작을 통해 현대의 우리 또한 불행한 결혼의 모습이 어떤 것일지 생생히 그려 볼 수 있다. 눈에 보이거나 손에 잡히지 않지만 확실히 그곳에 존재하고 있는 불행의 공기가 쉽게 감지된다.

결혼을 고민하는 사람이 있다면 오차드슨의 작품을 추천하고 싶다. 결혼이 주는 행복에 대한 이야기는 너무나 많으나, 불행한 결혼의 실체가 어떤 것인지를 알려주는 일은 상대적으로 적기 때문이다. 이러한 순간이 닥치게 되더라도 후회하지 않고 끝없이 노력

| 윌리엄 퀼러 오차드슨, 〈정략 결혼〉, 1883

윌리엄 퀄러 오차드슨, 〈정략 결혼, 그 후〉, 1886

할 자신이 있는지를 한번쯤 생각해 보는 것은 어떨까.

✳

만약 사랑에 완성이란 것이 있다면 그것은 젊은 커플의 결혼식이 아니라 두 손을 맞잡고 걷는 노부부의 모습으로 대변되지 않을까 싶다. 나와 남편 또한 그렇게 되기 위해 앞으로도 부단히 노력해 나갈 것이다. 아직 닥치지 않았을 뿐 삶의 여러 굴곡들은 우리를 쉬이 불행의 수렁으로 안내하니 말이다.

마지막으로 유난히 와닿았던 오차드슨의 작품을 소개하고자 한다. 상념에 젖은 채 의자에 앉아 있는 중년 남성의 뒤편으로 피아노를 연주하며 노래하는 그의 딸의 모습이 보인다. 그녀는 활기찬 손놀림으로 건반을 두드리며 아름다운 노래를 부르고 있다. 중년의 남성은 두 손을 모아 쥐고 진지한 표정으로 딸의 목소리에 귀를 기울이고 있다. 그런데 이 작품의 제목은 '딸의 목소리'가 아니다. 작품의 제목은 바로, 〈아내의 목소리〉이다.

딸이 부르는 노랫소리 위에 그 목소리와 꼭 닮은 젊은 시절 아내의 목소리가 얹혀 들려온다. 사랑하는 사람과 함께한 추억을 더듬고 있는 남성의 얼굴에 그리움이 어린다. 오래도록 아내를 그리워하는 남자의 모습에서 부부의 아름다웠을 사랑의 시간이 그려질 듯하다. 그는 틀림없이 사랑을 완성한 사람일 것이다.

타인과의 화해

| 윌리엄 퀼러 오차드슨, 〈아내의 목소리〉, 1888

인간관계에서의
거리감 또는 자유

•

에드워드 호퍼
Edward Hopper, 1882-1967

엄마가 된 뒤에 가끔 아이와 관련된 정보를 얻으러 인터넷 커뮤니
티에 들어갈 때마다 눈에 띄는 문의글이 있다. '아이를 외동으로
키워도 괜찮을까요? 아이가 너무 외롭지는 않을런지……. 외동이
었던 분들의 경험 좀 들려주세요.' 그런 글에 달렸던 댓글들 중 하
나가 기억에 오래 남았다.

외로움이란 걸 알게 될 때쯤에는 이미 혼자 잘 지내는 것에
익숙해져 있어요.

외동인 나로서는 진심으로 공감이 가는 말이었다. 나 또한 기억
이 나는 때부터는 혼자임을 담담히 받아들였다. 물론 아무리 그렇
다 해도 어린아이로서 혼자라는 것은, 더러 쓸쓸함에 가까운 심심

한 순간들이 있었던 것도 사실이었다. 하지만 언젠가부터는 혼자 있다는 것이 반드시 외로운 시간은 아님을 깨닫게 되었다. 타인과 함께하는 시간이 늘 즐거움으로 이어지는 것이 아니듯이.

나이를 먹어 갈수록 외로움보다 더 감당하기 어려웠던 것은 타인과의 부대낌에서 오는 감정들이었다. 특히 가까운 가족이나 오래된 친구들과의 관계에서 더 깊게 마음을 상하는 일이 많았다. 내마음을 이해해 주고 내 뜻대로 해 줄 것이라고 기대하는 내 잘못이 당연히 컸다. 그렇지만 확실히 사람 사이의 거리가 가까울수록 서로의 가장 민감한 부분들을 건드리는 일이 잦았다. 혼자라서 고독하다기보다는 누군가와 함께 있어도 이해받지 못할 때 오히려 더 외롭다고 느꼈다.

결혼을 하고 아이를 낳은 뒤로는 혼자에 대한 생각이 가장 크게 바뀌었다. 홀로 있는 시간은 고독함을 느끼는 시간이 아니라 내가 나다워질 수 있는, 그래서 너무나 간절한 시간이 되었다. 아이와 24시간 밤낮없이 한 몸처럼 엉켜서 지내다 보면 혼자 보내는 시간이 너무 절실했다. 카페에서 누구의 간섭도 받지 않고 커피를 마시며 여유롭게 책을 읽는 시간이 얼마나 소중한 것이었던가.

다른 사람과 연결되지 않는, 나 스스로를 돌봐 주고 나 자신과 잘 지내는 시간. 요즘의 나에게 있어 혼자인 시간은 충전기를 꽂아 방전된 배터리를 채우는 일처럼 느껴진다. 그래서 나는 남편과 가끔 서로 번갈아 짧은 외박 휴가를 준다. 가장 가까운 가족들과도 떨어져서 혼자서 보내는 그 시간이 스스로와 잘 지내기 위해 얼마나 중요한지, 그리고 서로가 그것을 얼마나 필요로 하는지를 이해하기 때문이다.

현대인이라면 누구나 수없이 많은 관계 속에서도 고독감을 느껴 본 적이 있을 것이다. 고독에 대해 평생에 걸쳐 탐구했던 화가가 있다. 바로 에드워드 호퍼이다.

※

에드워드 호퍼는 1882년 미국 뉴욕주 변두리의 소도시인 나이액 Nyack에서 태어났다. 몇 번의 해외 여행과 유학 시절을 제외하면 그는 평생 동안 뉴욕에 머물렀다. 1913년에 뉴욕 맨해튼의 워싱턴 스퀘어 노스 3번지의 4층으로 이사 온 뒤로는 죽는 날까지 50년이 넘게 그곳에서 살았다. 그렇게 그는 자연스럽게 뉴욕시에서 살아 가는 사람들의 모습을 매일 바라보는 면밀한 관찰자가 되었다.

호퍼가 살았던 1800년대 후반부터 1900년대 중반까지의 뉴욕은 산업화로 인한 급격한 경제 성장과 대공황, 두 번의 세계대전이라 는 가파른 변화들을 겪어 내고 있었다. 높은 마천루가 연일 지어졌 고 곳곳에 흩어져서 살아가던 사람들은 새로운 일자리를 찾아 도 시로 몰려들었다. 사람들은 처음으로 적응하기 어려운 속도의 변 화를 마주했다. 그리고 호퍼는 바쁜 도시에서 수없이 많은 사람을 만나지만 역설적으로 그 안에서 외로움을 느끼는 현대인의 감성을 **예민하게 파악해 작품에 표현했다.**

그중에서도 〈밤을 새는 사람들〉은 도시인의 고독을 효과적으로 드러내며 그의 대표작으로 자리 잡았다. 건너편 가게의 불이 꺼져 있고 거리가 사람 없이 텅 빈 것으로 보아 새벽 나절인 듯하다. 아

타인과의 화해

| 에드워드 호퍼, 〈밤을 새는 사람들〉, 1942

직 잠을 이루지 못한 사람들이 늦게까지 영업 중인 레스토랑에서 시간을 보내는 장면이다. 푸른 적막감 속, 다소 지친 듯한 사람들이 서로 대화도 없이 그저 시간을 때우며 밤이 지나가길 기다리고 있다. 불면증과 24시간 카페야말로 현대인인 우리에게 너무나 익숙한 개념이 아닐 수 없다. 이렇게 그의 작품은 특별한 설명이 없어도 현대의 도시를 살아가는 사람이라면 누구나 이해할 수 있는 순간을 포착해 그 정서를 그대로 우리의 마음에 관통시킨다.

그의 작품에서 가장 자주 등장하는 주제는 도시의 한편에서 포착된 혼자 있는 사람의 모습이다. 그들은 고된 하루 끝에 혼자 지하철 안에서 온몸에 힘을 풀고 널브러져 있거나, 환한 아침 햇살을 바라보며 무표정으로 앉아 있다. 얼핏 알람 소리에 정신없이 일어나 출근을 준비하기 직전 멍 때리고 있던 과거 나의 모습이 겹쳐진다. 번잡한 도시의 사무실에서 정신없이 일하다 문득 고개를 들어 창밖을 물끄러미 바라보는 한 남자의 모습도 보인다.

호퍼는 우리보다 한 세기 정도 앞선 시기를 살았지만 그의 시선이 머물렀던 곳엔 지금의 우리들에게도 너무나 익숙한 고독의 감성이 살아 있다. 하지만 이렇게 작품을 통해 일생 동안 현대인의 고독을 파고들었던 그 자신은 정작 평생 동안 외롭지 않았다. 그는 함께 미술을 공부했던 뉴욕 미술 학교 동급생인 조세핀 니비슨 Josephine Nivison과 결혼하여 84세로 죽는 순간까지 함께했기 때문이다. 조세핀은 그녀 자신도 화가였으며, 호퍼의 가능성을 가장 먼저 발견해 그가 데뷔하는 첫 발판을 만들어낸 기획자이자 호퍼 예술 세계의 가장 큰 지지자이며 조력자였다.

타인과의 화해

| 에드워드 호퍼, 〈소도시의 사무실〉, 1953

졸업 후 화가로서 전시 요청을 받았던 조세핀은 그때까지 무명이었던 호퍼의 그림도 함께 전시할 수 있도록 미술관을 설득했고, 이 전시회를 통해 호퍼의 작품은 소위 대박을 터뜨렸다. 호퍼가 성공한 뒤 조세핀은 남편이 그림에 전념하도록 살림을 도맡았으며 내성적인 호퍼를 대신해 미술관을 뛰어다니며 전시 일정을 조율하는 매니저 역할을 담당했다. 또한 조세핀은 호퍼의 모든 작품을 함께 검토하는 파트너였으며 1923년 이후 호퍼 작품에 등장하는 유일한 여성 모델이기도 했다.

하지만 화가로서 스스로도 성공하고 싶던 조세핀과 그녀를 은연중에 제지하던 호퍼의 관계가 늘 순탄할 수는 없었다. 조세핀에게 기회가 찾아올 때 호퍼는 노골적으로 질투심을 드러내며 일을 방해하기도 했다. 그녀 또한 이런 일들에 분개하고 저항했다. 억눌린 감정들이 폭발해 거친 몸싸움으로 이어질 때도 있었다. 그들은 서로를 사랑하며 생의 마지막까지 함께였지만, 일상과 꿈과 커리어라는 인생의 모든 순간에 서로가 깊게 얽매이면서 발생하는 감정의 마찰은 필수적인 것이었다. 인간관계에서 오는 지긋지긋한 부대낌의 감정은 호퍼와 조세핀에게도 예외는 아니었던 모양이다.

이런 사실을 알게 되었기 때문일까. 내게는 현대인의 고독을 표현했다는 호퍼의 작품들이 모두 서글픈 외로움을 담고 있는 것처럼 보이지만은 않는다. 어떤 작품들 속에서는 홀로 있는 사람들이 복잡한 관계들로부터 벗어나 정적인 고독을 음미하는 것처럼 보인다. 혼자 있지만 외롭지 않은, 오히려 회복과 위안을 주는 안정감이 있는 시간.

| 에드워드 호퍼, 〈정오〉, 1949

〈정오〉에서는 한 여성이 막 목욕을 끝낸 듯, 가뿐한 옷차림으로 따사로운 햇살을 정면으로 받으며 서 있다. 그녀는 분명히 지금 혼자다. 하지만 내게는 그녀가 혼자 있음에 외로워하기보다는 청명한 공기와 햇살을 음미하며 혼자인 시간을 마음껏 누리고 있는 것처럼 보인다. 이 순간의 충만감이란 누군가와 함께 있을 때는 느낄 수 없는, 오로지 혼자만의 것이다.

호퍼의 작품 중 〈293호 열차 C칸〉을 가장 좋아한다. 한 여자가 기차에 앉아 잡지를 읽으며 어디론가 떠나고 있다. 얼굴에 모자 그림자가 드리워져 호퍼의 다른 그림처럼 표정에서 감정을 유추할 수 없다. 이 작품의 모델 또한 조세핀이었을 것이다.

딱히 슬프거나 기뻐 보이지 않는 담담한 얼굴이지만 나는 왜인지 그녀가 이 순간을 만끽하는 것 같다. 노을이 아름답게 물든 바깥 풍경을 빠르게 지나치면서 홀로 조용히 잡지를 뒤적이는 평온한 시간이 느껴진다. 나 또한 때때로 이런 순간을 가진다. 누군가의 아내나 자식, 부모라는 사회적 역할과 중압감을 모두 벗어던지고 온전히 나 자신이 될 수 있는 자유의 시간. 조세핀 또한 언젠가 이 작품에서처럼 호퍼와의 끊임없는 부대낌에서 벗어나 나다움을 회복하는 시간을 가졌기를 바란다.

※

현대를 살아가는 우리는 모두 수많은 관계의 그물망 안에 던져져 있다. 때로는 스스로에게 주어진 너무 많은 역할이 숨 막히게 느껴지고, 아주 가까운 관계들에서는 서로 날카롭게 발톱을 세우기도

타인과의 화해

에드워드 호퍼, 〈293호 열차 C칸〉, 1938

한다. 하지만 이런 불화를 피하기 위해 모든 관계를 끊어 내고 혼자 사는 것이 답은 아닐 것이다. 그런 우리에게 꼭 필요한 것이 있다면 바로 오롯이 나 자신만을 위해 자리를 내어주는 고독의 시간이 아닐까.

나는 인간관계에서 오는 스트레스와 불화를 없애기 위해 지나치게 애쓰는 대신에, 그 모든 것으로부터 잠깐 거리를 두는 것에서 답을 찾았다. 온전히 나 자신이 될 수 있는 시간을 충분히 확보할수록 타인과 함께할 때에만 얻을 수 있는 기쁨에 진심으로 감사할 수 있게 되었다. 그래서 오늘도 혼자 있는 시간에는 최대한 나와 잘 지내려 한다. 호퍼의 작품 속, 홀로 있는 시간을 즐기는 듯한 조세핀처럼 말이다.

타인과의 화해

나는 피해자가 아니라
생존자입니다

•

프리다 칼로
Frida Kahlo, 1907-1954

언젠가부터 친구들과 애인에 대한 고민을 거의 나누지 않게 되었다. 대다수가 이미 결혼을 했기 때문이기도 하지만, 결혼을 하지 않은 친구들의 경우에도 마찬가지다. 천하제일 하소연 대회라도 열린 듯 만나기만 하면 서로 연애에 대한 고민으로 이야기꽃을 피우던 시기도 있었는데 말이다.

　예전에는 사랑에 대한 이런저런 고민들로 친구들과의 상담이 필요할 때가 많았다. 너무 좋아하지만 내 뜻대로 해 주지 않는 상대 때문에 힘들기도, 상대의 집착이나 도무지 이해할 수 없는 언행으로 괴롭기도 했다. 어떤 관계는 다시는 누군가를 옆에 둘 수 없겠다는 생각이 들 만큼 깊은 상처를 주었고, 좋았던 모든 추억이 싹 씻겨질 만큼 추잡스러운 이별도 있었다. 사랑이 주는 기쁨도 컸지만, 어떤 관계든지 방향성과 정도의 차이만 있을 뿐 모두 나름의

삐그덕거림이 존재했다. 아마 상대들 또한 나라는 사람으로 인해 상처받고 힘들어했을 것이다.

사랑이 주는 고통은 때로는 일상생활조차 힘들게 하기도 한다. 모든 것을 바쳐도 아깝지 않을 상대에게 느끼는 실망과 배신감은 그 어떤 관계에 비할 수 없이 충격이 크다. 사실 나와 꼭 같을 수 없는 타인이 가장 가까운 곳에 있으면서 상처를 주지 않는다는 것 자체가 불가능한 일일 것이다.

그렇기 때문에 사랑으로 인한 상처는 아주 오랜 시간 동안 많은 사람이 공감하는 화두이다. 사랑하는 사람으로 인해 큰 고통을 받았던 대표적인 화가로는 프리다 칼로를 꼽을 수 있지 않을까 싶다.

※

프리다 칼로는 유대계 독일인 아버지와 멕시코계 어머니 사이에서 태어났다. 전형적인 멕시코인이 아닌 이국적인 느낌의 외모는 이 때문이다. 어릴 때 소아마비를 앓았던 프리다는 한눈에 보기에도 아주 가늘게 자란 한쪽 다리를 숨기기 위해 사춘기 때는 늘 긴 바지를 입었고 이후로는 평생 긴 멕시코 치마를 고수했다.

프리다는 아버지의 애정 어린 교육을 통해 똑똑하고 자신감 있는 여성으로 자라났다. 그녀는 당시 멕시코 최고의 교육 기관이라고 할 수 있던 국립 예비 학교Escuela Nacional Preparatoria를 다니며 의사의 꿈을 키웠다. 하지만 18살에 발생한 끔찍한 사건 때문에 그녀의 꿈은 끝내 이루어지지 않았다.

하굣길에 탔던 버스가 전차와 추돌하는 큰 교통사고였다. 버스

타인과의 화해

난간의 창살이 프리다의 옆구리를 뚫고 들어가 척추와 골반을 관통해 허벅지로 빠져나왔다는 기록에서 사고의 참혹함이 짐작된다. 간신히 목숨은 건졌지만, 대퇴골과 갈비뼈가 모두 부러졌고 골반은 3곳, 왼쪽 다리는 11군데가 골절되었다. 오른쪽 발의 뼈는 거의 으스러졌고 왼쪽 어깨는 탈골되었다. 아마도 결혼 이후 몇 번에 걸친 유산은 이때의 영향일 것이다. 프리다는 사고의 후유증으로 평생에 걸쳐 32번의 수술을 받았다.

자신의 경험을 그림으로 나타내길 즐겼던 프리다였지만, 이 사고에 대해서만큼은 평생 동안 오직 봉헌화와 스케치 하나씩만을 남겼다. 아마도 자신의 삶을 송두리째 바꿔 버린, 절대 되돌릴 수 없는 그 사건을 두 번 다시 생각하기조차 고통스러웠던 것이 아닐까. 후에 프리다는 이 사고에 대해서, "그 사고로 인해 나는 다친 것이 아니라 부서졌다"라고 이야기하기도 했다.

입원과 퇴원을 반복하던 프리다는 사고 1년 후에는 부서진 척추를 고정하기 위해 무려 아홉 달 동안 석고 보정기를 착용해야 했다. 이 기간 동안 프리다는 몸을 거의 움직일 수 없었고, 어떤 날은 하루 종일 꼼짝없이 침대에 묶여 있었다.

프리다의 부모님은 무료할 그녀를 위해 화구를 가져다 주었고 그림을 그릴 수 있는 새 침대와 이젤도 마련해 주었다. 이전까지 그림과 상관없는 삶을 살던 프리다는 지루한 시간을 견디기 위해서 처음으로 그림을 그리게 되었다. 이렇게 그녀는 우연히 예술가의 삶을 시작했다.

그녀의 인생을 바꿔 버린 교통사고 이후 몇 년이 지나지 않아,

이에 버금가는 또 다른 사건이 일어났다. 바로 그녀의 운명의 사랑인 화가 디에고 리베라Diego Rivera와의 만남이었다. 흔히 사랑은 교통사고처럼 온다고도 한다. 프리다는 디에고와의 만남에 대해 이렇게 이야기했다.

> 내 삶에는 두 번의 심각한 사고가 있었다. 첫 번째는 전차였고, 두 번째는 디에고 리베라였다. 그리고 두 번째가 훨씬 안 좋았다.

두 사람이 만났을 때 프리다는 갓 22살, 디에고는 그녀보다 21살 연상인 43살이었다. 별다른 미술 교육을 받은 적이 없었던 프리다는 당시 멕시코를 대표하는 거장의 반열에 올라 있던 디에고를 이미 만나기 전부터 존경하고 있었다. 예술가로서의 삶을 시작하기로 마음을 먹은 그녀는 자신의 그림을 평가해 줄 멘토를 필요로 했고, 프리다의 재능을 한눈에 알아본 디에고는 화가가 되겠다는 프리다의 결심을 굳혀 주었다. 두 사람이 불 같은 사랑에 빠져 만난 이듬해에 곧바로 결혼하게 된 것은 당연한 수순이었을지도 모른다.

프리다의 예술적 재능은 리베라를 만난 뒤 더 화려하게 꽃피었다. 하지만 이 결혼 생활이 가져다 준 것은 달콤한 행복만이 아니었다. 이미 두 번의 이혼 경험이 있는 디에고는 엄청난 여성 편력을 가지고 있었고, 결혼 후에도 셀 수 없이 많은 외도를 저질렀다. 끝없는 외도의 절정은 프리다의 친동생인 크리스티나Cristina와의 불륜 관계였다. 1934년 여름 크리스티나의 고백을 통해 불륜 사실을 알게 된 프리다는 이전과는 비교할 수 없는 절망을 느꼈다. 프리다는 결국 이듬해 디에고와 함께 살던 집을 나오게 되었다.

프리다는 당시의 감정을 유혈이 낭자한 끔찍한 장면의 그림으로 드러냈다. 하얀 침대보 위에 나체의 여성이 피를 철철 흘리며 누워 있다. 몸에 수없이 난 칼자국으로 볼 때 그녀는 이미 죽은 것으로 보인다. 그 옆에는 한 남자가 하얀 셔츠에 피를 잔뜩 묻히고 칼을 든 채 비웃는 듯한 표정을 짓고 서 있다. 마치 작품 밖까지 피가 튄 것처럼 붉은 물감이 잔뜩 묻은 액자는 비극에 현실감을 더한다.

이는 1935년에 멕시코에서 실제로 일어났던 사건을 모티브로 한 것이다. 질투에 눈이 멀었던 한 남성이 자신의 여자 친구를 칼로 난자해 살해한 사건이 벌어졌는데, 재판 과정에서 그가 본인을 변호한답시고 했던 말이 다음과 같았다.

판사님, 저는 그저 몇 번 칼로 살짝 찔렀을 뿐입니다. 스무 번도 안 된다고요.

당시 많은 멕시코인의 분노를 일으킨 이 사건에 프리다는 자신의 상황을 이입했다. 위쪽에 걸려 있는 하얀 천에 쓰인 글씨는 작품의 제목인 〈그저 몇 번 찔렀을 뿐〉이다. 프리다는 누워 있는 여성을 자신으로, 그리고 칼을 들고 선 남성은 디에고로 묘사했다. 디에고는 그저 몇 번의 외도였을 뿐이라고 말할 수도 있겠지만 프리다는 죽음과도 같은 고통을 겪었음을 작품은 보여준다.

비슷한 시기에 그려진 또 다른 작품 〈기억, 심장〉에서 프리다의

| 프리다 칼로, 〈그저 몇 번 찔렀을 뿐〉, 1935

가슴은 뻥 뚫려 있고 양 손이 잘려져 있다. 자신과 피를 나눈 자매와 남편의 불륜에서 오는 지독한 상실감, 아무것도 할 수 없는 허망함을 표현했다. 그녀의 텅 빈 가슴에서 도려내진 거대한 심장이 해변에서 피를 콸콸 내뿜고 있다. 무표정한 그녀의 눈에서는 하염없이 눈물이 흐르고, 발 한쪽은 해변에 딛고 있지만 다른 쪽 발은 배로 변해 바다로 떠나려 한다. 디에고의 곁에 그대로 있을 수도, 떠날 수도 없는 그녀의 마음이 처절하게 느껴진다.

이 불륜 사건 이후 두 사람의 관계는 파탄으로 치달았다. 프리다 또한 디에고와 별거한 이후 자유롭게 몇 명의 연인을 만났다. 이 모습에 실망해서였는지 디에고는 먼저 그녀에게 이혼을 요구했고 1939년 가을, 두 사람은 결국 이혼 서류에 도장을 찍게 되었다.

하지만 그들에게 이혼 또한 쉬운 일은 아니었다. 두 사람의 관계는 단순한 연인 관계를 넘어서 있었다. 예술가이자 사상적 동반자로서 서로를 깊이 존경하고 사랑했기에 완전히 결별하는 것 또한 두 사람 모두에게 자신의 일부가 죽는 듯한 고통이었다. 결국 디에고는 이혼 1년 뒤에 프리다에게 재결합을 요청했다. 디에고로부터 경제적으로나 성적으로 독립적이고 싶었던 프리다는 생활비를 각자 해결하고 성관계를 하지 않는다는 조건으로 이를 수락했다. 재결합한 두 사람은 프리다가 먼저 세상을 떠날 때까지 함께했다.

그 후로도 디에고는 다른 여자들을 만나는 것을 멈추지 않았다. 하지만 프리다에게는 더 이상 이것이 중요하지 않게 되었다. 그녀는 끊임없이 탁월한 작품들을 만들어 내며 디에고와 함께 멕시코의 정치적, 경제적 독립을 외치는 사회 운동을 했다. 변하지 않는

디에고의 곁에서 프리다는 변화했다. 그녀는 디에고와의 관계 안에 갇힌 나약한 사람이 아니라 독립적이며 더 큰 존재가 되었다.

1949년, 디에고 리베라의 창작 활동 50주년을 기념하여 국립 미술 학교에서 개최된 성대한 전시회에서 프리다는 처음으로 디에고에 대한 자신의 생각을 발표했다.

> 나는 내 남편 디에고에 대해서는 말하지 않겠습니다. 그것은 우스운 일이 되겠지요. 디에고가 한 여자의 남편이었던 적은 한 번도 없으며 앞으로도 그럴 것입니다. 애인으로서의 그에 대해서도 말하지 않겠습니다. 그는 성의 한계를 훨씬 넘어서는 존재이기 때문입니다. 만일 내가 그를 아들처럼 다루며 이야기한다면 그건 디에고에 대해 묘사한다기보다 내 자신의 감정을 묘사하거나 그리는 일이 될 것입니다. 결국 그것은 나 자신에 대해 묘사하는 일일 뿐입니다.

작품 속에서 프리다는 자신이 발표했던 글의 내용처럼 디에고의 어머니가 되어 아기 같은 그를 품에 안고 토닥이고 있다. 그런 그녀를 대지의 여신과 우주의 여신이 함께 손을 모아 여러 겹으로 품어 준다. 프리다는 디에고의 인간으로서의 장단점 모두를 그 자체로서 받아들일 수 있는 어머니 같은, 혹은 세상의 모든 것을 이해할 수 있게 된 여신 같은 자신을 표현하고자 했던 것일지도 모른다. 말년의 그녀는 디에고를 여전히 사랑하고 그의 곁에서 함께하면서도 그로 인해 고통받지 않았다. 그녀는 예술가로서 그리고

프리다 칼로, 〈기억, 심장〉, 1937

| 프리다 칼로, 〈우주와 대지와 나와 디에고와 세뇨르 홀로틀의 사랑의 포옹〉, 1949

사회 운동가로서 스스로 우뚝 서기 시작했다.

무한히 자유로운 그녀에게 족쇄를 채운 것은 바로 자신의 건강이었다. 1940년대 말부터 프리다의 건강은 급격히 나빠지기 시작했다. 발가락이 썩어 들어가 오른쪽 다리를 절단했고 사고로 약해진 척추 또한 다시 말썽이었다. 한 해 동안 총 7번이나 수술을 받은 적도 있었다. 프리다는 하루의 대부분을 누워서 지내야 했으며 휠체어에 기대 간신히 몇 시간만 앉을 수 있을 뿐이었다.

그녀가 평생 동안 겪은 신체의 고통을 표현한 작품 〈부러진 척추〉에서는 조각 난 기둥을 얼기설기 쌓아 올린 듯한 척추를 품은 채 울고 있는 그녀의 모습이 보인다. 얼굴부터 몸까지 전신에 꽂혀 있는 못들이 그녀가 겪었을, 말로는 표현 못할 고통을 전해 준다.

결국 그녀의 건강은 마지막 수술 이후 더 이상 나아지지 않았다. 1954년 7월 12일 저녁, 프리다는 디에고를 불렀다. 그녀는 한 달가량 남은 둘의 결혼 25주년 선물을 남편에게 미리 건네며 말했다. "어쩐지 당신을 빨리 떠날 것 같은 느낌이 드네요." 그리고 그날 밤, 평생을 자신의 영혼과 육체에 주어졌던 고통과 싸웠던 아름다운 영혼은 47년의 생을 마치고 하늘로 떠났다. 마지막 10여 년간 썼던 그녀의 일기에는 다음과 같은 문장이 적혀 있었다.

이 외출이 행복하기를. 그리고 다시 돌아오지 않기를.

프리다의 사랑은 확실히 고통스러운 것이었으나 그녀는 죽는 순간까지 사랑에 종속된 유약한 사람은 아니었다. 그녀는 힘겹게 다

다른 감정의 끝에서 디에고를 사랑할 수밖에 없는 스스로를 받아들였다. 그리고 예술가로서, 사회 운동가로서, 혁명가로서 자신의 삶을 개척하면서 주체적으로 디에고의 곁에 있기를 선택했다. 프리다는 디에고로부터, 디에고를 사랑하는 자신의 감정으로부터 진정으로 자유로워졌기에 죽는 순간까지 그와 함께할 수 있었던 게 아닐까.

※

어쩌면 친구들과 더 이상 사랑으로 인한 고충을 이야기하지 않게 된 이유도, 한 사람과 맺고 있는 관계로 인해 자신의 모든 세계가 흔들리지는 않을 정도로 각자의 중심이 안정되었기 때문은 아닐까 짐작해 본다. 관계에 따라오는 문제들은 여전히 존재하나 그것에 휘둘리며 자신을 괴롭히지는 않게 된 것 같다.

우리는 어떤 관계를 맺든 언제나 자신을 제일 중요하게 생각하고 스스로의 마음의 소리에 먼저 귀 기울이며 주체적으로 판단해야 한다. 감정적으로 깊게 얽매인 관계로 인해 스스로를 잃어 가는 분이 있다면 프리다가 남긴 말을 들려주고 싶다. 사랑이 주는 고통으로 늘상 눈물짓던 나약한 여성이 아닌, 자신이 누구이며 무엇을 원하는지 누구보다 잘 이해하는 위대한 예술가였던 프리다가 했던 말을 말이다.

나는 세상이 어떻게 생각하는지 따위는 신경 안 써. 나는 태어날 때부터 나쁜 년이자 화가였고, 또 망가진 상태였어. 하지만

| 프리다 칼로, 〈부러진 척추〉, 1944

내 방식대로 행복했지. 당신은 내가 누군지 절대 이해 못 해. 나는 사랑이야. 나는 기쁨이고, 또한 본질이지. 나는 멍청이기도 하고 알코올 중독자이며 집요하기도 하지. 나는 그저 나 자신일 뿐이야 …

인간의 품격은
어디에서 오는가

●

디에고 벨라스케스
Diego Rodríguez de Silva y Velázquez, 1599-1660

사람이 사는 집보다 사무실이 더 많은 그 동네에는 길거리 분식집이 거의 없었다. 그래서 일주일에 두 번씩 오는 그 닭강정 트럭이 그렇게 반가울 수 없었다. 맛있는 닭강정만큼이나 그 트럭이 반가웠던 다른 이유는 사장님의 넉넉한 마음씨 때문이었다. 친구가 먹는 걸 부러워하며 쳐다보기만 하는 아이에게 "다음번에 용돈 받으면 아저씨 닭강정 꼭 사먹어야 해"라고 하면서 한 컵을 냉큼 주시거나, 백 원이 모자라서 못 먹겠다고 시무룩한 아이에게 돈을 덜받으시는 일들을 몇 번 보았다. 무엇보다도 늘 밝고 기운차게 일하시는 모습이 그 자체로 참 보기 좋았다.

그러다가 어느 날인가부터 그 트럭이 보이질 않았다. 아쉬워하고 있던 찰나에 우리 아파트 단지 상가에 돈까스와 닭강정 가게가 새로 들어선 것을 알게 되었다. 일단 맛은 봐야지, 하면서 들어간 그 집에서 닭강정 트럭 사장님을 만날 수 있었다. 반가운 티를 내는 성격은 못 되어서, '저 아저씨 닭강정 트럭에서부터 되게 많이 사 먹었어요! 이제 가게 내셨네요. 너무 축하드려요!'라고 말하고 싶었지만 꾹 참고 조용히 먹으러 다니기만 했다.

사장님은 한동안 혼자서 정신없이 요리와 계산을 다 하시더니 얼마 뒤에는 새로 아르바이트생을 들이셨다. 연세가 지긋하신 아주머니였는데 식당 일이 처음이신 듯 계산이며 서빙이 몹시 서툴러 보였다. 오픈한 지 몇 주가 지난 어느 날, 한가한 시간에 닭강정을 포장해서 가려고 가게에 들렀다. 계산을 하려는데 아주머니께서 몹시 버벅거리셨다. 아주머니는 연신 죄송하다고 하시며 포스 기계와 한참 씨름을 하셨다. 현금통이 나왔다가 들어갔다가, 메뉴 전체를 실수로 다 취소하셨다가……. 바쁠 게 없어 괜찮긴 했지만 몇 분이 지나도 계산을 못 하셔서, 결국 요리하시던 사장님이 직접 나와서 계산을 받아 주셨다.

"아이고 사장님 너무 죄송해요. 아직 이거 하나도 못하고 내가 진짜 미치겠네."

아주머니께서는 너무나 미안해하셨다. 정확히 기억나진 않지만 아마도 아주머니께서 일을 시작하고 얼마간 시간이 흐른 뒤였을 것이다. 나는 내심 사장님께서 참 답답하시겠다 싶었다. 안 그래도 요리하느라 바쁘실 텐데 서빙이며 계산까지 아주머니를 오히려 도와드려야 하는 상황이니 말이다. 아주머니도 좀 익숙해질 때도 되지 않았나, 혼자 생각하고 있는데 사장님께서 이렇게 대답하셨다.

"처음엔 못 하는 게 당연한 거죠. 내일은 더 잘할 수 있을 거예요."

　나는 마음이 조금 뜨끔했다. 그렇지, 처음에는 못하는 게 당연한 건데. 그리고 시간이야 좀 걸리겠지만 당연히 점점 더 잘 하게 될 텐데. 사장님은 별 생각 없이 평소 그분 스타일대로 말씀하신 거였겠지만, 나는 이상하게도 "내일은 더 잘 할 수 있을 거예요"라는 그 따뜻한 말의 잔상이 오래 남았다. 사장과 직원이라는 관계에 얽매이거나 감정에 휘둘리지 않고, 상대를 존중하고 따스히 격려하는 사장님의 모습이 내게는 아주 '품격 있게' 느껴졌기 때문이다. 이 일을 겪은 뒤에 더 마음에 와닿았던 한 작품이 있다.

※

〈브레다의 항복〉은 다소 복잡한 구성을 취한다. 사람들의 뒤쪽으로 구름이 잔뜩 낀 하늘 아래 검은 연기들이 치솟는 것으로 보아 무언가 불타고 있는 것 같다. 화면 전경으로 많은 남자들이 보이는데, 모두 긴 창이나 깃발을 들고 서 있다. 아마도 거센 전투가 벌어졌던 전장의 장면으로 짐작된다. 그런데 화면 중심의 두 남자는 배경과는 전혀 다른 분위기를 연출해 이목을 끈다.

　왼편의 남자가 몸을 숙여 상대에게 열쇠를 건네고 있고 오른편의 남자는 허리를 약간 숙여 그의 어깨를 두드리고 있다. 서로에 대한 신뢰가 느껴지는 모습이다. 그렇다면 두 사람은 어떤 관계일까? 군주가 전쟁이 막 끝난 지역으로 시찰을 내려온 왕을 예의를 갖추어 맞이하는 모습처럼 보이기도 한다.

　하지만 두 사람의 관계는 짐작할 수 있는 것과는 정반대이다. 이

| 디에고 벨라스케스, 〈브레다의 항복〉, 1634-1635

들은 길고 치열했던 전쟁을 막 끝낸, 방금 전까지만 해도 서로에게 창과 활을 겨눴던 적국의 장수인 것이다. 왼쪽은 네덜란드군의 지휘관인 유스티누스 판 나사우Justinus van Nassau이며 오른쪽은 스페인의 지휘관인 암부로조 스피놀라Ambrogio Spinola이다.

작품은 스페인과 네덜란드가 두 나라 사이에 있는 지역인 브레다를 두고 다퉜던 전쟁의 마지막 순간을 묘사하고 있다. 네덜란드가 스페인으로부터 독립하기 위해 벌였던 80년간의 긴 항거 전쟁의 후반기였다. 네덜란드 남부의 전략적 요충지였던 브레다를 차지하기 위한 전쟁은 1624년 스피놀라가 지휘하는 스페인군이 브레다를 봉쇄하면서 시작되었다. 두 나라가 치열하게 맞서며 길고 지루한 봉쇄전이 11개월이나 이어졌다.

전쟁의 후반부에 네덜란드 방어군은 무기와 식량이 고갈돼 더 이상 싸우기 힘든 상황이었다. 스페인 원정군의 사정도 어려운 것은 마찬가지였다. 많은 병사가 차출된 전쟁이 장기화되자 스페인의 비용 손실 또한 어마어마해졌다. 양측 모두에게 더 이상의 전쟁이 아무런 의미가 없어지던 시점에 결국 네덜란드가 스페인의 항복 요구를 수용했다.

스페인을 대표하는 화가 디에고 벨라스케스는 긴 전쟁의 끝 두 장수의 항복 의례를 그림으로 남겼다. 사실 유럽권에서 전쟁의 승리와 상대의 항복을 묘사한 작품은 셀 수 없이 많다. 이것만큼 한 나라의 위용을 나타내기에 좋은 주제는 없기 때문이다. 왕국의 위엄을 극대화하기 위해 승자는 말이나 왕좌에 앉아 패자를 내려보는 반면 패자는 그 앞에 무릎을 꿇는 굴욕적인 모습으로 그려지곤

| 라이어널 루아예, 〈율리우스 카이사르에 항복하는 베르킹게토릭스〉, 1899

했다. 아마도 패자가 느낀 치욕의 정도만큼 승리의 영광이 크게 느껴졌을 것이다.

하지만 〈브레다의 항복〉 속의 승자와 패자는 일반적인 전쟁 그림의 공식과는 전혀 다른 모습으로 그려져 있다. 패자인 유스티누스는 허리를 살짝 숙이고 공손한 태도로 성문의 열쇠를 건넨다. 하지만 이것은 목숨을 구걸하는 패자의 비참함이라기보다는 패배를 인정하는 겸손함에 가까워 보인다. 스피놀라의 모습 또한 승자의 거만함과는 거리가 멀다. 그는 유스티누스 장군과 눈높이를 맞추기 위해 직접 말에서 내려 허리를 숙이고 그의 어깨에 손을 올리고 있다. 이는 아마도 패자가 무릎을 꿇는 것을 막으려는 제스쳐일 것이다.

지금 이 두 사람 사이에서 승자와 패자라는 개념은 중요하지 않아 보인다. 승패의 여부보다는, 고된 승부 끝에 서로를 인정하는 '인간과 인간의 만남'이 보인다. 그리고 역설적으로 그렇기 때문에 여기에는 더 장엄하고 범접할 수 없는 품위가 있다. 상대방을 짓밟고 올라서 웃음 짓는 잔인함과 두려움에 떠는 구차함이 아닌, 상대를 독려하고 패배를 인정하는 인간다움의 품격이 이곳에 있다.

사실 이 그림이 현실을 완벽하게 고증한 것이라고는 할 수 없다. 그러나 사료에 의하면 스피놀라는 네덜란드 군대가 진열을 유지하며 깃발을 세우고 영예로운 퇴각을 할 수 있도록 배려하여 그들을 향해 절대 야유하지 못하도록 스페인군을 엄중히 단속했다고 한다. 또한 최근 발견된 문서에 따르면 실제로 스피놀라가 패장인 유스티누스에게 경례를 했다는 전언도 있다고 하니, 작품과 꼭 같은 모습은 아니었을지라도 격식과 존중을 갖춘 항복 의례였던 것만은 확실하다. 화가는 사실에 상상력을 덧대어 격조 있는 스페인의 승리를 재창조했다.

이 작품을 그릴 당시 벨라스케스는 이미 뛰어난 실력으로 유럽 전역에 이름을 떨치고 있었다. 국왕 펠리페Philip 4세의 총애를 받는 궁정 화가였던 그는 국왕의 주문을 받아 이 그림을 그렸다. 이 작품은 당시 스페인에서 새로 지어진 왕궁 부엔 레티로Buen Retiro의 알현실에 걸린 12점의 전쟁 주제 그림 중 하나였다.

벨라스케스는 가장 인간성이 상실되는 순간인 전쟁 중에도 사람은 품격을 지킬 수 있다는 것을 보여주고 싶었던 것은 아닐까. 그리고 아마도 이 방을 방문한 많은 외국의 사신들은 패자에게도 예우를 지키는 격조 있는 승리의 모습에서 차원이 다른 스페인의 위대함을 느꼈을 것이다.

※

시간이 곧 돈이기도 한 현대 사회에서 모든 가치는 효율성에 맞춰져 간다. 나 또한 조급한 마음으로 하루를 종종거리며 지내다 보면 타인의 실수로 잠깐의 시간을 뺏기는 일에도 예민해질 때가 많았다. 교통 카드가 잘 인식되지 않아 허둥대는 사람 뒤에서나 카페에서 '트레이니'라는 명찰을 달고 일하는 분 앞에서 나는 쉽게 초조해졌다. 이렇게 자꾸 다른 사람에게 마음이 야박해지는 날들이면 가끔, 그 닭강정집의 사장님이 생각난다.

문을 연 지 1년 정도 지나 그 닭강정집은 별안간 카페로 바뀌었고 사장님은 더 이상 볼 수 없었다. 맛이 있어서 꽤 장사가 잘 되었던 것 같은데, 요식업에 대해서 아는 바가 없으니 어찌된 영문인지는 알 수 없다. 다만 맛있는 닭강정과 인품이 좋은 사장님을 더 만날 수 없어서 아쉬울 뿐이다.

사람을 존중한다는 것은 정확히 어떤 것일까. 모두가 머리로는 타인을 존중해야 한다는 사실을 알지만, 삶의 물살에 휘둘리며 쉽게 중심을 잃고 휘청거리곤 한다. 하지만 목숨이 걸린 전장에서조차 우리는 다른 사람을 존중할 수 있다. 그리고 그런 순간들이 우리를 인간답게 만든다.

우리 인생에
단 하나의 색이 있다면

●

마르크 샤갈

Marc Chagall, 1887-1985

생폴드방스Saint paul de vence는 프랑스 남동부에 위치한 작은 마을이다. 16세기에 조성되었다는 이 마을은 아직까지도 중세 시대의 모습을 그대로 간직하고 있다. 성벽으로 둘러싸인 좁은 돌길 사이로 하얀 옛집들이 투명한 햇빛을 받으며 반짝인다.

아주 작은 마을이지만 늘 관광객들로 붐비는 것은 르누아르, 마네, 마티스, 피카소와 같이 누구나 한번쯤은 이름을 들어 봤을 화가들이 1900년대 초반 이곳에서 영감을 받아 작업을 하거나 거주했기 때문이다. 하지만 생폴드방스의 터줏대감이라고 할 수 있는 예술가는 바로 마르크 샤갈이다. 샤갈은 유대계 러시아인이었지만 생폴드방스를 제2의 고향으로 여겨 말년을 보내고 여기에서 죽어 묻혔다고 한다.

생폴드방스에서 버스로 30분 정도면 갈 수 있는 대도시 니스Nice

타인과의 화해

에는 샤갈 미술관Marc Chagall National Museum이 있다. 샤갈 부부가 1966년에 프랑스 정부에 기증한 작품들을 모아 1973년에 개관한 곳으로 샤갈의 작품만 450여 점에 이를 만큼 상당한 규모를 자랑한다. 샤갈이 말년에 제작한 환상적인 스테인드글라스와 벽화, 성서의 내용을 다룬 대형 연작으로 유명하다.

몇 년 전 샤갈 미술관을 방문하여 실제로 본 작품들은 기대했던 것만큼 멋졌다. 말년의 많은 예술가들이 그렇듯 무르익은 화풍과 더불어 신과 자연의 섭리를 모두 이해한 듯한 무한한 여유로움이 느껴지는 작품들이었다. 특히 샤갈 특유의 무지갯빛으로 채색된 종교화들에는 지극한 성스러움과 아이 같은 순수함이 공존했다.

그렇게 아름다운 작품들을 감상하다가 한쪽에 따로 마련된 작은 공간을 발견했다. 이 방에 들어선 순간 샤갈을 인간으로서, 또한 예술가로서 단박에 이해할 수 있을 것 같은 느낌을 받았다.

※

샤갈은 1887년 러시아의 비텝스크Vitebsk의 가난한 유대계 러시아인 집안에서 9남매 중 장남으로 태어났다. 주변에 예술에 대해 이야기할 만큼 여유 있는 사람은 없었지만 어째서인지 그는 일찌감치 자신이 예술가가 될 운명이라고 생각했고, 부모의 반대를 무릅쓰고 여러 미술 학교에서 차근차근 예술을 공부했다. 하지만 곧 틀에 박힌 공부에 이력이 난 그는 많은 동시대 예술가처럼 예술의 중심지인 파리로 향했다. 그리고 빠르게 파리의 예술을 흡수하며 특유의 화풍을 만들어 냈다.

| 마르크 샤갈, 〈나와 마을〉, 1911

〈나와 마을〉은 이 시기에 제작된 샤갈의 대표작 중 하나이다. 작품 속에는 어딘지 모르게 현실감 없는 경관이 펼쳐져 있다. 거대한 양의 얼굴과 사람의 얼굴이 화면 왼편과 오른편에서 서로 마주 본다. 선명한 초록색으로 칠해진 사람의 얼굴이 비현실적인 분위기를 자아낸다. 양의 얼굴 속 양젖을 짜고 있는 여자의 모습은 앞뒤 구분 없이 겹쳐져 있다. 여러 이미지들이 마치 꿈속인 것처럼 화면에서 아무 연관 없이 이곳저곳에 배치되어 있다.

조금은 이상한 그림이지만 해독하는 것이 어렵지 않은 이유는 샤갈이 제목에 단서를 남겼기 때문이다. 이 작품은 바로 샤갈이 살았던 마을의 풍경과 자신의 모습을 그린 것이다. 큰 초록색 얼굴은 샤갈 본인이며, 화면에 등장하는 것들은 모두 그가 태어나고 자랐던 러시아의 마을 비텝스크의 풍경을 담고 있다.

조금 특이한 점이 있다면 이 그림이 그려진 시기이다. 이 그림이 제작된 1911년은 샤갈이 고향을 떠나온 지 1년이 지난 시점이었다. 낭만적인 거리 분위기, 센강, 노천 카페, 아름다운 에펠탑과 시상을 얻기 위해 몰려든 예술가들……. 이 모든 것들이 파리를 더욱 예술적인 도시로 만들어 가고 있을 때였다. 풍경화를 그릴 만한 소재들은 파리 도처에 수없이 널려 있었을 것이다. 그런데 왜 샤갈은 굳이 파리에서 멀리 떨어진 고향의 풍경을 그린 것일까.

너무나 그리운 추억 속의 장면은 때론 눈앞에 펼쳐진 현실보다 훨씬 더 생생하게 떠오른다. 친구들과 함께 땀을 흘리며 신나게 놀던 유년 시절의 운동장, 강아지의 사근사근한 냄새를 맡으며 누워 있던 마루, 부모님과 함께 했던 시간들……. 이와 같은 추억들은 소중하지만 정확하지는 않을지도 모른다. 때때로 기억은 왜곡되고 꿈과 현실의 경계에 걸쳐진 것처럼 비현실적이다.

샤갈이 파리에서 굳이 고향 마을을 그린 이유는 바로 이것이 간절히 사무치는 그리움 속의 풍경이기 때문이다. 고향을 떠나 향수병을 앓으며 떠올린 고향의 풍경은 샤갈에게 눈앞의 파리보다 더 강렬한 영감을 주는 것이었다. 샤갈이 마음의 눈으로 바라본 기억 속 한 장면은 현실을 반영하는 한편으로 어딘지 모르게 비현실적인 아름다움을 풍긴다.

이렇듯 마음에서 우러나오는 애정의 대상을 그려 낸 샤갈은 평생에 걸쳐 진실한 사랑과 함께했던 가히 '사랑의 화가'였다. 샤갈에게 사랑을 알려주고 일생의 뮤즈가 되어 주었던 이는 바로 벨라 로즌펠드Bella Rosenfeld이다.

샤갈이 벨라를 만난 건 첫 여자 친구였던 테아Thea의 집에 놀러 갔을 때였다. 당시 샤갈은 22살이고 벨라는 14살이었다. 두 사람은 동시에 서로에게 한눈에 반해 버렸다. 그들은 후에 자서전에서 첫 만남을 다음과 같이 회고했다.

벨라: 그와 눈을 마주친 순간 나는 놀랄 수밖에 없었다.
그의 눈은 마치 하늘처럼 너무나 푸른빛이었다 … 나는 눈을
내리깔았다. 우리는 아무 말도 하지 않았다. 그저 서로의 심장이
고동치고 있음을 느낄 뿐이었다.
샤갈: 그녀가 나의 과거와 현재, 미래를 모두 알고 있는 것처럼,
마치 나를 꿰뚫어 보는 것처럼 느껴졌다. 처음 만났음에도

| 마르크 샤갈, 〈생일〉, 1915

그녀가 곁에서 나를 계속 지켜봐 온 것 같은 느낌이었다. 나는
바로 그녀가 내 아내가 될 사람임을 알았다.

〈생일〉에서 벨라는 샤갈의 생일을 축하하기 위해 꽃다발을 들고
그를 찾아간다. 아름다운 꽃다발을 들고 한달음에 샤갈의 방에 올
라온 그녀를, 샤갈은 눈을 감은 채 깊은 입맞춤으로 맞이한다. 깜
짝 놀란 벨라만큼이나 부풀어 오른 마음을 가눌 길 없는 샤갈의
몸이 두둥실 떠올라 있다. 사랑에 빠지면 하늘을 걷는 것 같은 기
분이라는 말을 이토록 몽환적이고 아름답게 표현할 수 있는 예술
가가 또 있을까. 뜨거운 사랑의 붉은빛이 바닥을 물들인다.
　두 사람의 사랑이 순탄했던 것만은 아니었다. 보석상을 운영했
던 부유한 벨라의 집안은 생선 가게에서 일하는 아버지와 야채를
파는 어머니 사이에서 태어난 샤갈을 탐탁지 않아 했다. 벨라의 부
모님을 만족시키기 위해 샤갈은 1910년 파리로 떠나 열심히 예술
세계를 발전시켰고, 1914년 베를린에서 첫 개인전을 성공리에 마
치면서 이름을 알렸다. 성공한 화가가 되어 고향으로 돌아온 샤갈
은 1년 뒤인 1915년에 벨라와 결혼했고 곧 딸 이다Ida를 낳았다.
샤갈이 28살, 벨라가 20살이 막 되었을 해였다.
　두 사람이 결혼한 1915년은 제1차 세계대전이 일어난 해였다.
사실 샤갈은 여동생의 결혼식에 참석할 겸 벨라를 만나기 위해 단
기간 고향을 방문한 것이었고, 곧 파리로 돌아갈 계획이었다. 하지
만 전쟁으로 러시아의 국경이 봉쇄되어 돌아갈 수 없게 되었다. 여
러모로 불안한 상황이었지만 그는 사랑하는 벨라와 함께함으로써

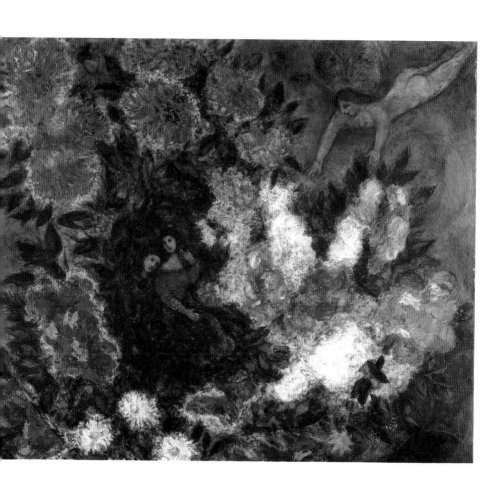

마르크 샤갈, 〈연인〉, 1937

모든 불안이 상쇄될 만큼 행복했다. 벨라와 결혼하고 딸을 출산한 이 시기의 작품들에서는 충만한 사랑과 행복 속에서 유영하는 샤갈의 모습이 선명하게 그려진다.

이렇듯 젊고 혈기 왕성한 나이에 두 사람은 서로에게 열정적으로 빠져들었다. 쉽게 타오른 불은 쉽게 꺼진다고 했던가. 하지만 그들은 달랐다. 샤갈과 벨라는 서로의 인생의 동반자이자 영혼의 지지자가 되어 활활 타는 불을 튼튼한 벽난로 안으로 옮겨 지켜 냈다. 두 사람이 중년에 접어들었을 무렵인 1937년의 작품 〈연인〉에서는 벨라에게 기대앉은 샤갈이 보인다. 행복해 보이는 두 사람을 아름다운 꽃다발이 에워싼다. 서로를 알게 된 지 30여 년이 흘렀고 결혼을 해 아이를 낳아 기른 지는 20년이 넘었지만 작품 속 두 사람은 여전히 완벽한 연인의 모습이다.

샤갈은 지적이며 예술에 대한 교양과 통찰력을 갖춘 벨라와의 대화로부터 끊임없이 창작욕을 자극받았다. 벨라가 없었다면 자신에겐 어떠한 영감도 없었을 것이라고 공공연히 말할 정도였다. 샤갈은 벨라의 조언 없이는 작품을 끝내거나 사인조차 하지 않을 정도로 그녀를 예술적, 인간적 동지로서 신뢰했다고 한다. 두 사람은 마치 하나의 영혼이 남녀의 두 모습으로 나눠진 듯 완벽한 한쌍이었다.

하지만 이렇게 무르익었던 두 사람의 사랑 또한 안타깝게도 영원할 수 없었다. 1944년 벨라가 급작스런 전염병으로 사망하게 된 것이다. 이후 9개월은 샤갈의 인생에서 유일하게 전혀 작품을 만들어 내지 못한 암흑의 시간이었다. 샤갈은 딸 이다와 함께 벨라의 회고록 『타오르는 불꽃*The Burning Lights*』을 프랑스어로 번역하고 삽화를 그리며 이 시간을 버텨 냈다.

그리고 그 시간의 끝에 샤갈에게 새로운 사랑이 다가왔다. 샤갈보다 28살 연하인 버지니아 맥닐Virginia McNeil이라는 젊고 똑똑한 여성이었다. 하지만 벨라에게는 온전한 사랑을 바쳤을지언정 그 역시 완벽한 사람은 아니었다. 버지니아를 사랑했고 둘 사이에 아들이 태어났음에도 그의 영혼은 여전히 벨라와 함께였다. 샤갈은 버지니아에게 자주 벨라에 대해 이야기하며 그녀 같은 사람이 되도록 노력하라고 요구했다. 당연스럽게도 버지니아는 잘못된 요구를 계속하는 그를 견디지 못했다. 결국 7년의 시간을 뒤로 한 채 버지니아는 샤갈을 떠났다.

이다는 버지니아가 결국 불륜을 저지르며 떠나가 버린 뒤 샤갈이 홀로 남자 진심으로 안타까워했다. 아버지가 어머니를 얼마나 진심으로 사랑했는지를 아는 딸만이 할 수 있는 선택이었을까. 이다는 샤갈과 같은 러시아 출신이면서 유대 신앙을 가진 40대 여성 발렌티나 브로드스키Valentina Brodsky를 아버지에게 소개했고, 두 사람은 곧 사랑에 빠져 만난 그해에 바로 결혼식을 올렸다.

샤갈이 바바Vava라는 애칭으로 불렀던 발렌티나는 벨라와는 정반대의 사람이었다. 그녀는 결코 벨라만큼 완벽한 예술의 동지는 아니었으나, 따뜻하고 온화하며 바른 성품으로 샤갈의 곁에서 깊은 안정감을 주었다. 그리고 샤갈은 그런 그녀를 그 자체로서 사랑했다. 샤갈은 말년까지도 열성적으로 작업하며 고령의 나이에도 상당히 다작을 했는데, 이는 바바가 곁에서 샤갈을 꾸준히 북돋아

주었기 때문에 가능한 일이었다. 두 사람은 샤갈이 1985년 97세의 나이로 세상을 떠나기 전까지 30년 넘게 해로했다.

샤갈 미술관에는 구약 성서 중 아가서를 주제로 한 작은 공간이 마련되어 있다. 아가서는 남녀 간의 아름답고 순수한 사랑을 풍부한 은유와 다양한 상징으로 표현한 연가를 모은 것으로, 영문 표기는 'song of songs', 즉 노래 중의 노래이다. 남녀의 사랑을 다룬 시가 성경에 포함된 이유에 대해서는 현재까지도 의견이 분분하다. 하지만 그중 가장 설득력이 높은 해석은 '인간 상호 간의 가장 순수하고 아름다운 사랑은 결국 하느님의 선물이자 축복이라는 것'으로 볼 수 있다.

샤갈은 아가서의 내용을 바탕으로 결혼한 두 남녀의 모습을 다섯 점의 작품에 걸쳐 표현했다. 연작을 제작했을 때 샤갈의 나이는 86세였고, 바바는 70세에 가까워지고 있었다. 하지만 전시관에 들어서는 순간 나는 한눈에 알 수 있었다. 샤갈이 그때까지도 바바를 신의 축복처럼 여기며 얼마나 뜨겁게 사랑했는지를 말이다.

무엇보다 나를 뭉클하게 한 것은 아가서 작품들 전체를 물들이는 아름다운 진분홍 색채였다. 열정적인 빨강보다는 포근하고, 싱그러운 분홍보다는 완숙한 느낌이었다. 그 오묘하고 아름다운 색깔은 그 자체로 바바에 대한 깊은 사랑을 완벽히 표현하고 있었다. 그것은 더 이상의 설명이 필요하지 않은 '사랑의 색'이었다. 샤갈은 이 작품을 바바에게 바치며 아가서 전시장의 한쪽 벽면에 다음과 같은 사인을 남겼다.

| 마르크 샤갈, 〈아가III〉, 1960

바바에게, 나의 여인, 나의 기쁨, 나의 환희

✳

샤갈은 사랑으로 예술을 했고 사랑으로 삶을 살아갔다. 늘 완벽할 수는 없기에 버지니아에게 상처를 주기도 했으나, 그 실패를 밑거름 삼아 바바와의 새로운 사랑을 다시 아름답게 이루어 냈다. 그의 생 전반을 물들였던 아름다운 사랑은 역사상 그 어떤 예술 작품보다도 화사하면서도 따뜻한 사랑의 색채를 만들어 냈다.

한 사람을 향한 진실된 사랑은 그로부터 넘쳐흘러 다른 것들까지도 넉넉히 적셨다. 그 사랑은 자신의 고향과 그곳에 살고 있던 유대인 사회를 향했고, 점차 이 세상을 함께 살아가는 모든 사람들에 대한 인류애로 뻗어 나갔다. 샤갈 미술관에 전시된 성서 이야기 12연작은 그가 따르고 사랑한 신의 이야기이다. 하지만 그것은 또한 신의 형상을 닮은, 신이 한없이 사랑했던 인간의 이야기이기도 하다. 그는 그야말로 사랑의 빛깔을 온 세상에 채색한 화가였다. 샤갈은 자신의 작품과 삶에 대해 다음과 같은 말을 남겼다.

우리의 삶에도, 그리고 예술가의 팔레트 위에도 단 한 가지의 색만이 존재합니다. 우리의 삶과 예술에 의미를 더해주는 그 빛깔은 바로 사랑의 색입니다.

타인과의 화해

모든 것이
너로 쓰인 노래

•

펠릭스 곤잘레스 토레스
Felix Gonzalez-Torres, 1957-1996

나는 소위 말하는 유리 멘탈을 넘어 살얼음 멘탈이다. 부정적인 감정에 잘 대처하지 못해 이십 대 내내 에너지 소모를 꽤 많이 했다. 다행히 나이를 조금씩 먹어 가니 이런저런 감정들에 확실히 무던해진다. 스스로 노력을 하기도 하지만 어느 정도는 저절로 그렇게 되는 듯하다. 하지만 여전히 멘탈이 무너지게 될 만한 몇 가지 일들에 대한 두려움이 있는데, 그중에서도 가장 큰 것은 바로 내가 사랑하는 사람들의 죽음이다.

솔직히 말하면 내가 정말로 두려운 것은 사랑하는 사람이 더 이상 세상에 없다는 사실 자체보다 그 사람의 부재로 겪을 나의 심적 고통일지 모르겠다. 많이 의지했던 사람을 잃고 살아갈 나 자신에 대한, 조금은 이기적인 걱정이다. 그래서 지금도 농담 반 진담 반으로 남편에게 말을 건네곤 한다. "만약 우리 둘 중 하나가 죽어야 한다면 무조건 내가 먼저 죽을 거니까 말리지 마. 난 혼자 살아서 고통받고 싶지 않다. 아기도 잘 부탁해." 남편은 의도가 불순한 희생이라며 웃는다.

극한의 상황이 실제로 닥쳐오면 당연히 살고 싶은 본능이 더 크게 발동하리라는 사실을 안다. 하지만 그만큼 상실감을 감당하기가 두렵다는 뜻이다. 갑작스러운 죽음이 아니더라도 사랑하는 사람이 병으로 고통받다 떠나는 모습을 보게 된다면 또 어떨 것인가. 나는 옆에서 그가 가는 길을 편하게 해 줄 수 있는 사람일까. 사랑하는 사람들이 아파하는 모습을 떠올리기만 해도 마음이 아리는 것으로 보아 힘들 듯하다.

예술가들은 사랑하는 이를 떠나보내야 하는 상황에 어떻게 대처했을까. 상실을 다룬 작품들 중에서 개인적으로 가장 큰 울림을 주었던 것이 있다. 바로 펠릭스 곤잘레스 토레스라는 현대 작가의 작품이다.

※

곤잘레스 토레스의 작품 중 가장 유명한 〈무제Untitled〉(완벽한 연인 Perfect Lovers, 1987-1990)는 고작 두 개의 시계가 벽에 걸린 것이다. 작가가 직접 만든 것도 아닌, 똑같은 형태로 대량 생산된 공산품 시계이다. 거기다 제목까지 붙여지지 않았으니, 얼핏 난해한 현대 미술의 전형으로 느껴진다. 하지만 작품의 배경을 듣고 나면 누구나 작가의 감정에 공감할 수 있을 것이다.

그에게는 혼신의 힘을 다해 사랑했던 애인이 있었다. 그들은 수

많은 행복한 순간을 함께했다. 하지만 언제까지나 함께하자던 둘의 약속은 끝내 이뤄지지 못했다. 애인이 병에 걸려 삼십 대의 젊은 나이에 먼저 세상을 떠나고 만 것이다.

이 사실을 알게 된 뒤, 내게 이 두 시계는 연인의 시간처럼 느껴졌다. 똑같이 건전지를 넣으면 똑같이 생긴 두 개의 시계는 한동안 같은 시간을 가리킬 것이다. 그렇지만 시간이 흐르며 두 시계의 시간은 조금씩 어긋날 것이다. 두 시계는 같은 종류지만, 결코 완전히 똑같을 수는 없다. 그러다 한 시계가 먼저 멈춘다. 마치 곤잘레스 토레스의 연인의 시간이 먼저 멈춘 것처럼. 하지만 시계가 멈추면, 건전지가 새롭게 교체된다. 그리고 두 시계의 시간은 다시 맞춰진다. 마치 그들의 사랑이 영원히 재생되는 것처럼 말이다. 곤잘레스 토레스는 1988년 애인에게 다음과 같은 편지를 남겼다.

시계들을 두려워하지 마. 그게 우리의 시간이야. 언제나 시간은 우리에게 관대했지. 우리는 시간에 승리의 달콤한 맛을 새겨 왔어. 우리는 특정 공간과 시간에 만남으로써 운명을 정복한 거야. 우리는 그 시간의 산물이기에 때가 되면 마땅히 되갚아야 해. 우리는 함께하도록 맞추어졌어, 지금과 그리고 또 영원히. 당신을 사랑해.

서로가 완벽하게 같은 시간을 공유하고 싶었지만 애인은 병마와 싸워야 했고, 곤잘레스 토레스는 고통스런 투병의 시간을 지키며 그의 마지막까지 함께했다.

세상에 완벽한 사랑이란 없을지 모른다. 완벽히 하나가 되고 싶은 두 마음이 있을 뿐. 하지만 이 두 마음이 결국 사랑을 완성하는 것은 아닐까. 그는 이 작품에 '완벽한 연인'이라는 부제를 붙였다.

곤잘레스 토레스는 쿠바에서 태어나 20대가 되어서 미국으로 왔다. 그는 길게 작품 활동을 하지는 못했는데, 이는 그가 39살이 되던 해에 그의 애인과 똑같이 에이즈 합병증으로 세상을 떠났기 때문이다. 하지만 이 짧은 기간 동안 그가 남긴 작품들은 이후 사람들에게 엄청난 사랑을 받았고 그는 1980년대와 1990년대를 대표하는 전설적인 예술가가 되었다. 지금보다 훨씬 보수적이었던 당시의 미국에서 그는 동성애자였던 소수자로서의 삶을 작품으로 표현했다. 그는 가장 개인적이면서도 그렇기에 누구나 공감할 수 있는 감정들을 쉽게 풀어내며 대중과 소통했다.

또 다른 작품인 〈무제*Untitled*〉(L.A.에서의 로스의 초상*Portrait of Ross in L.A.*, 1991)에서는 전시장 한구석에 쌓여 있는 알록달록한 사탕 더미를 볼 수 있다. 만약 미술관에서 누군가 작품(사탕)을 집어 먹는 모습을 본다면 모두가 깜짝 놀랄 것이다. 하지만 이 작품에서는 이러한 행위가 용인된다. 곤잘레스 토레스는 누구든 원하는 만큼 사탕을 까서 먹거나 주머니에 넣어 가져갈 수 있도록 허용했다.

곤잘레스 토레스의 연인이었던 로스는 에이즈 합병증으로 3년을 투병한 뒤 세상을 떠났다. 사랑하는 사람이 점점 여위다가 결국 세상을 떠나 버리기까지의 시간을 곤잘레스 토레스는 모두 지켜보았다. 작가 본인이 이 작품이 정확히 무엇을 의미하는지를 정확히 짚어 언급한 적은 없으나, 'L.A.에서의 로스의 초상'이라는 부제와 사탕이 사라져 가는 과정을 보며 나는 자연스레 건강했던 시절 로스의 모습을 떠올렸다. 어쩌면 그는 관람객들을 사탕이 줄어드는 과정에 동참시킴으로써 천천히 소멸해 간 연인에 대한 기억을 공유하고 싶었던 것이 아닐까.

시계와 사탕은 모두 우리가 일상에서 쉽게 접하는 소품들이다. 그리고 사랑과 상실의 경험 또한 아주 사적이면서도 동시에 대부분의 사람이 필연적으로 경험하는 보편적인 감정이다. 그렇게 그는 아주 평범하지만 내 이야기가 되었을 때는 전부가 되어 버리는 그 감정을 일상의 소품에 담아 우리에게 조용히 흘려보낸다. 그래서 그의 작품은 은유적이면서도 직관적이고, 소박하면서도 묵직한 울림이 있다.

그가 이별을 연상시키는 서글픈 작품만 창작한 것은 아니다. 두 사람의 시계가 완벽히 함께 똑딱이던 달콤한 순간의 감정을 연상시키는 작품도 있다. 시계 작품과 더불어 내가 가장 좋아하는 그의 작품에는 평범한 이불과 베개가 등장한다. 두 사람이 방금 전까지 함께 누워 있다 막 일어난 듯, 베갯잇은 눌려 있고 이불은 흐트러져 있다. 아직도 사람의 온기가 남아 있을 듯 포근해 보인다.

곤잘레스 토레스와 그의 연인이 방금 전까지 머물렀던 것만 같이 헝클어진 침구를 보며 가슴이 아렸던 것은, 사랑하는 이와 함께했던 기억은 그가 머물렀던 자리에 언제까지나 온기로 남는다는 사실을 알기 때문이다. 사랑을 했던 나의 모든 순간들과 감정들까지도 함께 말이다. 어떤 방식으로든 사랑하는 사람과 결별한 뒤 그의 흔적을 바라봐야 했던 사람이라면 누구나 이 작품을 이해할 수

| 펠릭스 곤잘레스 토레스, 〈무제〉, 1991

있을 것이다. 이 또한 지극히 개인적인 감상일 뿐이지만, 작품이 많은 사람들과 만나 다양한 가능성을 가지기를 소망했던 그라면 이 해석 또한 너그럽게 이해해 주리라 믿는다.

※

'미술사는 좋아하는데 현대 미술은 별로 안 좋아해요'라는 이야기를 종종 듣는다. 현대 미술을 좋아하는 나로서도 너무나 이해되는 말이다. 나 또한 단순히 예술에 관심이 많은 비전공자로서, 때때로 어떤 현대 작품들은 받아들이기 벅차게 느껴질 때가 자주 있었다. 하지만 곤잘레스 토레스의 작품은 우리에게 익숙한 감정을 일상의 소품들로 덤덤히 이야기한다. 그를 이해하기 위해 단 한 걸음만 내디디면, 그는 조심스레 다가와 손을 잡고 우리를 그의 삶과 감정 속으로 조용히 이끈다.

곤잘레스 토레스는 실제로 자신의 작품이 대중과 더 자주, 더 가까이, 더 많은 곳에서 만나길 바랐다. 침구를 촬영한 1991년의 무제 작품은 뉴욕시 여러 곳의 대형 옥외 광고판에 설치되어 대중들이 쉽게 볼 수 있도록 했다. 그리고 때로 그의 작품들은 대량으로 프린트되어 누구나 가져갈 수 있도록 전시장 한 켠에 비치되곤 했다. 그의 작품을 만지고, 먹고, 집으로 가져가며 우리는 그의 사랑의 기억을 공유한다. 그렇게 우리는 작품을 통해 그와 연결되어 함께 사랑의 감정을 어루만진다.

곤잘레스 토레스가 사랑하는 이의 죽음에 대처하는 방법은 '상실을 겪은 모두와 함께 사랑을 영원히 기억하는 것'이었다. 그는 작품을 통해 사랑을 추억하는 사람들과 연결됨으로써 자신의 사랑과 완벽한 연인으로 남을 수 있었다. 곤잘레스 토레스는 이렇게 말했다.

대중들이 없다면 내 작품들은 아무것도 아니다. 작품을 완성하기 위해서는 그들이 필요하다. 나는 대중들에게 나를 도와주고, 책임을 지고, 내 작품의 일부가 되고, 참여해 주기를 요청한다.

타인과의 화해

넘을 수 없는 그 이름,
롤모델

●

파블로 피카소 & 폴 세잔
Pablo Picasso, 1881-1973 & Paul Cézanne, 1839-1906

한창 취업을 준비하던 시절, 흔히 '자소설'이라고도 불리는 자소서 안에 수많은 나의 롤모델들을 적었다. 다른 사람들도 다 쓸 법한 인물을 적으면 안 되었기 때문에 롤모델은 자소서를 고치는 횟수만큼 계속 바뀌었다. 마이클 조던이었던 적도 있고(NBA를 본 적이 단 한 번도 없으면서), 한비야를 적기도 했으며, 이 밖에도 기억조차 나지 않는 수많은 인물들이 나의 롤모델이 되었다.

이들은 단지 자소서를 채우기 위한 이름이었을 뿐 누군가를 진심으로 롤모델로 삼았던 적은 한 번도 없었다. 큰 꿈이나 야망이 없어서인가, 특별히 롤모델이 필요하다는 생각이 들지도 않았다. 서른이 다 되어 은사님을 만나기 전까지는 그랬다.

내가 존경하는 그분은 수녀회가 운영하는 보육원에서 부모의 따뜻한 손길 없이 자랐다. 가난과 외로움을 당연한 것으로 여기며 성장한 소년은 고졸 특기생으로 삼성 전자에 입사해 엔지니어로 십수 년을 정신없이 일했다. 보육 시설에서 자라나 먹고사는 일이 가장 큰 목표였던 학생이 예술에 관심을 가질 여유가 없었음은 당연했다. 서른이 넘도록 르네상스는 강남에 있는 호텔 이름인 줄로만 알고 있던 그는 우연한 계기로 태어나 처음 미술관을 가게 되었다. 회사를 그만두고 나와 벌인 사업이 망해 친구의 권유로 유럽 미술관 가이드 일을 시작하게 되었기 때문이었다.

처음 가 본 미술관에서 그는 도무지 미술 작품이 무엇을 표현하는지 알 수 없어 당황했다고 한다. 하지만 가이드 일을 바로 시작해야 했기에 다양한 책과 자료를 들춰 보며 미술사를 공부했고, 이내 알쏭달쏭하던 곳은 마치 별나라처럼 바뀌었다. 작품 속에 숨어 있는 도상학적 의미나 뒷이야기를 이해하자 미술은 어렵고 고상한 학문이 아닌 흥미진진한 드라마처럼 다가왔다. 그의 해설은 쉽고 재미있으면서도 울림과 깊이가 있어 입소문을 타고 인기를 끌게 되었다.

때마침 불었던 해외여행 붐을 타고 많은 한국인들이 유럽 곳곳의 미술관을 찾기 시작했다. 엔지니어 출신의 날카로운 정보 분석력에 대부분의 관람객과 같은 초심자로서의 공감대가 더해져 그의 해설은 많은 사람들의 사랑을 받았다. 십여 년간 가이드 생활을 이어 간 끝에 그를 눈여겨 본 공연 기획자의 아이디어로 음악과 미술 해설을 결합한 아르츠 콘서트가 만들어졌고, 그분은 한국에 돌아와 초대 해설가로서 예술의 전당을 포함한 수많은 공연장에서 활발히 강연을 했다.

이는 아트 커뮤니케이터로 활약했던 윤운중 선생님의 이야기이다. 선생님을 만나기 전에 나는 특별히 미술에 엄청난 관심이 있지도, 미술 해설에 뜻이 있지도 않았다. 선생님처럼 미술을 알리는 일을 하겠다고 결심한 것은 순전히 선생님의 해설을 듣고 매료되었고, 그분의 훌륭한 인품을 닮고 싶다고 생각했기 때문이었다.

이와 같은 바람을 품은 것은 나뿐만이 아니었다. 그리고 선생님은 자신을 따르고 그 뒤를 쫓고자 하는 사람들을 한 번도 함부로 대한 적이 없었다. 자신을 좋아하는 사람들을 사려 깊고 조심스럽게, 무엇보다 인간적인 애정으로 따뜻하게 보듬어 주셨다. 그렇게 나도 처음으로 하고 싶은 일과 롤모델을 갖게 되었다.

그렇게 자신의 분야에서 꽃을 피우고 막 흐드러지게 열매를 맺으려던 그 즈음, 49살 한창의 나이로 갑작스레 선생님은 세상을 떠났다. 간암이었다. 그제야 수입이 안정되어 작은 원룸을 나와 고즈넉한 개조 한옥에 자리를 잡은 지 몇 달도 되지 않았을 때였다. 선생님은 좋지 못한 형편에 치열하게 살면서도 항상 여유와 웃음을 잃지 않았다. 그런 선생님이 난생처음 자기 취향대로 꾸민 아늑한 집에서 몇 달을 채 살지 못하고 돌아가신 것이 너무 서러워 나는 많이 울었다. 내가 선생님을 알게 된 지 3년이 조금 넘었을 때였다. 길지 않은 시간을 알고 지낸 분이 나의 삶에 지속적으로 영향을 미치게 될 줄, 그때는 몰랐다.

미술사에 등장하는 예술가들 중에 가장 부러운 사람을 한 명 꼽으라면 단연 파블로 피카소이다. 우리가 이름을 알고 있는 예술가들 중 피카소만큼 살아서 부와 명예를 모두 누린 이는 흔치 않다. 그만큼 열정적으로 꿈과 사랑을 동시에 추구하며 원대한 이상과 개인의 행복 중 어느 것도 놓치지 않은 화가는 더더욱 드물다. 자기 자신과 스스로가 하는 일에 확신을 가지고 누구보다 담대하게 예술가로서의 길을 걸었던 그의 모습은 개인적인 삶의 측면에서도 여러모로 부러운 것이 사실이다.

피카소는 작품뿐만 아니라 행적에 대해서도 수많은 이야깃거리를 가지고 있기에 어떤 관점에서 그를 조망하느냐에 따라 다양한 모습을 드러낸다. 그를 거쳐간 여덟 명의 애인과의 불 같은 러브 스토리도, 색채의 마술사로 불리는 화가 앙리 마티스와 라이벌로서 서로를 성장시킨 이야기도, 모국 스페인의 정치에 목소리를 높이며 대작 〈게르니카Guernica〉를 만든 이야기도 흥미진진하다. 하지만 그에게 본격적으로 거장이자 천재 화가의 칭호를 붙여 준 큐비즘을 어떻게 시작했는지를 살펴봐야 그의 유명세를 조금은 이해할 수 있을 것이다.

피카소는 스페인 말라가에서 태어나 바르셀로나에서 자랐다. 아버지가 미술교사였기에 그는 일찍부터 미술에 흥미를 가질 수 있었다. 피카소 전성기의 큐비즘 작품들은 마치 어린아이가 그린 것처럼 보이지만, 사실 그가 유년 시절 그린 그림들은 놀랄 정도로 정교하면서도 풍부한 표현력을 갖추고 있다. 스스로 "나는 라파엘로Raffaello Sanzio(르네상스 시대의 거장)처럼 그리는 데에는 사 년밖에 걸리지 않았지만, 다시 아이처럼 그리기 위해 평생이 걸렸다"라고 말했듯, 그는 유년 시절에 이미 회화의 기술을 마스터했다.

불과 십 대에 기성 화가의 실력을 갖춘 피카소에게 스페인은 너무 작은 무대였다. 열아홉 살의 젊은 피카소는 더 큰 세상을 만나기 위해 가까운 친구였던 카를레스 카사헤마스Carles Casagemas와 함께 당시 예술의 중심지였던 파리로 향했다. 피카소가 스페인을 떠났던 1900년은 파리 만국 박람회가 있던 해였다. 새로운 세기가 시작되고 산업 혁명의 결과물들이 세상을 바꿔 나가며 사람들을 한껏 고무시켰다. 이제 막 성인이 된 피 끓는 청년들에게 이보다 더 낭만적이고 매혹적인 곳은 없었을 것이다.

허나 그의 행복감은 오래가지 못했다. 카사헤마스가 실연의 슬픔을 견디지 못하고 자살하고 만 것이다. 이때부터 그는 오 년가량 어두운 푸른색이 주가 되는 그림들을 그렸다. 후에 사람들이 청색 시대라고 부르게 되는 시절이다. 그러나 정력적인 아티스트는 머지않아 슬픔에서 빠져나올 방법을 찾았다. 곧 한 여자를 사랑하게 된 그는 따뜻한 분홍빛이 감도는 작품들을 그려내며 짧은 장밋빛 시대를 채색해 냈다.

이 시기의 작품들 또한 탁월하지만 지금 언급하게 될 작품이 없었다면 피카소의 이름이 이렇게 많이 미술사에서 회자되지는 않았을 것이다. 그 작품은 바로 역사상 첫 큐비즘으로 꼽히는 〈아비뇽의 여인들〉이다. 작품 속에는 제목에서처럼 다섯 명의 여인들이 등장한다. 그녀들은 모두 옷을 벗은 나신으로 서 있다. 누드화라면 수천 년 전부터 익히 그려져 왔지만 이 작품에는 우리가 누드화에서 흔히 연상하는 어떤 것도 담겨 있지 않다.

고대 그리스부터 시작되었던 나체의 이상적인 아름다움은 여기에 없다. 누드화라는 실마리는 화면 전체에 퍼져 있는 살구색 빛깔과 얼굴 형태에서 겨우 찾을 수 있을 뿐이다. 그나마도 몇 개의 얼굴은 아프리카 가면처럼 길쭉하거나 뾰족하고, 신체의 일부는 커다란 유리 파편처럼 변형되어 조금은 기괴해 보이기도 한다.

이는 피카소가 애초부터 이 작품에서 누드화가 목표로 하는 '육체의 아름다움'을 의도하지 않았기 때문이다. 그는 이 작품을 통해 오로지 눈앞에 있는 대상을 자신만의 방식으로 '재창조'할 수 있는지를 실험하고자 했다.

피카소는 이 작품에서 인체를 다양한 모양으로 분할했고, 앞모습과 옆모습을 함께 표현했다. 기존의 회화가 눈앞에 보이는 것을 표현하는 '형식'의 변화에 대한 시도들이었다면, 피카소는 예술가의 인식에 따라 눈앞의 현실조차 재창조될 수 있음을 이 작품을 통해 처음으로 세상에 피력했다. 화가의 지각의 과정이 회화를 주도적으로 변형하고 새로운 아름다움을 창조할 수 있다는 사실을 보여준 것이다. 이렇게 피카소의 큐비즘은 20세기 미술사뿐만 아니라 사실상 그 이후의 거의 모든 예술가에게 영향을 미쳤다.

그렇다면 피카소는 시대를 흔든 이 파격적인 시도를 어떻게 떠올린 것일까. 사실 피카소에게는 큐비즘을 세상에 내보일 수 있게 해 준 결정적인 롤모델이 있었다. 그는 바로 폴 세잔이었다.

세잔은 1839년 프랑스의 엑상프로방스에서 태어났다. 은행 사업

| 파블로 피카소, 〈아비뇽의 여인들〉, 1907

에 크게 성공한 아버지 덕에 유복한 어린 시절을 보낸 그는 아버지의 뜻을 따라 법대에 진학했지만, 미술을 하고 싶다는 꿈을 버리지 못하고 중퇴했다. 1861년 파리에서 화가로서의 삶을 시작한 그는 당대의 인상파 화가들과 교류하며 적극적으로 인상주의 이론을 배웠다. 그러나 연구의 끝에 그는 인상파가 자신의 길이 아니라는 결론을 내렸다. 순간순간 변하는 빛을 빠르게 쫓는 인상파의 기법은 혁신적이었지만 세잔에겐 그것이 회화의 본질이라는 생각이 들지 않았다. 그는 마음속에 떠오르는 근본적인 질문에 대한 답을 찾기 위해 독자적인 노선을 걷게 되었다.

세잔에게 회화란 빛에 따라 변하는 찰나의 이미지를 붙잡는 것이 아니었다. 그는 인상주의의 즉흥적이고 빠른 붓터치로 인해 과도한 색이 소비되고 대상의 형태가 흐려진다고 생각했다. 그는 영원불멸하고 완전한 회화를 추구했다. 이를 위해서는 화가가 오랜 시간을 들여 대상을 관찰한 뒤에 치밀하게 조형적 이미지를 계산해 내야만 했다. 그리고 이것은 바로 세잔의 영향을 받은 피카소와 큐비즘 그룹이 이후에 더 발전시켜 확장해 간 길이었다.

세잔은 많은 과일들 중에서 유독 사과와 오렌지만을 정물화로 그렸는데, 오랫동안 관찰해도 쉽게 썩지 않았기 때문이다. 〈사과와 오렌지〉에서 그는 무너지지 않는 견고한 형태를 구성하고 그 형태를 더욱 확실하게 해 주는 색채를 고심하여 신중한 붓칠들을 하나하나 더했다. 그가 "영원한 인상주의를 만들고 싶다"라고 말했던 바대로, 작품 속 사과와 오렌지는 밝은색과 선명한 형태를 간직한 채 마치 영원히 썩지 않을 것처럼 그곳에 존재하고 있다.

타인과의 화해

| 폴 세잔, 〈사과와 오렌지〉, c.1899

그런 세잔에게는 인물 또한 사과나 오렌지처럼 조형적인 언어를 가진 대상, 그 이상도 이하도 아니었다. 세잔의 시대까지 초상화란 조형적 즐거움을 선사하는 것과 더불어 인물에 대한 여러 정보를 전달해 주는 것이었다. 비단 그 사람의 생김새뿐만 아니라 미묘한 눈빛과 표정, 옷차림 등을 통해 그의 성격과 배경, 사회적 지위나 재력 같은 특성을 다방면으로 드러내야만 했다.

하지만 〈앙브루아즈 볼라르의 초상〉에서는 인물과 관련된 어떠한 정보도 찾기 어렵다. 심지어는 이목구비조차 또렷하게 보이지 않는다. 얼핏 크게 고민하지 않고 그린 듯하나, 이 작품 하나를 위해 세잔이 기울인 시간과 노력은 상상 이상의 것이었다.

앙브루아즈 볼라르Ambroise Vollard는 세잔의 작품을 최초로 이해해 주었던 화상으로, 작품의 모델이 되었던 경험에 대해 다음과 같은 이야기를 전했다. 세잔은 그에게 그림을 그리는 동안 절대로 움직이지 말아 달라고 부탁했는데, 초상화 작업은 매일 오전 8시부터 11시 30분까지 세 시간 반씩 무려 115일에 걸쳐서 진행되었다고 한다. 하루는 가만히 앉아 있는 것에 지친 볼라르가 깜빡 졸다 그만 바닥으로 굴러 떨어졌는데, 세잔이 이를 보고 "뭐 하는 거야! 포즈가 다 망가졌잖아. 그러니까 내가 말했지. 사과처럼 가만히 있어야 한다고. 세상에 움직이는 사과를 봤냐고!"라며 큰소리로 화를 냈다고 한다.

그는 이렇듯 시간을 들여서 대상을 읽어 내고 그 근본을 캔버스 안에서 재구성했으며, 대상이 가진 아름다움을 가장 잘 드러낼 수 있도록 철저히 계산된 붓질을 입혔다. 이런 그에게 있어서 영감을

│ 폴 세잔, 〈앙브루아즈 볼라르의 초상〉, 1899

주는 대상인 자연은 찰나의 이미지로 화폭에 재현되어야 하는 것이 아니었다. 화가가 표현하고자 하는 조형적 언어 안에서 자연은 새롭게 '해석'되고 그 본질에 가장 가까운 모습으로 '박제'되는 것이었다. 그리고 이러한 과정에서 가장 중요한 것은 이 세계를 해석하고 표현하는 작가의 회화에 대한 '개념'이었다.

하지만 당시 세잔의 독특한 작품들은 사람들의 비웃음거리만 될 뿐이었다. 자신의 예술 세계를 이해받지 못한 세잔은 서른여덟의 나이로 파리를 떠나 고향 엑상프로방스로 돌아갔다. 그는 그곳에서 죽을 때까지 30년을 은둔하며 계속해서 작품을 발전시켜 나갔다. 그러는 동안 파리에서는 인상파가 어느새 진부한 기성 화단이 되어 버렸고, 혁명을 바라는 젊은 예술가들은 새로운 롤모델을 찾기 시작했다. 그리고 다른 방향을 물색하던 젊은 화가 중 하나였던 피카소는 세잔이 죽고 일 년 뒤 파리에서 열린 그의 회고전을 보게 되었고, 그 안에서 답을 찾았다.

세잔은 같은 장소에서 수없이 반복하여 그리며 생빅투아르산 그림을 완성했다. 산과 언덕, 나무의 모습이 세잔의 조형 언어에 따라 단순한 색채와 도형들로 정돈되었다. 세잔의 다른 그림들과 마찬가지로 이 작품에서 허투루 쓰인 붓질은 없으며, 모든 형태와 색이 캔버스 안에 단단히 묶여 있다. 세잔은 같은 주제의 그림을 여러 점 그렸는데, 후기로 갈수록 피카소의 큐비즘을 연상시키는 단순한 형태로 변화해 간다. 이로부터 몇 년 뒤 피카소가 그린 풍경화에서는 그가 세잔의 영향을 받았음이 여실히 드러난다.

피카소는 세잔의 회화 세계를 거듭 분석했고 이 과정은 피카소

타인과의 화해

| 폴 세잔, 〈비베뮈스 채석장에서 본 생빅투아르산〉, c.1897

| 파블로 피카소, 〈토르토사의 벽돌 공장〉, 1909

의 생애에서 가장 드라마틱한 변화였던 큐비즘을 만들어 냈다. 피카소는 세잔을 직접 만나지는 못했지만 그의 작품들을 면밀히 관찰하여 이를 관통하는 예술관을 포착했다. 그리고 단순히 세잔의 예술 세계를 답습한 것이 아니라 이를 바탕으로 한 발 더 나아가 자신만의 새로운 방향을 창조해 냈다. 이렇게 세잔의 예술은 피카소를 통해 직접적으로 큐비즘에 영향을 미쳤고, 더 나아가 현대 미술의 중요한 원동력 중 하나가 되었다. 이것이 세잔이 '현대 미술의 아버지'라고 불리는 이유다.

피카소 생전의 여러 일화들을 보면 그가 얼마나 주관과 자존심이 센 사람이었는지를 알 수 있다. 하지만 그는 세잔에 대해서만큼은 "세잔이야말로 나의 유일한 스승이었다"라고 말할 정도로 큰 존경심을 보였다. 피카소는 가장 혁신적인 전환점을 불러일으킨 세잔과 그의 예술 세계를 마음 깊은 곳으로부터 존경했던 것이다. 그 존경심이 얼마나 컸던지, 스페인 출신이었음에도 세잔이 즐겨 그렸던 프랑스 생빅투아르산의 언덕에 땅을 구매하여 말년을 보내고 죽어서도 그곳에 묻혔을 정도였다.

※

윤운중 선생님이 돌아가시고 꽤 오랜 시간 많이 힘들었다. 자신은 고독하게 자랐을지언정 주변에는 넘치는 애정을 주셨고, 꿈을 좇으면서도 어떻게 삶에서 좋은 선택들을 하고 다른 사람을 존중해야 하는지를 몸소 보여 주신 분이었다. 언제까지나 곁에 있고 싶었던 분의 갑작스런 부재로 인해, 내가 나아가야 할 길이 언뜻 보였다가 다시 수렁 속에 빠진 기분이었다.

　하지만 이제는 안다. 인생의 좋은 롤모델을 만나는 행운이 많은 사람에게 쉽게 일어나는 일이 아님을. 이제는 그분이 떠나셨음에 슬퍼하기보다 그분을 알았던 시간에 감사하려 한다. 선생님께서는 생전에 이렇게 자주 말씀하셨다. "종국에는 너 자신이 스스로의 멘토가 되어야 한다"라고. 그때는 잘 이해되지 않던 그 말씀이 이제는 조금 이해될 것도 같다. 결국, 그분이 남겨 주신 좋은 유산들을 바탕으로 나는 나만의 길을 가야 할 것이다.

타인과의 화해

사회와의 화해

하루하루를 살아가는 당신을
존경합니다

●

장 프랑수아 밀레
Jean-François Millet, 1814-1875

노동자로서 나의 공식적인 사회생활의 시작은 서비스 업무였다. 사람이 미어터지는 인천 공항 카운터에서 탑승 수속을 했다. 성수기에는 오로지 탑승권을 받기 위해 승객들이 두 시간 동안 줄을 서는 경우도 허다했다. 식사 시간이 포함된 근무 시간은 여덟 시간이었지만, 오전 여섯 시에 일을 시작해서 일곱 시간이 넘도록 화장실 한 번 못 가고 쉴 새 없이 탑승 수속을 하던 날도 종종 있었다.

같은 말을 앵무새처럼 반복해야 하는 일은 생기 있는 표정이 가시게 했다. 좋은 사람들이 훨씬 많았지만 소위 '진상' 승객은 하루에도 몇 명씩은 꼭 있었고 그날 하루를 망쳐 버리기에는 충분한 수였다. 입에 담지 못할 상욕이나 위협적인 폭언을 듣는 경우도 많았다. 상처받지 않으려면 차라리 내가 기계라고 생각하는 편이 나았다. 나는 불친절하진 않지만 딱히 친절하다고도 할 수 없는, 묘하게 끝만 올리는 말투로 말했다. 입에 단내가 나도록 몇 시간을 일하고 나면 집에서는 단 한마디도 하고 싶지 않았다.

첫 사회생활에서 서비스 업무를 질리도록 한 뒤로는 어디에서도 직원의 친절함을 크게 바라지 않게 되었다. 지금 내 앞에 있는 이분이 몇 명에게 시달렸을지, 그중에 몇 명이 눈물을 속으로 집어삼키게 했을지 나는 모른다. 오히려 눈이 가는 것은 그 반복되는 업무 속에서도 빛을 잃지 않는 사람들이다. 상대에게는 처음이지만 자신에게는 수천 번을 반복했을 어떤 말 한마디, 행동 하나에 따스함이 어리도록 하는 것은 진정 엄청난 능력이다.

몇 년 전 남프랑스로 여행을 갔을 때였다. 아비뇽이라는 도시에서 아주 작은 미술관에 들렀다. 피카소의 작품이 있다고 해서 여정과도 잘 맞지 않는 곳을 힘들게 찾아 갔는데, 알고 보니 피카소가 말년을 보냈던 남프랑스에는 어지간한 작은 미술관들도 피카소의 드로잉 몇 개는 가지고 있다고 한다. 딱히 좋지도 나쁘지도 않은 작품들을 둘러보다가 한 노부부를 마주치게 됐다.

젊은 남자 직원이 걸음이 불편한 할아버지를 부축하며 작품을 하나씩 설명해 주고 있었다. 그런데 그 옆을 지나가다가 선글라스를 낀 할아버지가 시각 장애인이라는 사실을 알게 되었다. 앞을 볼 수 없는 할아버지의 손을 잡고 직원은 작품의 색깔과 표현 방법, 그 뒷이야기까지 상세히 설명해 주고 있었다. 전시관 안의 작품을 모두 설명한 직원은 "아내 분께서 작품을 둘러보실 시간도 필요하고, 다리도 아프실 테니 의자에서 몇 분 정도 쉬고 계시면 다시 돌아와 다른 방을 안내해 드리겠다"며 환한 미소와 함께 자리를 비켰다.

그것이 원래 미술관의 매뉴얼이었는지 아니면 직원 개인의 호의였는지는 알 수 없다. 하지만 무엇이 되었든 그 순간 직원의 진심을 다한 따뜻한 말투와 표정만큼은 오래 기억에 남았다. 자신에게는 매일 하는 지겨울 노동에 불과할 어떤 일에 마음을 온전히 담는다는 것, 그 시간을 무심히 흘려보내지 않는다는 것에는 뜻밖의 잔잔한 감동이 있다.

※

반복되는 매일의 노동에 대해 생각할 때면 떠올리지 않을 수 없는 화가가 있다. 농민의 화가라고 불리는 장 프랑수아 밀레이다. 밀레는 프랑스 노르망디 지방의 그뤼시Gruchy라는 작은 농촌 마을에서 농부의 아들로 태어났다. 그는 땅을 성실히 대하지 않으면 먹을 것을 얻을 수 없는 농부의 숙명을 지켜보며 성장했다. 고매한 예술이 아직 현실에 발을 딛기 전이었던 시대에 밀레는 이전까지는 그림의 주제로 등장하지 않았던 어떤 것을 캔버스로 가져왔다. 그것은 바로 '노동'이었다.

밀레는 〈키질하는 사람〉에서 처음으로 노동을 작품의 주제로 삼았다. 키질에 열중하고 있는 한 농부의 모습이 보인다. 키질의 행위가 작품의 전체 분위기를 압도하는 데 반해 상대적으로 얼굴은 흐릿하게 그려져 있다. 화가의 시선은 모델의 개성이 아닌, 노동자로서의 노동 그 자체에 맞춰져 있다. 묵묵히 자신의 몫을 해내는 사람의 모습을 거대하게 그림으로써 노동의 묵직한 무게감이 느껴

지도록 하는 것이 그의 작품의 특징이다. 이 작품으로 살롱전에서 상을 받은 밀레는 비평가들과 대중의 관심을 얻게 되었고 이후 본격적으로 농민 생활을 그리게 되었다.

그가 살던 시기는 빠르게 산업화가 진행되고 있는 시대였다. 사람들은 새로운 일거리를 찾아 도시로 이동했고 잉여 생산물이 급속도로 누적되기 시작했다. 농사는 구시대에 속한 것이 되었다.

그런 변화 속에서도 그는 점점 쇠락해 갈 것이 뻔히 보이는 농부의 삶을 그렸다. 살롱전에서 수상한 후 몇 년이 지나지 않아 파리 교외의 바르비종Barbizon으로 이사를 했고, 거기서 직접 농사를 지으며 대지와 굳게 맺어진 농민의 삶을 화폭에 담았다. 그는 자신이 땀 흘린 만큼만 기대할 수 있는, 예측할 수 없는 자연의 심술로 모든 노력이 헛수고로 돌아가는 때조차 묵묵히 매일을 견뎌 내는 농부들의 삶에 깊은 애정을 가지고 있었다. 밀레의 작품에서 풍기는 성스러운 느낌은 그 스스로도 뿌리를 두고 있었던 농부의 인생에 가졌던 경외감의 표현일지 모른다.

〈이삭 줍기〉에서는 농민 여성들이 허리를 굽혀 한창 이삭을 줍는 작업에 몰두하고 있다. 그녀들의 노동의 순간은 마치 시간이 멈춰 버린 듯 평온해 보이기까지 하지만 사실 이 이삭 줍기의 배경에는 당대의 슬픈 현실이 있다. 이삭 줍기란 극빈층 농민이 지방 관청의 허가를 받아 지주가 추수를 모두 끝낸 뒤에 들판에 떨어진 이삭을 주워 가는 일이었다. 그림의 뒤편에서 말을 타고 여성들을 감시하는 사람이 보인다. 지주가 수확한 풍성한 곡식은 저 뒤쪽 마차에 한 짐이 실려 이미 떠나고 있다.

장 프랑수아 밀레, 〈키질하는 사람〉, c.1847-1848

| 장 프랑수아 밀레, 〈이삭 줍기〉, 1857

하루 종일 허리가 휘도록 일해도 한 알 한 알을 손으로 주워 모을 수 있는 양이란 참 고달팠을 것이었다. 하지만 굶는 것에 비하면 이마저도 감지덕지한 일이기도 했을 것이다. 어찌 되었든 그녀들은 자신들이 처한 상황에서 할 수 있는 최선의 일을 묵묵히 해내고 있다. 이들이 일을 하는 모습은 비현실적으로 희망과 정력에 차 있지도, 그렇다고 고통으로 무너져 내릴 것 같지도 않다. 체념과 덤덤함의 사이 어디쯤에서 작품 속 농부들은 그렇게 노동의 존재감을 짙게 드리우고 있다.

〈만종〉은 수많은 복제화가 생산되어 전세계적으로 모르는 사람이 거의 없을 만큼 유명한 작품이다. 젊은 농민 부부가 땅거미가 내려앉는 들판에 서 있다. 멀리 보이는 교회에서 저녁 기도 종이 울렸던 것 같다. 부부는 하루 종일 바쁘게 움직였을 거친 손을 급히 옷에 닦아 낸다. 아내는 손을 가지런히 모으고 남편은 조용히 모자를 벗어 손에 쥔다. 두 사람은 오늘 새벽부터 저녁까지 땀 흘리며 일했을 것이다. 그리고 아마 내일 또한 크게 다르지 않을 것이다.

하지만 두 사람은 재방송처럼 똑같았을 수많은 하루의 끝에서 내일의 희망을 담은 기도를 올리고 있다. 우리 둘 중 누군가가 아프지 않기를, 그래서 내일도 오늘처럼 배를 채울 양식을 일굴 수 있기를. 핏덩이 같은 어린 자식들이 천진한 미소를 잃지 않고 건강하게 자라주기를. 두 사람의 소박한 소망이 진실되게 흐르는 이 시간은 수도 없이 반복되었을 지겨운 삶의 굴레에 경건한 한줄기 빛을 내리운다.

| 장 프랑수아 밀레, 〈만종〉, 1857-1859

밀레에 대한 평은 다양하다. 누군가는 미천하게 여겨졌던 노동의 신성함에 주목하게 했다고도 하고, 또 다른 누군가는 노동의 고통을 미화한 것이라고도 한다. 누군가는 그의 작품을 보며 성실함의 미덕에 대해, 고단한 생의 굴레에 대해, 또는 인간의 존엄성에 대해 생각하기도 한다. 어떤 것을 떠올리든 그의 작품이 당대부터 지금까지 많은 사랑을 받는 이유는 아마도 작품 속 농민들의 모습에서 오늘을 살아가는 우리의 모습을 볼 수 있기 때문이 아닐까.

어제도 땀을 흘렸고, 오늘도 같은 일을 했으며, 내일도 별반 달라지지 않을 노동자로서의 삶. 하지만 밀레의 작품 속 그들은 불평하지 않는다. 그들은 자연과 그 섭리 안에 속해 있다. 먹고사는 일을 스스로가 책임지고 있다는 충만함과 삶에 대한 진심을 담아 그들은 매 순간을 성실히 살아 낸다. 지루한 반복에 대한 태만이 아닌 우직한 신념으로, 또한 운을 바라지 않는 정직함으로. 그렇게 작품 속 농민들과 현대의 우리가 매일 빚어내는 노동은 이 세상의 바탕을 계속해서 만들어 가고 있다.

가장 보통의
영웅들

•

오귀스트 로댕
François Auguste René Rodin, 1840-1917

예전에는 사회적으로 인정받는 큰 성공을 이룬 사람들에 대해서 대단하다고 느낄 때가 많았다. 누가 들어도 인정할 만큼의 혹독한 과정을 견뎌 냈다는 사실뿐만 아니라, 그 대가로 따라온 명예와 부 때문에 더 그렇게 느꼈던 듯도 하다. '대단하다'라고 느꼈던 감정의 실체는 사실은 언제 들어도 멋지고 감동적인 성공 신화에 대한 부러움이었을 것이다.

그런데 최근 들어 훨씬 대단하다고 느껴지는 사람들은 바로 재난의 상황에서 생명의 위협을 무릅쓰고 다른 사람의 목숨을 구하는 의인들이다. 화재 현장에서 몸을 사리지 않고, 폭발의 위험 속에서 차량으로 들어가고, 고민 없이 물에 뛰어드는 이들. 일일이 열거하기 어려울 정도로 세상에는 의인들이 많다.

가족도 아닌 생면부지의 타인을 위해 목숨을 아끼지 않는 사람들. 이런 행동의 이유를 어디에서 찾을 수 있을까. 진화 생물학자들은 오랜 설전 끝에 이러한 이타적 행동 또한 결국 유전자의 종족 보존을 위한 선택으로 결론 내렸다. 해밀턴의 법칙Hamilton's rule은 생물 개체에게 손해가 되는 행동이 어떻게 유전자에게는 이득이 되는지를 깔끔하게 설명한다. 이 법칙에 따르면 유전자는 각각의 개체뿐만 아니라 자신의 종 전체를 지키도록 모두에게 명령한다고 한다.

유기체가 유전적 관련이 전혀 없는 다른 유기체까지 돕는 행위는 결국 자기 종족의 보존을 위한, 이타주의를 가장한 이기주의일까? 평소에는 과학적 근거를 지닌 이론을 선호하는 편이지만 이 문제에 있어서만큼은 딜레마에 빠진다. 같은 상황에 놓였을 경우 나는 절대로 하지 못할 선택을 누군가는 한다. 그 희생을 하는 사람과 아닌 사람 간의 개체적 차이는 또 무엇이란 말인가.

의인들의 숭고한 희생이 이렇게 간단하게 설명되지 않기를 바라는 것일지도 모르겠다. 그래서 자신의 생명조차 위협받는 상황에서 다른 사람을 구한 분들이 "제가 아닌 누구라도 그 상황에선 그렇게 했을 거예요"라고 덤덤히 인터뷰하는 걸 볼 때마다, '아니요, 전 죽었다 다시 깨어나도 절대 그렇겐 못 합니다. 아마 대부분 그럴 거예요. 정말 엄청난 일을 하신 거예요'라고 혼잣말로 대답하곤 한다. 이런 분들이야말로 초능력만 없을 뿐 사실은 슈퍼 히어로가 아닐까.

우리 안에 숨은 평범한 영웅들을 조각으로 새긴 예술가가 있다. 바로 현대 조각의 아버지라 불리는 오귀스트 로댕이다.

| 오귀스트 로댕, 〈생각하는 사람〉, 1881-1882

세계에서 가장 유명한 조각을 꼽으라고 하면 단연 로댕의 〈생각하는 사람〉일 것이다. 1880년, 마흔 살의 로댕은 국가로부터 파리에 건립할 장식 미술 학교의 청동문을 조각해 달라는 의뢰를 받아 이 작품을 제작했다. 그는 단테Durante degli Alighieri의 『신곡La divina commedia』에서 영감을 받아 지옥문The Gates of Hell이라는 콘셉트를 생각했고, 높이 6미터가 넘는 거대한 문에 지옥과 관련된 사람들의 조각만 200여 개가 들어갈 대작을 기획했다. 이 조각상은 원래 단독 작품이 아닌, 지옥문의 상부 패널 위에 놓이게 될 작은 부조로 구상된 것이었다.

그런데 1904년 정부는 장식 미술 학교 건립안을 폐기하면서 주문 자체를 취소했다. 하지만 로댕은 작품의 제작을 멈추지 않았다. 그는 죽기 직전까지 37여 년에 걸쳐 계속해서 지옥문에 수정을 가했는데, 그 과정 중에 '생각하는 사람' 부분의 부조만 따서 실물 인체 크기보다 훨씬 큰 청동 조각상으로 제작했다. 단테가 지옥문 입구에 앉아 고통 속에 울부짖고 있는 영혼들을 쳐다보며 깊은 생각에 잠겨 있는 모습을 형상화한 〈생각하는 사람〉은 1904년 살롱전에 출품되며 큰 반향을 일으켰다고 한다.

남자는 깊은 생각에 골똘히 빠져 있다. 표정이 섬세하게 표현되지 않았음에도 불구하고 그가 깊은 사유를 하고 있다는 사실을 우리가 알 수 있는 이유는 뜻밖에도 그의 몸 때문이다. 사실 오른쪽 팔꿈치가 왼쪽 무릎에 걸쳐진 구도는 실제로 취하기에는 부자연스러운 자세이다. 지적인 느낌을 주는 작품 제목에 걸맞지 않게 근육이 울룩불룩한 신체 또한 조금은 이질적으로 느껴진다.

그런데 오히려 그 몸을 비틀어 내린 자세와, 웅크린 몸 위로 솟아난 등과 팔의 팽팽히 긴장한 근육에서 대상의 진지하고 치열한 고뇌가 구체적으로 전달된다. 상체가 숙여지고 팔이 모아져 생겨나는 그림자, 아래로 떨군 얼굴의 푹 꺼진 볼 아래 드리운 그늘은 그 깊은 고민의 무게를 유추하게끔 한다. 이렇게 로댕은 '생각'이라는 개념에 인간의 육신을 덧씌웠다. 사유와 고뇌라는 추상적인 개념을 인간의 몸 안에 집어넣는 데에 성공한 것이다.

인간이라면 누구나 신체를 가지고 있다. 몸이야말로 모든 인류가 공유하는 공통점이다. 로댕은 이 단순한 도구를 활용하여 인간 본연의 감정과 인간 생애의 다양한 체험들을 관람객이 본능적으로 느끼도록 재현하는 것에 능했다. 우리는 그의 작품을 보며 스스로의 몸의 감각을 통해 그가 표현하고자 했던 바를 생생히 체험한다. 이렇듯 눈부신 재능을 가졌던 로댕의 대표작으로 이와 함께 일컬어지는 작품이 바로 〈칼레의 시민들〉이다.

로댕은 1884년에 프랑스의 소도시인 칼레시Calais의 의뢰를 받아 이 청동 조각을 제작했다. 칼레시는 프랑스 북서부 지역에 위치한 작은 항구 도시로, 크기는 작지만 영국과 가장 가까이 위치해 여러 번의 수난을 겪었다. 작품이 제작되던 당시 프랑스는 1870년 프로이센과 치렀던 보불 전쟁에서 패배한 상처를 회복하고 시민들의 단합을 고취할 예술 작품을 제작하는 데 열을 올리고 있었다.

〈칼레의 시민들〉은 14세기 칼레시의 영웅들을 주제로 한다. 당시 프랑스는 영국과 이른바 '백 년 전쟁'이라고 불리는, 1337년부

| 오귀스트 로댕, 〈칼레의 시민들〉, 1884-1889

터 1453년까지 116년 동안이나 이어졌던 어마어마한 전쟁을 한참 치르고 있었다. 1346년 잉글랜드의 왕 에드워드Edward 3세는 군대를 이끌고 군사적 요충지인 칼레시를 점령하러 들어왔다. 왕은 작은 도시에 불과한 칼레가 쉽게 수복될 것이라고 예상했다. 그런데 의외로 칼레의 시민들이 만만치 않았다. 모두가 굳게 뭉쳐서 결사항전을 벌였고, 잉글랜드군은 일 년 가까이 분투한 끝에야 겨우 칼레를 수복할 수 있었다.

1347년 8월 3일, 드디어 잉글랜드군은 칼레시를 점령하는 데 성공했다. 하지만 34,000명의 군인으로 시민 8,000여 명을 누르는 데 11개월이나 걸린 것에 대해 에드워드 3세는 단단히 화가 났다. 그는 칼레 항복의 날 다음과 같이 선언했다.

> 모든 칼레 시민의 목숨을 살려 주는 대신에, 오랫동안 잉글랜드군에 저항한 책임을 물어 도시를 대표하는 시민 여섯 명을 죽이도록 하겠다. 너희 스스로 그 여섯 명을 뽑고, 그 여섯 명은 자신의 목을 매달 밧줄을 목에 걸고 맨발로 내가 입성할 성문 열쇠를 들고 나오도록 하라.

칼레시의 시장은 사람들을 광장에 모이게 한 후 이 선언을 전했고, 시민들은 모두 혼란에 빠졌다. 우리 모두의 목숨을 대신해서 처형당할 사람을 대체 어떻게 정하란 말인가? 모두 주저하고 있는 가운데 한 사람이 나섰다. 칼레시의 부유한 지도자였던 외스타슈드 생피에르Eustache de Saint-Pierre였다. 그가 포문을 열자 다섯 명의 상류층 인사들이 뒤따라 자원했다. 앙드리외 당드레Andrieu d'Andres, 장 드 핀네Jean de Fiennes, 장 데르Jean d'Aire, 자크 드 비상Jacques de Wiessant과 피에르 드 비상Pierre de Wiessant 형제를 포함해 지원자 여섯 명이 모두 모였다. 곧 그들은 자신이 가져간 밧줄에 목이 걸릴 것이었다.

그런데 뜻밖의 일이 일어났다. 모두를 살리기 위해 자신의 목숨을 바친 이들의 용기에 하늘이 감복했던 것일까. 마침 2세를 임신하고 있던 잉글랜드의 왕비 필리파 에노Philippa de Hainaut가 이들을 처형하면 곧 태어날 아이에게 불행한 일이 생길지도 모른다며 자비를 베풀 것을 남편에게 간청했다. 결국 왕비의 청을 받아들인 에드워드 3세는 이들을 석방했고, 여섯 명의 용감한 시민을 포함한 칼레시의 모든 사람은 목숨을 구할 수 있었다.

'꼭 내가 아니어도 된다. 굳이 내가 죽지 않아도 어떻게든 될 것이다.' 아마도 대부분이 그렇게 생각했을 것이다. 하지만 거기서 자신이 나서야만 한다고 생각한 사람들이 있었다. 모든 시민의 삶의 무게를 어깨에 지고 자청해서 죽음 앞에 나선 그들은 진정한 영웅이었다. 하지만 로댕은 그들을 전혀 '영웅적'으로 묘사하지 않았다.

작품의 중앙에 위치한 인물이 바로 외스타슈 드 생피에르이다. 체념으로 공허한 눈빛을 띠고 있지만 굳게 다문 입에서 강인한 의지가 비친다. 장 드 핀네는 잔인한 현실에 넋이 나가 버린 듯한 표정이다.

밧줄을 몸에 걸고 팔을 들어 이야기를 하려는 듯한 인물은 피에

르 드 비상이다. 고통스러운 모습이지만 뒤를 따라오는 동생을 독려하는 듯한 포즈로 무언가를 말하고 있다. 그의 동생 자크 드 비상은 형의 말을 알아들을 수 없을 정도로 비통함에 잠긴 표정이다.

성문 열쇠를 들고 입을 굳게 다물고 있는 인물은 장 데르이다. 법률가였던 그는 가능한 냉철하고 의연하게 이 상황을 받아들이려 노력하고 있다. 마지막은 일명 '우는 시민'이라 불리우는 앙드리외 당드레의 조각이다. 그는 무시무시한 공포를 목전에 두고 머리를 감싸쥔 채 고통으로 몸부림치고 있다.

그들의 표정과 몸짓에서는 두려움, 슬픔, 비참함, 불안, 절망, 고통, 후회의 수많은 감정들이 적나라하게 드러나 있다. 자신의 목숨을 앗아갈 적국의 왕 앞으로 나아가는 걸음마다 참담한 체념을 싣고 있다. 그 모습은 우리가 익히 알고 있는, 일말의 두려움도 없이 진격해 나가는 영웅의 모습과는 거리가 멀다. 죽음을 눈앞에 두고 있는 그들의 너무나 인간적인 두려움과 불안, 공포가 내 것인 양 참담하다. 하지만 우리와 꼭 닮은 듯한 그들의 인간적이고 현실적인 모습은 오히려 더 묵직한 감동을 선사한다.

사실 칼레시는 처음으로 나섰던 외스타슈 드 생피에르의 영웅적인 행동을 기리는 기념비를 단독으로 의뢰했다고 한다. 하지만 로댕은 이 사건을 한 사람만의 영웅담이 아닌 평범한 시민들이 한마음으로 뭉쳐 스스로를 구한 일이라고 재해석했다. 그래서 로댕은 여섯 명 모두의 조각상을 만들고, 위대한 인물들의 조각상에 전

〈칼레의 시민들〉 상세:
외스타슈 드 생피에르 ㅣ 장 드 핀네 ㅣ
피에르 드 비상 ㅣ 자크 드 비상 ㅣ
장 데르 ㅣ 앙드리외 당드레

통적으로 쓰이는 높은 좌대 없이 땅바닥에 조각상이 놓여지길 바랐다. 그러나 시의회가 이에 반대하여 1895년 제작된 기념상에는 1.4미터 높이의 기단을 두어야 했다.

30여 년이 지나 결국 로댕의 바람은 이루어졌다. 1924년에 〈칼레의 시민들〉은 칼레 시청 앞에 단상 없이 세워지게 되었다. 이제 이 영웅들은 우리와 눈높이를 맞추며 땅을 딛고 있다. 그 덕에 우리는 근원적인 공포와 마주하고 있는 그들과 눈을 맞출 수 있다. 영웅적인 행위와는 거리가 먼, 그들의 지극히 인간적인 불안은 우리의 가슴을 파고든다.

그리고 그들의 모습과 우리들의 현실 속 영웅들의 모습이 겹쳐진다. 너무나 갑작스레 일어난 당혹스러운 사고의 현장에서 망설였을 그 찰나의 순간이 떠오른다. 그들에게도 이런 고뇌의 순간이 있었을 것이다. 하지만 그들의 몸이 먼저 움직였다. 그들 또한 죽음이 두려웠겠지만, 눈앞에서 누군가의 생명의 불이 꺼지는 것을 더 후회할 사람들이었다.

※

최근 많은 연구자들은 칼레시의 일화가 사실은 시민 대표들이 항복의 뜻을 나타냈던 형식적인 의례였던 것으로 분석하고 있다. 에드워드 3세에게는 실제로 사람들일 죽일 생각이 없었고, 시민 대표들도 이 사실을 알고 일종의 '명예로운 항복'의 의식을 치렀다는 것이다. 후대에 들어 애국적이고도 희생적인 미담으로 부풀려졌다는 설이 현재로선 많은 설득력을 얻고 있다. 하지만 로댕의 작품

사회와의 화해

속 '비범한 일을 해내는 평범한 영웅들'의 인간적인 모습은 여전히 흐려져 가는 희생의 가치를 다시 한번 생각하게끔 한다.

희생이라는 단어가 어쩐지 조금은 미련한 것으로 생각되는 세상에 살고 있다. 타인은 물론이고 가족이나 친구들을 위해서도 자신을 너무 희생하지 말라고 조언하는 이야기들이 많다. 쉽게 이용당하기 쉬운 세상에서 이 또한 틀린 말은 아니다. 하지만 어떠한 이론으로도 명쾌히 설명해 낼 수 없는 이타적 행동을 하는 사람들로 인해 누군가는 멈췄을지도 모를 생을 이어간다. 때론 이런 사람들이 억압받는 나라에서 태어나 자신을 희생해 역사의 큰 줄기를 바꾸기도 한다. 그 대단한 사람들이, 이렇게 평범한 우리들 사이에서 계속해서 태어나고 자란다.

수식어가 아닌
이름으로 기억되기 위해

•

마리아 지빌라 메리안
Maria Sibylla Merian, 1647-1717

우연히 간송 미술관 백인산 연구실장님의 강의를 듣게 되었다. 미술사에 관심을 갖게 된 이후에도 정작 우리나라의 그림들에 대해서는 거의 모르다시피 했는데, 자세한 설명과 재미있는 뒷이야기를 함께 듣다보니 굉장히 흥미로웠다. 전혀 모르던 문인들의 작품들도 한창 재밌게 보고 있다가 신사임당에 관한 이야기가 나왔다. 처음 이야기가 나왔을 때 사실 신사임당이야 뭐 뻔하지 않겠나 싶었다. 율곡 이이를 길러낸 현모양처이자 여성스럽고 섬세한 초충도草蟲圖와 화조도花鳥圖에 능했던 예술가. 그런데 신사임당에 대해 들려주신 이야기는 뜻밖에도 가장 깊은 인상을 주었다.

신사임당에 대해 안타까운 점은 확실히 그녀의 작품이라고 할 수 있는 기준작이 없다는 사실이다. 대부분의 작품들이 그녀의 작품인 것으로 '전해지는' 전작이다. 그림에 서명이나 낙관이 없는

사회와의 화해

| 신사임당, 초충도 〈수박과 들쥐〉, 16세기

탓에 그림에 대해 서술한 기록에만 의존해야 한다. 신사임당의 작품으로 추정되는 초충도가 보수적으로는 10점에서 많게는 100점 이상으로, 정확하게 파악되지 않는 것도 이 때문이다.

비교적 확실하게 신사임당이 그렸다고 말할 수 있는 작품 중 가장 많이 알려진 것은 바로 국립 중앙 박물관이 소장하고 있는 초충도이다. 17세기 문인이었던 신경이 그녀의 작품으로 확신하고 발인하여 화첩으로 보관했다고 한다. 우리가 신사임당과 연관해 가장 먼저 배우고 기억하게 되는 것이 바로 이 작품이다.

그런데 여기서 흥미로운 지점이 있다. 이렇듯 신사임당하면 초충도가 가장 먼저 떠오르는데도 불구하고, 동시대 문인들의 글에는 초충이나 화조 그림에 관한 칭찬은 없다는 것이다. 오히려 기록에 남아 있는 것은 사대부들이 즐겨 그렸던 산수도와 포도 그림에 대한 칭찬이다. 그녀가 초충도를 그리지 않았거나 못 그렸다는 뜻이 아니라, 산수화나 포도 그림이 찬탄을 자아낼 만큼 탁월했다는 뜻이다.

『패관잡기稗官雜記』라는 책을 쓴 16세기 문인 어숙권은 "근래 그림을 잘 그리는 자가 매우 많지만, 산수화에는 김장과 이원수의 아내 신 씨와 학생 안찬이 있다"라며 이름을 구체적으로 들었으며, 조선 중기의 문신이었던 묵재 이문건은 "저녁에 목사 노인보, 판관 김난종이 함께 보러 와 죽청에서 대화를 나눴다. 이원수도 왔는데, 이전의 이름은 난수로 산수화를 잘 그린 신 씨의 남편이다"라고 언급했다.

아들인 율곡 이이가 모친이 돌아가신 뒤에 고인을 기리는 글로

| 신사임당, 〈묵포도도〉, 16세기

서 작성한 행장에서 또한 마찬가지이다.

> 자당(어머니)은 평소에 묵적이 뛰어났는데 7세 때에 안견의
> 그림을 모방하여 산수도를 그린 것이 아주 절묘하다. 또 포도를
> 그렸는데 세상에 흉내 낼 수 있는 사람이 없다. 그리고 그
> 그림을 모사한 병풍이나 족자가 세상에 많이 전해지고 있다.

오만 원권 지폐에서 신사임당의 얼굴 뒤로 보이는 작품 또한 초
충도가 아닌 포도 그림이다. 조선 후기 최고의 그림 수집가였던 석
농 김광국의 전설적인 화첩 『석농화원石農畵苑』에 이 작품이 〈수묵
포도水墨葡萄〉란 제목으로 실려 있고, 조선 후기의 문장가 동계 조
귀명의 글이 다음과 같이 인용되어 있다.

> 우계(성혼)와 율곡이 나란히 유림에서 우뚝하고, 청송(성수침)의
> 글씨와 신부인(신사임당)의 그림이 또 빼어난 예술로 세상에
> 이름이 났으니, 또 기이한 일이다.

이렇듯 16세기에는 산수화와 포도를 그린 예인으로서 이름을 날
렸던 그녀에게 현모양처 이미지가 부여된 것은 한 세기가 더 지난
17세기부터였다고 한다. 신사임당의 아들 율곡이 유학자들의 존경
의 대상이 되자 사임당은 화가로서보다 율곡을 낳고 기른 어머니
로서 칭송받기 시작했다. 율곡 학파의 3대 수장이었던 우암 송시
열은 신사임당의 초충도에 대해 다음과 같이 글을 남겼다.

사회와의 화해

사람의 손으로 그렸다고 믿을 수 없을 정도로 자연스러워 사람의 힘으로는 범할 수 없는 것이다 … 마땅히 율곡 선생을 낳으실 만하다.

조선 후기에 율곡 학파가 득세하자 송시열을 추종한 후학들이 정신적 지주인 율곡의 어머니 사임당의 그림을 가문의 위상을 담보하는 문장처럼 여겨 너도나도 한 점 걸기를 원하게 되었다고 한다. 율곡 이이의 완벽함을 완성하기 위해서는 그를 낳고 기른 어머니까지도 완벽한 현모양처로서의 이미지여야 했을 것이다. 이렇듯 동시대 문인들에게 화가로서 실력을 칭송받던 사임당은 후대에 이르러 부덕과 모성의 상징으로 신화화되었다.

백인산 연구실장님은 "사임당의 '현모양처' 면모를 부각하기엔 산수보다는 초충이나 화조가 제격이었을 것이다. 우암을 추종한 조선 후기의 율곡 학파 문인들이 초충도를 신사임당의 대표 그림으로 여기게 된 배경이다"라고 이야기하셨다. 선비들의 절개를 드러내는 사군자나 호연지기를 풍기는 산수화보다는 섬세하고 가정적인, 그래서 인자한 어머니로서의 면모가 풍기는 초충도가 구미에 맞았을 것이라는 뜻이다. 그렇게 수요가 늘어나며 자연히 많은 모작과 위작이 나왔고, 조선 후기에 수많은 초충도가 그녀의 이름을 빌려 양산됐을 것이란 이야기도 함께 덧붙이셨다.

연구실장님은 "신사임당은 '여성 예술가', '현모양처'라는 틀 안에서 해석하기에는 시서화에 모두 능했던 아주 큰 문인이었다. 그녀의 작품들에 대한 더 많은 사료가 나오길 바라고, 또 그녀가 '문인'으로서 더 제대로 평가받고 연구되길 바란다"며 강의를 마무리하셨다.

그분의 강의를 들으며 나 또한 신사임당에게 당연한 듯 가졌던 편견에 대해 다시 한번 생각해 보게 되었다. 여성의 사회 활동을 탐탁지 않게 여기던 시대에 많은 작품 활동을 한 그녀는 조선 왕조가 요구했던 유교적 여성상에는 맞지 않는다. 오히려 그 제약을 넘어 독립적으로 스스로의 길을 개척한 사람이라고 볼 수 있다. 하지만 남편의 정치적 행보에 현명한 조언을 했던 것이나 율곡을 가르친 일화들을 보면 그녀가 훌륭한 아내이자 어머니였던 것 또한 사실이다. 그렇기에 신사임당은 예술인으로서의 삶을 주체적으로 살아가며 거기에 좋은 어머니와 아내의 역할을 조화시켰다고 보는 편이 더 맞을 것이다. 앞으로 더 많은 연구가 진행됨에 따라 그녀는 또 어떤 새로운 평가를 받게 될까.

※

신사임당처럼 사회적 한계를 극복하고 새로운 길을 개척해 지폐에 당당히 얼굴을 올린 사람이 또 있다. 관찰을 통한 생태 연구의 새로운 길을 열고 식물 세밀화의 시초가 될 수 있는 작품들을 남긴 17세기 독일의 곤충생물학자이자 박물학자, 과학 삽화가였던 마리아 지빌라 메리안이다.

메리안은 1647년에 독일 프랑크푸르트에서 화가이자 역사가, 지리학자였던 마태우스 메리안Matthäus Merian과 어머니 요한나 지빌라 하이네Johanna Sybilla Heyne 사이에서 태어났다. 메리안의 아버지는 그녀가 3살이 되던 해에 돌아가셨고, 메리안의 어머니는 이후 야코브 마렐Jacob Marrel이라는 화가와 재혼했다. 마렐은 어린 메리안에게 애정을 가지고 동판화 제작과 그림 그리는 법을 가르쳐 주었다. 그녀는 의붓아버지와 그의 제자로부터 동판화와 수채화, 유화 등의 기법을 익히며 일찍이 미술에 재능을 드러냈다.

메리안은 어린 시절부터 자연의 섭리, 특히 곤충에 지대한 관심을 보였다. 그녀는 열세 살의 나이에 처음으로 누에와 몇 장의 뽕나무 잎을 집으로 가져와 관찰하기 시작했다. 그녀는 성실하게 누에의 변화 과정을 지켜보았고 이를 통해 누에와 같은 애벌레들이 결국에는 아름다운 나비나 나방으로 변한다는 사실을 깨달았다.

지금으로서는 초등학생도 아는 단순한 사실이지만 그녀가 살던 당시에 이것은 당연한 지식이 아니었다. 당대에 통용되었던 상식은 '곤충이란 썩은 진흙에서 자연적으로 발생하는 악마의 생물'이라고 규정한 아리스토텔레스의 자연 발생설이었다. 1671년이 되어서야 이탈리아의 자연 과학자 프란체스코 레디Francesco Redi가 애벌레와 구더기가 무無에서 갑자기 생기는 것이 아니라, 진흙과 오물에 묻혀 있던 작은 알에서 서서히 생겨나고 그 알에서 생명이 탄생한다는 사실을 처음 확인했다. 징그러운 벌레가 아름다운 나비가 된다는 사실을 사람들은 믿지 못했다. 하지만 그녀는 곤충들의 변태를 지켜보면서 이들의 삶의 순환 과정을 이해하게 되었고, 그것을 글과 그림으로 기록하기 시작했다.

하지만 여성인 그녀가 지적 호기심을 채우고 연구를 지속해 나가기에는 어려운 시대였다. 남성이었다면 길드에 들어가 연구나 그림 작업을 계속할 수 있었을 것이다. 하지만 그녀에겐 공식적으로 그런 길이 허용되지 않았다.

메리안은 18살이 되던 해에 의붓아버지의 제자인 요한 안드레아스 그라프Johann Andreas Graff와 결혼했다. 메리안은 결혼을 하고 아이를 낳아 키우면서도 자신이 할 수 있는 방법으로 꿈을 계속 좇았다. 꾸준히 곤충을 연구하며 양피지와 아마포에 기록을 남겼다.

메리안은 부유한 가정의 자녀들에게 그림 수업을 하면서 무능했던 남편을 대신해 생계를 부양했다. 과외 수업을 위해 부유한 여성들의 집에 드나들며 그들의 호화로운 정원에서 더 많은 꽃과 곤충들을 관찰하고 채집할 수 있었다. 28살이 되던 해에 그녀는 최초의 삽화집 『꽃에 관한 책Blumenbuch』 1편을, 2년 뒤에는 2편을 발표했고, 4년 뒤에는 곤충의 변태를 소재로 한 삽화집 『애벌레의 경이로운 변태와 독특한 식성』을 출간하며 왕성히 작업했다. 이 책에서 메리안은 곤충들의 성장과 변태 과정을 그들의 주 영양 원천이 되는 식물과 함께 설명했다. 책에 그려진 삽화들은 그 자체로 아름다운 작품인 동시에 과학적 증거를 지닌 생태학적 자료였다.

두 딸을 부양하며 꿈을 이루어 나가는 동안 결혼 생활은 행복하지 않았다. 의붓아버지가 돌아가신 뒤 메리안은 두 딸과 어머니를 모시고 고트로프Gottorp로 이주해 라비디스트Labadists 공동체에 합류했다. 메리안은 그곳에서 수년간 머물면서 자연사에 관한 다양한 책들을 접하며 연구를 할 수 있었다. 그러던 중 메리안의 어머니가 돌아가시자 일 년 뒤인 1691년에 두 딸과 함께 다시 암스테르담으로 이주했고, 오랫동안 함께하지 않았던 남편과는 이즈음해

| 마리아 지빌라 메리안, 『애벌레의 경이로운 변태와 독특한 식성』 2판 표지, 1683

서 공식적으로 이혼했다.

그녀는 이때부터 문하생을 들이고 딸과 함께 그림을 본격적으로 판매했다. 그림이 인기를 끌며 비로소 경제적 안정이 찾아왔다. 애벌레에 대해 썼던 책 또한 사람들의 인정을 받았다. 사십 대 중반이 넘은 나이였다. 하지만 그녀는 여기서 안주하지 않았다. 열세 살의 소녀가 품고 있던 호기심과 열정은 그대로 남아 있었다.

메리안은 주변에서 볼 수 있는 곤충들뿐만 아니라 더 많은 새로운 곤충들과 그들의 생태를 관찰하기를 열망했다. 그녀는 남아메리카 북쪽에 위치한, 전 국토의 90퍼센트가 원시 자연림으로 뒤덮인 수리남Republic of Suriname으로 5년에 걸친 탐험을 계획했다. 정글 안에서는 상상도 못한 새로운 종의 곤충들과 열대 식물들을 살펴볼 수 있을 것이었다. 오직 남자들만이 정부나 기업의 후원을 받아 식민지로 탐사를 갈 수 있는 시기였으므로 그녀는 그림을 팔아 스스로 자금을 마련했다. 모든 준비가 되었을 때 그녀는 당시 20살이 된 자신의 둘째 딸과 함께 탐험길에 올랐다. 그녀의 나이 52세 때였다.

막상 도착한 수리남에서 메리안 모녀에게 닥친 것은 예상치 못했던 혹독한 현실이었다. 숨 막히는 더위와 모기로 인해 밤에 잠을 잘 수 없었다. 연구 또한 쉽지 않았다. 수리남의 눅눅하고 더운 날씨 탓에 채집된 표본들이 빠른 속도로 썩기 시작했다. 무엇보다 수리남에서조차 여성으로서의 한계는 명백했다. 이제 갓 네덜란드의 식민지가 된 수리남에서 네덜란드 농장주들은 그녀들에게 호의적이지 않았다. 남성 보호자가 없는 두 여성이 하는 '시답잖아 보이는 일'을 배려해 줄 이유가 전혀 없었다.

그래서 메리안은 현지인들, 그리고 서인도 제도 출신의 흑인 노예들과 인간적인 신뢰를 쌓으며 그들의 도움을 받았다. 그들은 그녀에게 기꺼이 표본을 가져다 주기도 하고, 약초와 요리에 쓰이는 많은 작물들에 대한 정보도 공유해 주었다. 그런 과정에서 그녀는 17세기 식민주의의 공포스런 실상을 마주했다. 임신한 노예 여성들이 유산을 위해 특정한 독초를 의도적으로 섭취하고 있었다. 태어날 아이에게 노예의 잔혹한 삶을 대물림하고 싶지 않아서였다. 후에 메리안은 삶에 깊게 절망했던 노예들의 비극을 폭로하고 그들을 대하는 식민지 상인들의 그릇된 행태를 신랄하게 비판하는 보고서를 쓰기도 했다.

이렇듯 메리안의 열정적인 연구는 그녀가 갑자기 말라리아로 추정되는 병에 걸려 더 이상 몸을 지탱할 수 없게 될 때까지 이 년여간 계속되었다. 결국 그녀는 계획보다 몇 년 앞당겨 유럽으로 돌아가게 되었다. 암스테르담으로 돌아와 몸을 회복한 메리안은 곧바로 자신이 채집한 동식물들을 정리했고, 1705년 마침내 대표작 『수리남 곤충의 변태』를 출간했다.

이 책은 출판되지마자 유럽의 귀족과 상류층의 폭발적인 사랑을 받으며 크게 성공했다. 궁전과 도서관 및 박물관, 귀족의 집에 그녀의 그림이 걸리기 시작했고 과학계와 미술계 모두의 인정을 받았다. 메리안의 이전 책들까지 모두 재출판을 해야 할 정도였다. 이 즈음 60세가 넘은 메리안은 수리남으로의 두 번째 여행을 떠나고 싶어 했지만 1715년 뇌졸중으로 쓰러지고 말았다. 그녀는

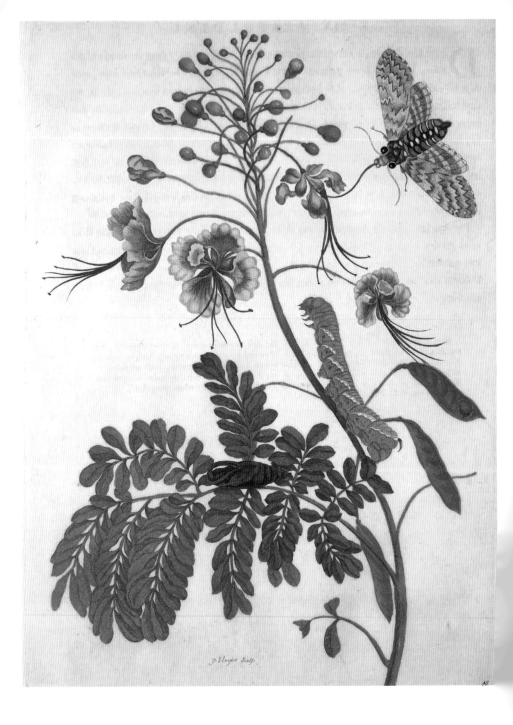

| 마리아 지빌라 메리안,『수리남 곤충의 변태』수록 삽화, 1705

1717년 1월 13일 69세의 나이로 암스테르담에서 숨을 거두었다.

그녀가 세상을 떠난 후 1년 뒤, 그녀의 그림들을 러시아의 표트르pyotr 1세가 구입했다. 수리남 탐험을 함께 했던 메리안의 둘째 딸인 도로테아Dorothea는 상트페테르부르크Saint Petersburg에 초청받아 그곳에서 과학 삽화가로 일하며 러시아 국립 과학 아카데미에 입성한 최초의 여성이 되었다. 메리안이 세상을 떠난 직후 첫째 딸 요하나Johanna는 남편과 함께 수리남으로 떠나 그곳에서 어머니의 길을 따라 화가로 활동했다.

메리안은 예술가로서 커리어를 시작했고 분명히 뛰어난 재능이 있었으나 단순히 그림만으로 그녀의 업적을 평가할 수 없다. 연구 기록에 삽화를 곁들인 그녀의 책은 단순히 곤충들의 외형을 묘사한 것을 넘어 그들을 해부학적으로 파헤치고, 그들의 생태와 다른 생물체들과의 상호 작용까지 다루고 있기 때문이다. 메리안의 업적은 단순히 곤충의 표본을 만들고 그것을 아름답게 그려 내는 것에 국한되지 않으며, 수많은 곤충들을 범주화하고 그들의 생애 전체를 아울렀다는 데에 있다.

그녀는 알, 애벌레, 번데기, 성충으로 이어지는 곤충의 생애 단계를 함께 표현했고, 곤충이 섭취하는 특정 식물을 같이 그려 냈다. 숙주 식물을 함께 그렸다는 점이 중요한 이유는 한 개체와 식물 간의 상호 관계에 초점을 맞추었다는 의미이기 때문인데, 이는 후에 생태학의 기반이 되는 개념이었다.

발견 장소와 변태까지의 시간, 해설과 감상을 함께 작성한 방식은 오늘날 곤충 도감의 기본 형식과 일치한다. 사실상 그녀가 행했던 것은 곤충의 성숙과 삶의 단계에 대한 과학적 연구였으며 이는 아주 작은 생명들의 삶에 대한 통찰이었다. 이러한 연구에 생태학이라는 이름이 붙여진 것은 이로부터도 수백 년이 지난 후다. 그녀는 오롯이 자신 안의 열정만으로 연구를 시작했던 초기 생태학자 중 한 명이었다.

※

마리아 지빌라 메리안은 자신의 분야에 탁월했던 실력가이자 시대가 자신에게 씌웠던 한계와 치열하게 싸워 이긴 사람이었다. 신사임당 또한 뛰어난 예술가로서, 여성이 공부를 하고 그림을 그리는 것을 달갑지 않게 여기던 시대에 문예인으로 이름을 날렸다. 메리안만큼 자세한 기록이 남아 있지는 않으나, 신사임당이 얼마나 힘든 과정을 거쳤을지 짐작하는 것은 어렵지 않다.

두 사람 모두 시대가 정한 한계를 뛰어넘어서 자신들의 꿈을 펼친 개척자들이었다. 그들의 진취적인 삶의 태도와 지적 호기심, 굳건한 정신은 자식들에게도 고스란히 이어져 꽃피었다. 꿈을 이루기 위해 자신이 처한 환경을 극복하고 끝없이 도전했던 모든 인물들이 그랬듯, 그들의 업적 또한 위대함으로 역사에 이름을 남겼다.

씨앗이
짓이겨져서는 안 된다

●

케테 콜비츠

Käthe Kollwitz, 1867-1945

1909년 10월 26일 아침 9시 중국 하얼빈역에 열차가 도착한다. 열차에는 일본의 수장인 이토 히로부미가 타고 있다. 그가 열차에서 내리자 사람들이 열광한다. 누군가 그의 이름을 부르며 연호하는 순간 이토 히로부미가 돌아서서 웃으며 손을 흔든다. 그때 세 발의 총성이 울린다. 이토 히로부미가 힘없이 픽, 쓰러진다.

안중근 의사는 이토 히로부미의 급소에 세 발의 총알을 정확히 연사한 뒤 그를 가깝게 에워싸고 있던 주변의 일본인들에게도 각각 한 발씩, 총 네 발을 더 쏘았다. 이는 더 많은 일본인들을 처단하기 위함이 아닌, 혹시라도 첫 세 발을 맞춘 사람이 이토 히로부미가 아닐 경우를 대비해서였다. 그렇게 그는 일본 경찰에 연행되어 투옥되었다.

안중근 의사는 사형이 집행되기 직전까지도 당당했으며 일말의

사회와의 화해

두려움이 없었다고 한다. 32살의 나이에 목숨을 던져 나라를 위기에서 구하고자 했던 안중근 의사. 그런 그에게도 사랑하는 어머니가 있었다. 바로 조마리아 여사로, 슬하에 3남 1녀를 모두 독립투사로 길러냈던 당차고 의로운 어머니였다.

1907년 7월 독립운동을 위해 고국을 떠나던 아들 안중근이 남겨질 어머니를 걱정하자, "집안일은 생각지 말고 최후까지 남자답게 싸우라"는 격려를 해주던 따뜻하고 강한 여성이었다. 더불어 1910년 2월 14일 일제가 안중근 의사에게 사형을 언도하자, "이토가 수많은 한국인을 죽였는데, 이토 한 사람을 죽인 것이 무슨 죄냐, 일본 재판소가 외국인 변호사를 거절한 것은 무지의 극치이다"라며 분노했던, 한 사람의 어머니이기도 했다.

그러나 조마리아 여사는 투옥된 아들을 보러 가지 않았다. 정확하게는 사랑하는 아들이 죽음을 앞둔 모습을 볼 수 없었다고 하는 표현이 맞을 것이다. 죽는 날까지 절대 잊지 못할 아들의 얼굴을 수백 번이고 쓰다듬는 대신에 그녀는 집에서 아들이 마지막으로 입을 수의를 손수 지었다. 그리고 그것을 다른 이를 통해 편지와 함께 부쳤다.

조마리아 여사가 형 집행을 앞둔 안중근 의사에게 보냈다는 편지의 내용은 인터넷에 많이 떠돌고 있으나, 안타깝게도 실제로 남아 있는 사료는 없다고 한다. 다만 안중근 의사의 두 형제를 통해 아래와 같은 전언이 내려올 뿐이다.

　어미는 현세에서 너와 재회하기를 기망치 아니하노니

너는 금후에 신묘하게 형에 나아가 속히 현세의 죄악을 씻은 후 내세에는 반드시 선량한 천부의 아들이 되어 다시 세상에 나오라.

—《황성신문皇城新聞》1909.12.28.

너와 이 세상에서 다시 만나길 기대하지 않는다며, 곧 세상을 떠날 자식의 수의를 손수 만드는 어미의 심정은 내가 감히 이해할 수 있는 것이 아니었다. 어쩌면 어머니에 대한 사랑이 삶에 대한 미련으로 남아, 큰일을 하는 아들에게 방해가 될까 두려워 보러 가지 못했던 것은 아닐까. 혹여나 얼굴을 보게 되면 제발 어떻게든 살아 달라며 빌게 될까 봐 수천 번 신발을 벗었다 신었다 하진 않았을까. 아들의 수의를 짓는 바느질 한 땀마다 아랫입술이 찢어지도록 이를 악 물고 가슴을 치며 울지는 않았을까.

자식을 위해 무슨 일이든지 할 수 있다는 모성은, 더 나은 세상을 만들기 위해 죽음을 결정한 자식에게 직접 만든 수의를 입혀 보내 줄 수도 있는 것이었다. 이는 자신은 평생 죽음보다 더한 고통으로 몸부림칠지언정 아들이 꾸었던 원대한 꿈과 그로 인해 올 더 좋은 세상까지 함께 품는 거대한 모성이었다.

조마리아 여사는 앞길이 창창한 아들을 보낸 뒤에도 독립운동에 헌신하는 것을 멈추지 않았다. 1910년에는 아들이 독립을 위해 싸웠던 상하이로 떠나 임시 정부 경제 후원회를 설립, 모금 활동을 하며 재정을 후원했다. 뿐만 아니라 독립운동가 모두의 어머니가 되어 동포들 간의 다툼에 적극 개입하고 중재하는 해결사 역할을 맡았다고 한다.

조마리아 여사는 슬픔으로 스러지는 대신 죽는 순간까지 아들이 못다 이룬 꿈의 벽돌들을 꿋꿋이 쌓아 올렸다. 그렇게 그녀가 세상을 떠나고 20여 년이 지난 뒤인 1945년 8월 15일, 아들과 어머니가 함께 꾸었던 광복의 꿈이 이루어졌다. 대한민국 정부는 2008년에 조마리아 여사에게 건국 훈장 애족장을 추서하였다. 상상할 수 없을 만큼 거대한 모성을 지니고 아들이 죽은 뒤에도 세상을 바꾸고자 했던 강인한 영혼. 다시 있기 어려울 법한 이 위대한 삶을 먼 나라 독일에서 마치 쌍둥이처럼 살아 낸 예술가가 있다.

※

케테 콜비츠는 1867년 프로이센 동부 쾨니히스베르크Königsberg라는 마을의 진보적인 분위기의 가정에서 태어났다. 중산층 지식 계급이었음에도 외할아버지부터 아버지 세대에 이르기까지 가족들 모두가 억압받는 계층의 문제에 깊은 관심을 가지고 사회 문제 해결 운동에 적극 참여했다. 그 속에서 그녀 또한 자신이 살고 있는 시대의 문제에 대한 높은 감수성을 가지고 자라났다.

그녀는 일찍부터 그림에 소질을 보여 10대 초반부터 미술 공부를 시작해 베를린과 뮌헨의 여성 미술 학교를 거치며 체계적으로 실력을 쌓았다. 그리고 24살이 되던 해인 1891년에 평생을 사상과 삶의 동반자로 살아갈 칼 콜비츠Karl Kollwitz와 결혼했다.

남편인 칼 콜비츠 또한 그녀처럼 자신이 지니는 사회적 책임을 잘 이해하고 있던 따뜻한 의사였다. 그는 베를린 북부에 위치한 의

| 케테 콜비츠, 〈죽음〉(《직조공들》 연작 두 번째), 1893-1897

료 보험 조합의 무료 진료소에서 가난한 노동자와 빈민들을 위해 의료 활동을 했다. 그녀는 남편을 도와 함께 일하면서 처음으로 노동자들의 삶을 가까이서 마주했다. 이전까지 노동자들의 삶을 다소 낭만적인 시선으로 바라보았던 그녀는, 처절한 빈곤 속에서 생존이 목표가 되어야만 하는 삶은 결코 미화될 수 없음을 직시했다.

가난한 노동자 가정의 어두운 방 안, 죽음의 손이 어머니를 붙잡으려 하고 있다. 저승사자가 다른 손으로 뒤집힌 빈 그릇을 잡고 있는 것으로 보아 어머니는 굶주림으로 죽어 가는 것으로 보인다. 아이가 넋이 나간 표정으로 죽어 가는 어머니를 지켜보고 있다. 가난은 이렇듯 사랑하는 이의 죽음 앞에 아무것도 할 수 없는 비탄을 뜻했다. 화면을 등지고 선 아버지의 서글픈 무력감과 아이의 공포에 찬 눈빛은 비극을 함께 지켜본 이의 시선을 통해 세상 사람들에게 알려졌다.

케테가 곁에서 지켜본 빈곤의 실체는 인간의 존재가 그 자체로 존중받지 못하고 그저 자본을 위한 수단으로 전락하는 것이었다. 특히 산업 혁명과 함께 등장한 직조 기계는 집에서 손으로 직물을 짜던 직조공들의 삶의 근간을 무너뜨렸다.

1844년 독일 변두리 슐레지엔Schlesien에서는 밥도 먹지 못할 수준으로 임금을 삭감한 자본가에 대항하는 직조공들의 봉기가 최초로 일어났다. 극작가 게르하르트 하웁트만Gerhart Hauptmann은 이들의 투쟁을 〈직조공들The Weavers〉이란 제목으로 무대에 올렸고, 이에 감명을 받은 케테는 1893년부터 1897년까지 《직조공들》 연작 6점을 발표했다. 굶주린 직조공들이 체제에 대항하기 위해 거리로 나아갔으나 끝내 실패하는 과정을 담은 이 연작으로 그녀는 유명세를 타게 되었고 곧 촉망받는 예술가로 자리매김했다.

이렇게 노동자의 곁에 서서 그들의 삶을 세상에 알리려 애를 쓰는 동안 케테의 개인적인 삶은 남부러울 것이 없었다. 따뜻한 마음을 가지고 약자를 위해 헌신하며 아내의 꿈을 응원해 주는 남편과 사랑스러운 두 아이들이 있었고, 예술가로서의 커리어 또한 차근차근 쌓여 갔다. 그렇지만 행복이 찢어지는 것은 한순간이었다. 그리고 그 불행은 그녀뿐만 아니라 전 세계를 어둠으로 덮은 사건이었다. 바로 제1차 세계대전이 발발한 것이었다.

고작 18살이었던 케테의 둘째 아들 페터Peter는 전쟁에 나간 지 얼마 되지 않아 싸늘한 주검이 되었다. 케테는 야수처럼 울부짖었다. 얼마간의 시간이 지나 정신을 차리고 주위를 둘러본 그녀는 아이를 잃은 것이 자신만이 아님을 깨달았다. 전쟁을 주도했던 독일은 물론 맞서 싸우는 나라들에도 죽은 청년들의 엄마들이 수없이 있을 것이었다. 이기는 편이든 지는 편이든 전쟁은 그 자체로 모든 청년들의 목숨을 앗아가는 것이었다.

예술가는 이것을 멈춰야 한다고 생각했다. 그리고 이때부터 케테는 반전주의 메시지가 담긴 작품들을 제작하기 시작했다. 이 작품들은 독일뿐만 아니라 세계 각국에 퍼져 나가며 수많은 사람들에게 전쟁 반대와 평화에 대한 의식을 일깨웠다.

이러한 그녀의 존재를 본국인 독일의 나치가 가만둘 리 없었다. 그녀는 나치에 지향하는 예술가들을 결집시켜 반나치 운동을 벌였지만 끝내 나치의 집권을 막지 못했다. 나치는 그녀를 비롯해 자신

| 케테 콜비츠, 〈희생물〉(《전쟁》 연작 첫 번째), 1922

들의 입맛에 맞지 않는 예술가들을 퇴폐 미술이라며 극심하게 탄압했고, 독일 내에서 작품을 전시할 권리와 안전을 보장받을 권리마저 박탈했다. 하지만 케테는 망명하지 않고 독일에 남아서 꿋꿋이 작품 활동을 이어갔다.

케테가 이렇듯 단단한 나무처럼 버텨내며 외로운 싸움을 했음에도 불구하고 다시 피바람이 역사를 덮쳤다. 1939년 제2차 세계대전이 발발했고, 두 번째 전쟁에서 날아온 불행의 화살은 이번에도 그녀를 비껴가지 않았다. 죽은 둘째 아들 페터의 이름을 그대로 물려받은 손자, 또 다른 페터가 참전해서 사망한 것이다. 두 명의 페터가 전쟁과 함께 그녀의 품을 떠났고 다시는 돌아오지 않았다. 그녀는 이 슬픔에서 살아남을 수 있었을까.

독일 베를린의 중심가인 운터 덴 린덴Unter den Linden 거리에 있는 전쟁 희생자 추모관 노이에 바셰Neue Wache에는 케테 콜비츠의 대표작이 전시되어 있다. 미술관 안으로 들어가는 순간 관람객들은 예상과는 다른 미술관의 모습에 놀라게 된다. 수십 평에 이르는 너른 공간 한가운데, 단 하나의 작품만이 덩그러니 놓여 있다. 독일의 피에타라고 불리는 케테 콜비츠의 조각 〈죽은 아들을 안고 있는 어머니〉이다.

아들을 안고 있는 어머니의 조각으로 세계에서 가장 유명한 작품은 아마도 미켈란젤로의 〈피에타Pieta〉일 것이다. 세상을 구원하기 위해 스스로를 희생한 아들 예수를 안고 있는 마리아에게서 느껴지는 모성의 성스러움은 쉽게 잊을 수 없는 감동이다. 하지만 케테의 피에타는 우리를 침통하게 한다. 차갑게 식어 버린 아들의 몸

| 케테 콜비츠, 〈피에타(죽은 아들을 안고 있는 어머니)〉, 1937-1939

을 안고 고개를 떨군 채 아들과 함께 돌처럼 굳어 버린 어머니의 모습은 우리의 마음을 이미지의 잔상에 무겁게 묶어 둔다.

조각상의 머리 위로는 원형의 구멍이 하늘을 향해 뚫려 있다. 어머니는 맑은 날도 흐린 날도, 구멍을 통해 들어오는 눈과 비바람을 그대로 맞으며 1년 365일을 그렇게 그곳에 있다. 아들의 시신을 품에 그러안고 죽은 아들의 손을 애끓게 문지르며 조용히 오열한다. 이 어머니상은 어떤 설득보다도 강력하게 전쟁을 하지 말아 줄 것을 당부한다.

케테 콜비츠는 전쟁으로 아들과 손자를 잃은 슬픔에서 머물러 있지 않았다. 일생을 다 쓴다 한들 헤어나기 어려울 아픔에서 그녀는 한 발짝 더 나아갔다. 청동 조각보다 훨씬 더 무겁게 마음을 짓누를 슬픔을 또 다른 누군가는 겪지 않도록 그녀는 작품으로 죽을 때까지 부단히 전쟁의 참상을 알렸다.

안타깝게도 케테는 전쟁이 끝나는 것을 보지 못하고 1945년 4월 22일 77세의 나이로 세상을 떠나고 말았다. 하지만 그녀의 간절한 마음이 하늘에 닿았던 걸까. 그녀가 죽고 정확히 일주일 만에 전쟁을 주도했던 히틀러가 자살했다. 그리고 히틀러가 죽은 지 열흘이 채 지나지 않아 나치 독일군은 무조건 항복을 선언하며 전원 연합군에 투항했다. 그렇게 그녀가 하늘로 떠난 해를 넘기지 않고 제2차 세계대전은 완전히 종식되었다.

케테의 죽음 이후에도 여전히 크고 작은 전쟁들이 세계 곳곳에서 일어나고 있다. 이러한 현실 속 어떠한 명분으로도 참상이 반복되어서는 안 된다는 메시지를 전하는 그녀의 작품은 더더욱 중요한 의미를 지닌다. 언제 다시 반복될지 모를 비극의 본질을 옮겨 내려 한 예술가로 인해서 우리는 전쟁의 실체를 잊지 않게 된다.

현대의 대한민국에서 살아가는 우리는 안중근 의사의 서거와 더불어, 셀 수 없이 많은 독립투사들의 죽음과 맞바꾼 광복 위에 삶을 써 가고 있다. 그들이 없었다면, 또한 사랑으로 그들을 길러 내고 그들의 꿈을 지지해 준 어머니들이 없었다면, 지금 우리의 삶 또한 없었을 것이다. 이들의 이야기 또한 앞으로도 절대 지워지지 않을 것이다.

케테 콜비츠와 조마리아 여사의 아들들은 그렇게 세상을 떠났다. 하지만 그 죽음은 헛되지 않았다. 그들의 어머니가 자신의 고통을 내려놓고 죽는 순간까지 노력을 기울임으로써 그 죽음은 사람들에게 계속해서 각인되고, 그렇게 더 나은 세상을 다짐하게 하는 힘을 지닌 채 생생히 살아 있다. 위대한 모성이라는 것은 이처럼 진정 한계가 없는 것이다.

부끄러울 줄 아는
능력

●

프란시스코 고야

Francisco José de Goya y Lucientes, 1746-1828

역사 속 인물들에 대한 이야기를 접하면 그들이 위대한 일을 해 냈던 당시 얼마나 젊은 나이였는지에 놀라게 된다. 안중근 의사는 32살에 하얼빈 의거 후 뤼순 감옥에서 사형당했다. 두 아들을 남겨두고 자신의 죽음을 예견하며 폭탄을 던지러 갔던 윤봉길 의사는 당시 25살, 요즘 대학생의 나이였다. 만세 운동을 지휘하다 감옥에 갇혀 지독한 고문으로 생을 끝마친 유관순 열사는 무려 19살로 채 성인이 되기도 전이었다. 그들보다 훨씬 나이를 먹은 내가 아직도 얼마나 어리버리하게 사는지를 생각하면 대의를 위해 자신의 생을 던졌던 그들의 비장한 결심이 더욱 대단하게 느껴진다.

그리고 윤동주 시인이 있다. 독립운동 혐의로 일본 경찰에 체포되어 후쿠오카 형무소에서 복역 중에 세상을 떠났던 1945년에 그는 29살이었다. 나라의 독립을 딱 반 년 앞둔 시점, 문학과 나라를 사랑했던 유순하고 마음 따뜻한 청년이 세상을 떠나기엔 너무 아까운 나이였다. 그는 위에 나열한 독립운동가들처럼 장렬한 투쟁을 했거나 당대에 이름을 떨친 시인은 아니었지만, 사람들이 그를 민족시인으로 기억하고 사랑하는 이유는 그의 시에서 당대의 현실 앞에 큰 힘을 보태지 못하는 태도를 자성하는 모습이 솔직하게 드러나기 때문일 것이다.

그의 시에는 유독 '부끄러움'이라는 단어가 많이 등장한다. 「별 헤는 밤」에서 그는 "내 이름자를 써 보고 흙으로 덮어 버리었습니다. 딴은 밤을 새워 우는 벌레는 부끄러운 이름을 슬퍼하는 까닭입니다"라고 하며 창씨개명을 할 수밖에 없는 자신을 부끄러워 했다. 「서시」에서는 현실의 고난 속에서도 도덕적 양심을 지킬 수 있길 바라며 "하늘을 우러러 한 점 부끄럼이 없기를" 소망했다. 그래서 흔히 윤동주 시의 아름다움은 '부끄러움의 미학'으로 불린다. 윤동주는 어린 시절부터 가지고 있던 예민한 감수성을 바탕으로 인간이 지닌 불완전성을 감지했다. 그는 자신을 포함한 모든 존재들의 인간적인 나약함을 슬퍼하는 것으로 그 불완전성을 부끄러움의 미학으로 승화시켰다.

윤동주가 막 젊은 문학인으로서 날개를 펴려던 시기는 일제에 의해 우리말 사용이 금지되고 신문과 문예지가 강제 폐간되던 일제 강점기 말기였다. 윤동주의 시에 나타난 슬픔과 부끄러움, 그리움과 연민과 같은 정서들은 모두 식민지 상황에서 느끼는 무력감과 이전의 자유로운 삶에 대한 향수의 감정으로 시대적 상황과 큰 연관성을 띠고 있다.

사회와의 화해

「쉽게 쓰여진 시」에서 윤동주 시인은 "인생은 살기 어렵다는데 시가 이렇게 쉽게 씌어지는 것은 부끄러운 일이다"라고 말했다. 그는 오랜 친구이자 사촌이었던 송몽규를 비롯한 동지들은 최전선에서 죽음을 각오하고 싸우는데 자신은 시를 쓰고 있다는 것에 대한 비통함과 죄책감을 이렇게 표현했다. 시인이 시를 쓰는 것이 왜 부끄러운 일이란 말인가. 하지만 자신의 일을 생각하는 것이 부끄러운 행동이 되는 시대적 상황도 있었고, 그런 상황을 그냥 넘길 수 없었던 사람도 있었던 것이다.

소설가 송우혜는 저서 『윤동주 평전』에서 「서시」를 언급하며 다음과 같이 말했다.

'부끄럼'이란 것은 인간이 지닌 일상적인 정서의 하나라기보다는, 차라리 인간의 실존 그 자체에 관한 성찰의 한 양식이라는 것을. 그렇다! '부끄럼'이란 모든 불완전한 존재들이 그들의 불완전함을 슬퍼하는 참회의 방식에 다름 아니다. 그러하기에 인간이 정직하게 부끄럼에 마주서자면 그의 전 존재, 그의 전 중량이 필요한 것이다.*

스스로는 실천적인 행동의 결여에 대해 부끄러워했지만 그는 젊은 나이로 타국의 차가운 감옥에서 숨을 거둘 때까지 시대적 양심을 잃지 않았다. 그는 역사의 흐름 속에서 자신의 삶에 자리 잡은 부끄러움을 발견하고 치열하게 반성했고, 그것을 외면하지 않고 정직하게 대면하기 위해 노력했다. 그리고 그 진솔한 고백은 다른 이들의 마음까지 흔들었다.

이처럼 시대의 풍랑에 목숨을 잃은 사람들이 지켜 낸 나라에서, 우리는 과연 어떤 부끄럼을 안고 살아가야 하는 것일까.

✳

윤동주 시인처럼 민족이 수난을 겪는 격동의 시기를 살았던 화가가 있다. 18세기 후반부터 19세기 초반까지 활동했던 스페인의 화가 프란시스코 고야이다. 그는 스페인 북동부 아라곤 지방의 작은 마을인 푸엔데토도스Fuendetodos에서 출생하여 프랑스의 보르도Bordeaux에서 사망했다. 일생 동안 유화와 스케치를 포함해 거의 1900여 점에 달하는 방대한 작품을 남겼는데, 정물, 종교, 풍속, 풍경 등 장르를 가리지 않았으며 로코코부터 낭만주의에 이르는 다양한 화풍을 선보였다.

젊은 시절의 고야는 활동적이며 야심이 상당했다. 그는 사라고사Zaragoza에서 회화를 배우며 화가가 되겠다고 결심한 후 이십 대 초반에 이탈리아 유학길에 올랐다. 유학을 끝마친 뒤에는 다시 사라고사로 돌아와 활동하다가 1775년 마드리드에서 왕실 태피스트리 공장의 원화를 그리는 직업을 얻게 되었고 1789년에는 정식으로 궁정 화가의 지위에 올랐다.

고야는 궁정 화가가 된 이후 끊임없이 많은 양의 작업을 소화해 내며 심하게 과로했다. 그러던 중 1793년에 휴가를 얻어 세비야를 여행하다가 이름이 밝혀지지 않은 중병에 걸리게 되었다. 후원자의 집에서 요양하며 어느 정도 회복했지만 후유증으로 영원히 청각을 잃게 되었다. 이때 고야의 나이는 47세였다. 그리고 그가 개인적인 비극을 겪는 동안 모국인 스페인 또한 참혹한 시대로 나아가고 있었다.

당시 스페인은 이웃 나라 프랑스에서 일어난 대혁명의 영향으로 혼란기에 접어들고 있었다. 프랑스 대혁명으로 권좌에 오른 나폴레옹Napoléon은 쿠테타로 정권을 잡았다는 약점을 대외 정복 전쟁으로 만회하려 했다. 그는 결국 전 유럽을 대상으로 전쟁을 일으켰고, 스페인 또한 그 전쟁의 한복판으로 휘말렸다. 스페인 왕실에도 위기가 찾아오는 것은 당연한 수순이었다. 1793년에 카를로스Carlos 국왕의 7촌인 루이Louis 16세가 단두대에서 운명을 달리했고 나폴레옹이 카를로스 4세와 그의 아들 페르난도Ferdinand 7세를 각각 성에 가두어 협박하는 상황까지 이르렀다. 이 와중에 왕실에게는 나라를 제대로 통치할 만한 리더십이 없었다.

고야가 1800년 여름 아란후에스 왕궁Palacio Real de Aranjuez에서 그린 국왕 가족의 초상화에서 당시 왕실의 무능이 잘 드러난다. 화려한 옷과 보석으로 치장한 최고 권력 가문의 모습이지만 그다지 품격 있게 느껴지지는 않는다. 보통의 왕실 가족 초상화라면 왕을 중점적으로 그리지만 여기서는 남매를 양옆에 끼고 있는 마리아 루이사María Luisa를 중심에 둠으로써 그녀가 왕실의 실세이자 주인임을 암시했다. 국왕은 존경받지 못하는 가장처럼 한편으로 물러나 불룩한 배를 우스꽝스럽게 내밀고 있다. 가족들의 시선이나 표정은 어리숙하며 서 있는 모습 또한 산만하다.

이 작품이 그려질 무렵 스페인 왕실은 불안한 자신들의 지위를

| 프란시스코 고야, 〈카를로스 4세의 가족〉, 1800-1801

지키는 데 여념이 없는 상황이었다. 고야는 그들이 감추고자 했던 무능력과 허영을 놓치지 않고 날카롭고 미묘한 화법으로 표현해 냈다. 재미있는 점은 완성된 작품을 국왕 가족이 아주 흡족해했다는 사실이다. 이렇듯 고야는 주문을 받아 제작하는 초상화에서도 시대와 현실에 대한 그의 냉철한 시각을 담아냈다.

연구자들이 고야의 작품 전반에 걸쳐 있는 특성으로 '근대성'을 꼽는 이유도 이 때문이다. 그는 자신이 살아가고 있던 시대를 제3자의 눈으로 보듯 냉철하게 인식하여 작품에 강렬한 필치로 드러냈다.

1808년 나폴레옹이 스페인을 점령하자 카를로스 4세는 아들에게 왕위를 양위한 후 마차에 금과 재산을 싣고 외국으로 도피했다. 당시 무능한 왕실 가족에게 실망하고 있던 시민들은 프랑스가 그들의 나라에서 성취한 민주주의를 스페인에도 가져다 주리란 희망으로 프랑스군을 오히려 반겼다고 한다.

하지만 나폴레옹은 그들의 구원자가 아니었다. 나폴레옹은 양위받은 페르난도 7세마저 강제로 폐위시키고 자신의 친형 조제프 Joseph를 스페인 왕위에 앉힘으로써 구원자가 아닌 독재자임을 확실히 각인시켰다. 결국 이에 분노한 시민들은 1808년 5월 2일 나폴레옹과 프랑스군에 대항해 봉기를 일으켰다. 봉기는 전 나라로 확산되었지만 군대가 아닌 일반 시민들이 일으킨 봉기라고 해 봐야 돌과 농기구를 들고 무장한 군대에 저항하는 수준일 뿐이었다. 결국 이 봉기는 막강한 프랑스군에 의해 진압되며 실패했고, 바로 다음날 폭동 가담자들에 대한 무자비한 처형이 벌어졌다.

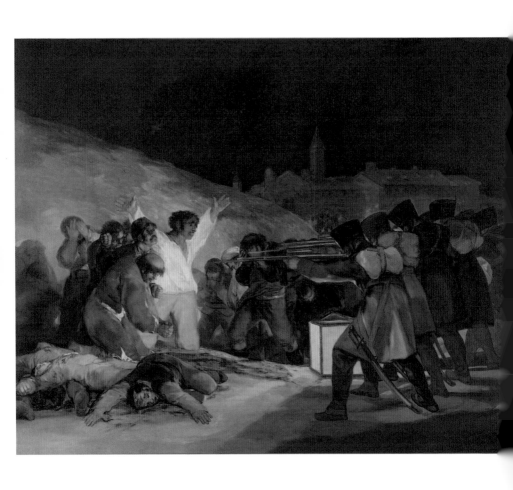

| 프란시스코 고야, ⟨1808년 5월 3일 마드리드⟩, 1814

〈1808년 5월 3일 마드리드〉는 프랑스군이 시위에 나선 스페인 시민들을 잔혹하게 사살하는 장면을 담고 있다. 화면 왼편에는 이미 총살을 당한 피투성이 시체들이 널브러져 있다. 화면의 중심에는 이제 막 처형을 당하려는 사람들이 총구를 마주하고 있고, 다음 순서를 기다리는 사람들이 두려움에 떨며 마지막 기도를 올리고 있다. 몇 초 뒤면 피를 흘리며 시체 위로 엎어질 한 사람이 자신을 겨눈 총구 앞에 두 팔을 펼치고 서서 부당한 죽음에 맞서고 있다. 피로 흥건한 바닥과 대비되는 눈부신 흰 셔츠가 그가 무고하다는 사실을 알려준다. 실제로 이러한 보복성 사살의 희생양 중에는 목수, 농민, 석공 같은 무고한 시민들이 다수였다고 한다.

이 작품은 전쟁의 무자비한 폭력에 대한 기록으로 높이 평가받으며 후에 많은 화가들에 의해 차용되었다. 마네의 〈막시밀리안 황제의 처형 *The Execution of Maximilian*〉과 피카소의 〈한국에서의 학살 *Massacre in Korea*〉도 바로 이 작품에서 모티프를 딴 것이다.

이 봉기는 이후 6년간 이어진 스페인의 독립 전쟁의 계기가 되었다. 그리고 고야는 판화집 《전쟁의 참화》에서 프랑스 군대가 벌인 처참한 전쟁으로 인해 고통받는 스페인 민중의 모습을 82점의 스케치로 남겼다. 시체에 난도질을 해 대는 사람들, 기아 속에 허덕이는 아이들, 속수무책으로 유린당하는 여자들의 모습 등 차마 눈을 뜨고 보기 어려운 참담한 현실이 적나라하게 담겨 있다. 고야가 붓을 든 기록자로서 남긴 참상은 그가 죽고 35년이 지난 뒤에야 그의 손자에 의해 세상에 알려졌다.

하지만 이렇듯 현실 고발적인 작품을 그린 고야의 행보를 살펴

프란시스코 고야, 〈그리고 그들은 거친 짐승과 같았다〉(《전쟁의 참화》 연작 다섯 번째), 1863

보면 조금 의아한 부분이 있는 것도 사실이다. 그는 명확한 정치적 입장을 밝힌 적도 없을뿐더러 그와 관련된 여러 일화들을 살펴보면 오히려 기회주의자에 가깝다는 평가가 많다. 그는 격동의 시대를 거치는 동안 여러 번에 걸쳐 바뀌었던 권력자들 모두를 위해 일했으며, 그렇기에 어느 누구로부터도 큰 피해를 받은 적이 없었다. 〈1808년 5월 3일 마드리드〉 또한 프랑스 군대가 물러가고 페르난도 7세가 돌아오기 직전에 제작된 것으로, 저항의 의미를 담고 있다기보다는 다시 돌아온 스페인 정권에 자신의 정체성을 증명하기 위한 의도가 컸을 것이다.

그는 우리가 기대하는 만큼 정의의 투사는 아닐지도 모른다. 밑바닥부터 시작해 화가로서 가장 큰 명예인 궁정 화가의 자리까지 올라간 야심가가 나라를 위해 개인의 성취와 삶을 모두 내려놓기란 쉽지 않았을 것이다. 하지만 그가 자신의 민족이 겪고 있는 수난을 강렬하고 절절히 그려낸 것 또한 부인할 수 없는 사실이다. 보는 이의 마음을 울리는 이런 작품들을 고야가 남겼던 이유는, 어쩌면 스스로의 것을 지키고자 권력에 순응했던 초라한 자신에게 느꼈던 부끄러움 때문은 아니었을까.

✳

윤동주 시인과 고야는 조국이 처한 현실과 예술 사이의 괴리를 감지하고 날카로운 인식을 통해 결국 그 부조리의 간극을 직시하는 작품을 남겼다. 하지만 민족 운동으로 감옥에 투옥되어 세상을 떠난 윤동주 시인과 권력자들에게 순종해 적당히 고난의 시대를 건

넜던 고야를 같은 선상에서 논할 수는 없을 것이다. 결국 그들의 작품을 보며 우리는 앞으로 어떻게 생각하고 살아가야 하는지를 스스로 고민해 볼 수밖에 없다.

　누구나 자신이 살고 있는 시대와 연결되어 있다. 하지만 역사의 흐름 안에서 모든 것을 판단하기에는 개인의 삶 또한 가볍지 않은 무게를 지닌다. 그런 면에서 우리 대부분은 고야와 같은 사람일지 모른다. 그리고 그것이 윤동주 시인과 같은 이들을 더 기억하고, 그들에게 감사해야 할 이유일 것이다. 윤동주 시인의 일대기를 그린 영화 〈동주〉에서는 윤동주 시인이 생전 가장 존경했던 정지용 시인이 다음과 같이 말하는 장면이 나온다.

　부끄러움을 아는 건 부끄러워할 일이 아니네. 부끄러움을 외면하는 게 부끄러운 일이지.

애도는
사랑의 감정과 같다

●

크리스 조던
Chris Jordan, 1963-

아기를 낳기 전까지 아이들을 그다지 귀여워하는 편은 아니었다. 그런데 엄마가 된 뒤로는 길에서 만나는 모든 아이들이 전부 너무 예뻐 보인다. 아이 한 명 한 명이 정말 예쁜 것도 사실이지만, 전에 보지 못했던 그 사랑스러움이 이제야 더 눈에 들어오는 것은 그 부모의 마음을 이해하게 되어서일 것이다. 저 한 아이에게 부모가 어떠한 사랑과 정성을 쏟았을지를 너무 잘 알게 되었다.

밥풀 범벅인 얼굴로 밥을 먹는 모습, 천사 같이 자는 모습, 온 얼굴이 다 구겨지는 웃음과 콧구멍을 벌렁거리며 우는 울음……. 이 모든 순간들을 부모는 사랑했을 것이다. 며칠 동안 밤을 새우며 아픈 아이를 지키기도 했을 것이고, 밖에서 온갖 더러운 일을 겪더라도 아이를 생각하며 참기도 했을 것이다. 모든 아이들은 부모에게 빛나는 시간을 선사하는 소중한 존재라는 것을, 그 귀한 생명의 무게감을 나는 엄마가 된 후에 더 깊이 체감하게 되었다.

그래서인지 아이를 낳은 후부터는 아이들과 관련된 슬픈 이야기를 보기가 너무 힘들어졌다. 언제인가 포털 사이트에서 한 어린이 재단에서 만든 보육원 후원 광고를 보았는데, 문구를 읽자마자 코가 찡해지며 눈물이 찔끔 흘러나왔다. "세상에 오자마자 홀로 된 아이들. 아무도 들어 주지 않는 첫 옹알이. 세상과 새로 마주하는 매 순간, 이 아기들을 축복해 줄 부모님은 없습니다."

이런 광고에 빈곤 마케팅이라는 비난이 있는 것도 잘 알고 있다. 하지만 세상 어딘가에 이런 아이들이 있다는 사실을 떠올리기만 해도 마음이 괴롭다. 나의 경우엔 확실히 부모가 된 이후에 아이들이 겪는 슬픔과 고통에 더 민감해졌다.

우리는 자주 다른 이가 아픔을 겪는 상황에 함께 슬퍼하고 공감한다. 그중에서도 어린아이들이 겪는 고통에는 정말 많은 사람들이 내 일처럼 아파한다. 아직 꽃을 피워 보지 못한 어린 존재들의 죽음에 사람들이 느끼는 안타까움은 확실히 더 그림자가 짙다. 여기에는 그들을 가슴에 묻었을 부모에 대한 감정 이입이 아주 큰 부분을 차지할 것이다. 아이들의 죽음을 막기 위해 많은 사람들이 변화의 목소리를 높이는 것도 이 때문이다. 나 또한 한 사진 작품을 본 뒤에 큰 변화를 겪었던 적이 있다. 바로 미국의 사진작가 크리스 조던의 작품이었다.

크리스 조던은 현대 사회의 아름다움과 그 이면의 불편한 진실을 단호하면서도 부드럽게 담아내는 섬세한 환경 예술 작품으로 유명하다. 그중에서도 2009년에 발표한 알바트로스라는 새의 삶의 궤적을 담은 사진은 많은 사람들을 충격과 슬픔에 잠기게 했다.

알바트로스는 마치 아이라인을 그려 넣은 것 같은 멋진 눈매를 가진 새이다. 태평양 한가운데 있는 미드웨이섬Midway Islands에 약 100만 마리가 넘게 서식하고 있는 이 새는 카리스마 있는 생김새와는 다르게 '바보 새'라는 별명을 가지고 있다. 몸에 비해 지나치게 큰 날개를 바닥에 질질 끌면서 뒤뚱뒤뚱 걷기 때문이다. 날개를 퍼덕이며 나는 다른 새들과는 달리 알바트로스는 긴 날개를 이용해 마치 비행기처럼 바람을 타는 활강을 한다.

알바트로스는 사람과도 비슷한 면이 많다. 평균 수명이 60년 정도인 알바트로스는 사별하는 경우가 아니라면 한 배우자와 평생을 같이 산다고 한다. 또한 한 번에 여러 개의 알을 낳는 다른 새들과는 달리 1, 2년마다 딱 한 개의 알만을 낳는다. 그리고 이렇게 낳은 단 하나의 알을 엄마 새와 아빠 새가 무려 9개월 동안이나 번갈아 가며 지극정성으로 품어야 새끼를 만날 수 있다.

총 면적이 6.2km²밖에 되지 않는 아주 작은 섬인 미드웨이는 가장 가까운 대륙에서조차 5000킬로미터 이상 떨어져 있어 비행기와 배를 수차례 갈아타야만 갈 수 있다. 전쟁이 한차례 쓸고 지나간 뒤에는 군사 시설만 쓸쓸히 남아 있을 뿐이다. 따라서 크리스 조던은 이 섬을 방문하기 전에 그곳이 사람의 손길이 닿지 않은 천혜

| 알바트로스

의 자연일 것이라 짐작했다. 하지만 그가 마주한 현실은 예상과는 정반대였다.

무인도에 가까운 그 머나먼 섬에도 이미 인간이 버린 플라스틱 쓰레기들이 파도를 타고 들어와 있었던 것이다. 그리고 이 형형색색의 플라스틱들은 알바트로스들의 삶에도 깊게 침투해 있었다. 한눈에도 화려한 색깔을 가진 플라스틱 조각들이 무엇인지 알 길이 없었던 알바트로스들은 이것들을 먹이인 줄 알고 꿀꺽꿀꺽 삼켜 댔다. 그리고 크리스 조던은 우연히 알바트로스 시신의 뱃속에서 무지갯빛으로 꽉 들어찬 수많은 플라스틱 조각들을 발견했다. 이렇듯 충격적인 사실을 목격한 크리스 조던은 이후 8년간 섬을 오가며 새들의 삶을 카메라에 담았다.

병뚜껑, 라이터, 형체를 알아볼 수 없게 작게 부서진 날카로운 플라스틱 조각들. 조금도 소화되지 않았을, 그리고 장기를 날카롭게 찔러 댔을 이 플라스틱 조각들을 뱃속에 수북이 이고 죽기까지 이 새는 얼마나 아프고 괴로웠을까. 작가는 이 사진들이 일체의 조작이 없는, 발견 그대로의 모습이라고 이야기한다. 플라스틱 조각이 많아 보이도록 더하지도, 색깔이 알록달록해 보이도록 가공하지도, 위치를 바꾸지도 않은 그대로의 모습이라는 것이다.

나를 가장 마음 아프게 했던 사실은 알바트로스의 성년 개체들만 플라스틱으로 인해 죽어 가는 것이 아니라는 사실이었다. 새끼 알바트로스들도 플라스틱의 공격에서 자유로울 수 없었다. 평생을 짝을 지어 함께 살고 알을 품는 다정한 엄마, 아빠 새는 일단 알이 부화하면 먹이를 구하기 위해 번갈아 바다로 나선다. 아직 어린 새끼들은 바로 먹이를 먹을 수 없기 때문에 부모는 자신이 먹은 뒤 소화시켜 어죽이 된 것을 게워 아기의 입에 바로 넣어 준다.

새끼에게 단 한 입의 먹을거리를 주기 위해 그들은 평균 1600킬로미터를 날아야 한다. 땅을 한 번도 딛지 않고 바다에서 먹이를 구해 오는 데에는 평균적으로 일주일 정도가 걸린다. 무려 7일 동안 한 번도 쉬지 않고 상공을 날며 지켜 온 먹이 안에 플라스틱 조각들이 반짝인다. 아직 솜털조차 빠지지 않은 여린 새끼들은 연약한 내장을 마구 찔러대는 그 날카로운 조각들에 시름시름 앓다 죽어 간다.

작가가 《미드웨이》 시리즈를 만드는 여정을 담은 다큐멘터리 영화 〈알바트로스〉에서는 이러한 현실이 보다 적나라하게 드러나 있다. 조금씩 생명의 불이 꺼져 가는 새끼 곁에서 엄마 새는 어쩔 줄 몰라 한다. 목이 자꾸만 옆으로 넘어가고 눈이 가물가물 감겨 가는 새끼를 부리로 계속 어루만진다. 혹시 추워서일까, 작은 아기의 몸을 자꾸만 더 따뜻하게 품는다. 바다가 주는 것을 믿고 아기를 먹였을 뿐인데 몇 달을 품고 키워 낸 아기가 왜 죽어 가는지 부모 새들은 이유조차 알 수 없다.

다큐멘터리에서 크리스 조던은 깃털보다도 가벼울 것 같은 새끼 알바트로스의 몸을 안아 들고 조용히 눈물을 흘린다. 내가 버린 것일지도 모를 플라스틱 조각을 먹고 아파했던 작은 시신을 안고 어깨를 들썩이며 오열한다. 그리고 작가는 이 아기 새를 위해 그만의 장례식을 치러 준다. 우리들 때문에 죽었지만 누구도 치러 주지 않는 작은 영혼의 장례식을.

| 크리스 조던,《미드웨이》시리즈-뱃속에 플라스틱을 가득 담고 죽은 알바트로스

애도는 슬픔이나 절망과는 다르다. 애도는 사랑과도 같다. 애도는 우리가 잃어버리고 있는 것, 또는 이미 잃은 것에 대한 사랑의 감정을 경험하는 것이다. 애도에 마음의 자리를 내준다면, 이는 우리를 진정한 생명의 근본으로 이끌 것이다.

크리스 조던은 다큐멘터리의 내레이션에서 이렇게 말한다. 자신이 알바트로스를 사랑하게 될 줄은 몰랐다고. 사랑하는 이를 아프지 않게 하기 위해서는 무슨 일이든지 할 수 있지 않느냐고. 그는 자신의 작품은 누군가를 비난하거나 탓하기 위한 것이 아니라고 강조한다. 끝없는 소비의 시대에서 자신조차 책임으로부터 자유로울 수 없는데 감히 누굴 탓하거나 비난할 수 있겠냐고 덤덤히 말한다. 다만 그는 믿고 있다. 우리가 이 아름다운 세계에 대한 사랑을 마음 깊이 깨닫는다면, 우리 모두의 의식이 전환된다면 반드시 좋은 변화가 시작될 것이라고.

※

다시 태어나면 무엇이 되고 싶냐는 질문에 "알바트로스로 태어나 미드웨이로 가서 그들에게 플라스틱을 먹지 말라고 말해 주고 싶다"라고 대답하는 크고 깊은 눈을 가진 중년의 작가 크리스 조던. 그는 우리에게 사진을 통해 따뜻하고 나지막하게, 그러나 확고하게 메시지를 전달한다. 그의 덤덤한 앵글 속에는 우리가 무심코 버린 수많은 플라스틱의 파편들을 아기에게 먹이는 엄마와 그것을 받아먹고 죽어 가는 아기의 모습이 담겨 있다. 부인할 수 없는 그

| 크리스 조던,《미드웨이》시리즈-엄마와 아기 알바트로스

사실은 날카로운 플라스틱 조각처럼 우리의 가슴에 박힌다.

크리스 조던이 촬영한 엄마와 아기 알바트로스이다. 작가가 왜 《미드웨이》 시리즈를 세상에 선보여야 했는지, 그 이유를 이해하고 난 뒤에 내게는 이 사진이 더더욱 여느 엄마와 아기의 사진에 다름없어 보인다. 이 엄마 새가 저 작은 아기 새에게 어떤 마음으로 먹이를 먹였을지, 얼마나 사랑으로 보듬었을지가 생생하게 느껴진다. 아마도 이 아기 새와 나의 아이의 삶의 무게에는 차이가 없을 것이다. 저 작은 아기를 살리기 위해 지금 당장 무엇을 해야만 하는지는 너무나 분명하다.

사회와의 화해

아름다움을 그려 내기 위해
필요한 것

•

키스 해링
Keith Haring, 1958-1990

얼마 전 넷플릭스에 스튜디오 지브리STUDIO GHIBLI INC.의 콘텐
츠가 업로드 된다는 소식을 듣고 무척 기뻤다. 80년대를 전후해서
태어난 세대라면 아마도 어린 시절 한 번쯤 〈이웃집 토토로〉, 〈하
울의 움직이는 성〉, 〈센과 치히로의 행방불명〉 같은 지브리의 애
니메이션을 보았을 것이다. 특히 학창 시절 선생님들께서 지브리
의 만화를 종종 틀어 주셨던 기억이 새록새록하다. 지브리의 작품
들은 따뜻한 감성으로 교훈적인 내용을 풀어내어 어린 학생들이
보기에도 매우 좋았다.

미야자키 하야오宮崎駿는 지브리를 대표하는 애니메이션 감독이
다. 설립자 중 한 명이기도 한 그는 70세가 넘을 때까지 지브리를
이끌며 수없이 많은 작품들을 만들어 냈다. 그의 작품들은 일관적
으로 자연과 세상의 아름다움, 그리고 이를 지켜야만 하는 이유에

대해 이야기한다.

2013년 그가 은퇴한다는 뉴스를 보고 아쉬워했었는데, 우연히 2016년도에 NHK 다큐멘터리 〈끝나지 않은 사람, 미야자키 하야오〉를 보게 되었다. 모든 장면을 다 일일이 손으로 그리는 것으로 유명한 그가 새로 단편 영화를 만들며 CG에 도전하는 과정을 담고 있었다.

80세가 다 된 노장의 세상을 바라보는 순수한 시선과 멈추지 않는 열정, 꼼꼼한 작업 과정을 감탄하며 보다가 한 장면에 조금 놀라게 되었다. 한 인공 지능 애니메이션 업체와 미팅을 하고 있을 때였다. 업체에서는 인공 지능을 이용해 사람이 낼 수 없는 움직임을 3D 그래픽으로 연출했다.

팔다리와 머리를 사방으로 꺾으며 거미처럼 기괴하게 바닥을 기어 다니는 모습이었다. 업체의 발표자는 "스스로 머리가 중요한지도 모르고 다리처럼 이용해서 기어 다니도록 AI로 프로그래밍한 것"이라고 자신 있게 소개했다. 그것은 분명 대단한 기술이었지만 섬뜩하리만큼 인간의 신체를 함부로 대하는 느낌에 불편한 마음이 드는 것도 사실이었다. 그때 묵묵히 화면을 보던 미야자키 하야오 감독이 입을 뗐다.

매일 아침 보던 친구가 있는데, 그는 장애를 가지고 있었습니다.
하이파이브를 하는 것조차 힘들어했죠. 손이 뻣뻣해서 제
손에 대는 걸 힘들어 했어요. 그 친구 생각이 나서 저 영상이
맘에 들지 않습니다. 저걸 만든 사람이 누구든, 인간의 고통을

사회와의 화해

고려하지 않았어요. 아주 불쾌합니다. 여러분들이 원한다면 끔찍한 것들을 만들 수 있겠지만 저는 그런 일과 엮이고 싶지 않습니다. 저건 삶에 대한 끔찍한 모독이에요.

그가 창조해 낸 귀여운 캐릭터들처럼 그를 천진난만한 할아버지 정도로 알고 있던 나에게 그처럼 확고하게 불쾌감을 표현하는 모습은 조금 뜻밖이었다. 그는 사실 푸근하고 인자한(?) 인상과는 달리 아주 직설적으로 소신을 밝히는 사람으로 유명하다고 한다. 특히 일본 제국주의에 대해서는 "일본이 침략 전쟁으로 주변국들에게 피해를 줬으며, 일본 정부가 법적으로 해결되었다고 주장해도 주변국들의 상처와 원한은 없어지지 않는다. 일본이 어떻게든 해야 한다"며 강한 비판의 목소리를 내서 우익들의 비난을 받는 대표적인 유명인사기도 하다.

다큐멘터리를 보며 애니메이션으로 구현된 아름다운 세계관과 좋지 않은 것에 날선 비판을 할 수 있는 단호한 태도가 한 사람 안에 공존한다는 사실이 신기하게 느껴졌다. 세상을 마냥 아름답게 바라보는 순수한 사람일 것으로 막연히 짐작했었는데, 그는 세상의 어두운 면을 이해하고 필요하다면 그에 대해 강한 목소리를 내는 사람이었다. 필연적으로 수반되는 세상의 어둠과 밝음을 모두 이해하고 있는 그를 보며 떠올랐던 화가가 있다. 밝고 명랑한 작품으로 대중의 많은 사랑을 받았던 키스 해링이었다.

키스 해링은 난해한 현대 미술에 대한 대중들의 반감을 덜어 낸 화가 중 한 명이다. 마치 그래피티처럼 단순한 구성과 화려한 색감으로 재치 있게 표현한 그의 작품은 이해하기 쉽고 한눈에 사람들의 시선을 붙든다. 해링은 31세의 젊은 나이로 세상을 떠났지만 짧은 생애 동안 예술가로서의 명성과 상업적인 성공, 그리고 국제적인 인기를 모두 거두었다.

그는 펜실베이니아주의 레딩Reading이라는 도시에서 중산층 가정의 1남 3녀 중 맏이로 태어났다. 아버지인 앨런Allen은 AT&T라는 세계 최대 규모 통신 기업의 부서장이었고 어머니 조안Joan은 전업주부였다. 앨런은 키스 해링의 예술적 기질을 일찌감치 발견하고 후원해 주었다. 또한 해링을 위해서 만화 캐릭터들을 직접 만들어 주기도 했다. 그가 기억하는 최초의 미술 작업은 아버지와 함께 했던 드로잉이었다.

하지만 어떤 의미에서 그의 환경은 상당히 보수적이었다. 미국 중산층의 완벽한 전형과도 같았던 가정은 그에게 따뜻한 울타리였지만, 동시에 자유로운 아이의 호기심을 충족시키기엔 갑갑한 곳이기도 했다. 1960년대의 문화적 대변혁기에 해링이 외부의 정보를 접할 수 있었던 기회는 이따금씩 할머니댁을 방문할 때뿐이었다. 그는 거기서 《룩Look》이나 《라이프Life》 같은 잡지와 텔레비전에서 나오는 달 착륙과 베트남 전쟁의 현장을 보며 예술적 감수성을 키워 나갔다.

청년이 된 키스 해링은 안온한 보금자리를 떠나 새로운 도전을 위해 예술가들의 도시인 뉴욕으로 향했다. 그는 이곳에서 동료 예술가들을 만났고 1980년대의 클럽 문화를 맛보게 되었다. 당시의 클럽은 음악 공연뿐만 아니라 화가와 음악가, 배우들이 함께 모여 전시회, 낭독회, 퍼포먼스 등을 여는 일종의 예술적 대안 공간이기도 했다. 이곳에서 그는 여러 해 동안 1일 전시회를 기획하며 전시 기획자이자 예술가로 본격적인 커리어를 시작했다.

그가 주변을 예술의 무대로 삼은 것은 당연한 수순이었다. 그는 처음에는 뉴욕 이스트 빌리지East Village의 보도와 벽 위에 스프레이로 벽화를 그리기 시작했다. 이 작업은 자연스럽게 지하철 드로잉 작품들로 이어졌다. 그가 예술에서 언제나 가장 중시한 것은 '소통'이었다. 그런 그에게 검은 종이로 덮인 지하철 역 안의 빈 광고판은 가장 많은 사람들을 만날 수 있는 훌륭한 전시관이자 실험실이었다.

그리고 이 작업에서부터 우리에게 친숙한 짖는 개, 가슴에 하트가 그려진 사람들, 빛을 발산하는 아기 같은, 간단하면서도 이해하기 쉬운 모티프들이 등장했다. 그는 허가를 받지 않고 작품을 그려 여러 번 현행범으로 경찰에 붙잡히기도 했다. 그러나 신기한 것은 분필로 그려진 이 작품들이 사람들에 의해 훼손되는 일이 거의 없었다는 사실이다. 사람들은 그의 작품을 좋아했고 해링은 자신의 작품을 두고 행인들과 이야기하는 것을 즐거워했다. 사람들 덕분에 그의 예술 세계는 더 확장되어 갔다.

그의 색채는 시간이 지날수록 점점 더 화사해졌다. 해링은 삶에 대한 애정을 작품에 쉬운 언어로 담아냈다. 그가 1983년에 제작한 무제 작품에서는 임신한 여인들이 함께 춤추고 있다. 여인들의 위로는 빛을 발하는 아기가 기어가고 있다. 이 작품을 통해 그는 가족과 생명 탄생에 대한 존경심을 표현했다.

또한 이 작품에 등장하는 빛나는 아기 모티프는 이후 그의 서명이나 로고로 자주 쓰였는데, 이에 대해 해링은 이렇게 설명했다.

아기가 나의 서명이 된 이유는 인간 존재의 가장 순수하고 가장 긍정적인 경험이 바로 아기이기 때문이다.

그래서인지 모르겠지만 그의 밝고 아름다운 작품들은 당시에도, 그리고 지금까지도 어린이들에게 많은 사랑을 받고 있다. 실제로 해링 또한 어른보다 어린이들과 교류하는 것을 훨씬 좋아했다고 한다. 그는 어린이들만을 위한 작품과 아동 도서를 자주 만들었고 어린이들과 함께 공공벽화와 같은 작업을 하기도 했다.

하지만 그의 모든 작품들이 이렇게 명랑하고 낙천적인 주제를 다룬 것은 아니었다. 실제로 많은 작품들의 주제는 폭력과 인종 차별에 반대하고, 반전과 반핵을 호소하며, 환경 파괴를 경고하고, 마약과 에이즈의 위협에 경각심을 주는 것이었다.

해링은 고속도로 인근에 "마약은 독약이다"라는 문구가 적힌 거대한 벽화를 제작하여 운전자들이 지나가며 볼 수 있도록 했다. 작품 오른편에서 마약에 중독된 사람이 괴물의 입속으로 자진해서 들어가는 모습이 보인다. 이는 마약을 하는 것은 결국 스스로 죽음의 독약을 마시는 것과 같다는 메시지를 전달한다. 이 작품은 포스

| 키스 해링, 〈짖는 개〉 설치물

| 키스 해링, 〈마약은 독약이다〉 설치물

터로 만들어져 무료로 배포되기도 했다.

특히 그의 작품 중에는 에이즈에 대한 경각심을 일깨우는 것들이 많다. 1989년에 스페인 바르셀로나에 그려진 30미터 길이의 대형 벽화에는 에이즈를 의미하는 거대한 붉은 뱀이 도망가는 사람들을 쫓고 있다. 뱀이 지나간 자리로 시신이 쓰러져 있고, 똬리를 튼 뱀은 주사기를 쥐고 있다. 가위의 모양으로 변한 두 사람이 합심하여 뱀의 몸을 두 동강 내고, 또 다른 누군가는 뱀의 꼬리에 콘돔을 씌우고 있다. 이 벽화는 모두가 합심하고 안전한 성관계를 가진다면 죽음으로 가는 에이즈를 막을 수 있다는 메세지를 전달한다. 작품 오른편에는 스페인어로 "우리는 함께 에이즈를 멈출 수 있다"라고 쓰여 있다. 색채는 밝고 표현에는 생기가 넘치지만 작품이 전하는 메시지는 묵직하다.

동성애자였던 해링은 이미 많은 친구와 지인을 에이즈로 잃었고, 자신 또한 그 병의 희생자가 될 수 있음을 충분히 자각하고 있었다. 그는 사람들의 의식을 일깨우고 스스로를 지키기 위해 노력했지만 끝내 에이즈를 피하지 못했다. 1988년 중반 에이즈를 진단받은 그는 더 열정적으로 예술 작품 작업을 통해 에이즈 반대 운동을 해 나갔다.

결국 1990년 2월 16일, 만 31세의 젊은 나이로 키스 해링은 세상을 떠났다. 그는 생전 많은 수의 대형 작품들을 공공장소와 어린이 병원 및 자선 단체에 기증했고, 가난한 아이들을 위해 꾸준히 기부했다. 여기서 더 나아가 숨지기 1년 전에는 재단을 설립했다. 그의 바람에 따라 키스 해링 재단은 그가 죽고 30년이 지난 지금

| 키스 해링, 〈우리는 함께 에이즈를 멈출 수 있다〉 벽화

까지도 전 세계 어린이 구호와 에이즈 근절을 목표로 힘쓰고 있다. 그는 죽었지만 그의 밝고 아름다운 예술 작품과 더불어 세상의 불합리를 바꾸기 위한 노력은 이어지고 있다.

키스 해링의 작품을 바라보면 더할 나위 없이 밝고 쾌활하다. 마치 이 세상이 그의 작품처럼 톡톡 튀는 행복의 색으로 가득 차 있는 것처럼 느껴진다. 하지만 그 선명한 색들을 한 꺼풀 벗겨 내면 불편한 진실들을 마주하게 된다. 어쩌면 그 선명한 빛깔들로 인해 더욱 극적으로 대비되는 세상의 부조리들. 그는 삶을 사랑하고 즐겼기에 밝고 명랑한 작품들을 만들었다. 하지만 동시에 바뀌어야 하는 것들에 대해 계속해서 작품으로 목소리를 냈고, 죽는 순간까지도 그 모순들을 해결하기 위해 다방면으로 노력했다.

※

키스 해링의 삶과 작품에서 미야자키 하야오가 떠올랐던 것은 왜였을까. 백발이 성성한 이 거장의 예술 세계 또한 너무나 순수하고 아름다웠지만 사실 그 또한 세상의 더럽혀진 부분들을 모두 이해하고 있었다. 그는 어둠 속에서 눈을 감고 마치 그것들이 존재하지 않는 듯 외면하지 않았고, 세상의 부조리에 대해서 목소리를 높였다. 작품으로 밝은 메시지를 전함으로써 어둠을 덮어 버리는 것이 그가 택한 변화의 방식은 아니었을까.

세상의 부조리에 날카로운 시선을 잃지 않고 이를 바꾸기 위해 노력하는 동시에, 아름다운 것들에 어린아이처럼 행복해하는 정반대의 모습 또한 가지고 있었던 키스 해링과 미야자키 하야오. 그들을 보면 우리의 인생과 이 세상은 마땅히 아름다운 것이 아니라, 이러한 모순들에도 '불구하고' 아름다운 곳이라는 생각이 든다. 이 어둠을 이해하고 바꾸기 위해 싸울 준비가 될 사람들에게만 세상은 더욱 아름다운 모습을 허락하는 것이 아닐까.

미야자키 하야오 감독은 영화를 왜 만드냐는 다큐멘터리 제작진의 질문에 아래와 같이 답했다.

세계는 아름다우니까 영화를 만드는 거야. 깨닫지 못할 뿐

세계는 아름다워. 그렇게 바라보는 것뿐이야.

공평한 시선의
구원

●

바르톨로메 에스테반 무리요
Bartolomé Esteban Murillo, 1617-1682

종교와는 상관 없이 프란치스코 교황을 좋아한다. 2013년 3월 13일 교황으로 선출된 그는 역사상 최초라는 타이틀을 가장 많이 가진 교황일 것이다. 아르헨티나 국적인 그는 최초의 미주 대륙 출신이자 비유럽 출신, 그리고 예수회 출신 교황이다. 프란치스코라는 교황명 또한 최초이며 한 번도 쓰지 않았던 이름이 교황명이 된 것은 913년의 란도Lando 교황 이후로 처음이다. 콘클라베conclave에서 그의 즉위가 확실시되고 옆자리에 앉아 있던 클라우지우 우메스Cláudio Hummes 추기경이 그를 안고 입맞춤하며 "가난한 사람을 잊지 마십시오"라고 말한 순간, 교황은 프란치스코 성인이 떠올랐다고 한다.

　빈자들의 성인이라 불리는 프란치스코 성인은 평생을 가난하고 병든 자들과 함께하며 청빈한 삶을 살았다. 그리고 그의 이름을 따른 교황은 즉위 기념 강론에서 "가장 가난하고, 가장 약하고, 가장 비천한 사람을 위해 봉사해야 한다"라고 이야기했다.

프란치스코 교황은 즉위한 뒤 방 10개가 딸린 관저를 보고 "300명이 살아도 되겠다"라고 평했다. 그는 관저 대신 바티칸 내 사제 공동 기숙사인 카사 산타마르타casa santa marta에 머무르며 기숙사 공동 식당에서 본인이 직접 음식을 접시에 덜어 식사를 한다. 선임 교황들이 대부분 완벽하게 방탄 처리된 고급 세단을 이용한 데 반해 그는 아무런 안전 장치가 없는 소형차를 탄다. 교황에 선출될 때에도 붉은색의 교황용 모제타를 입지 않았으며 순금의 교황 반지는 도금한 은반지로 교체했다. 늘 목에 거는 십자가는 추기경 때부터 착용했던 철제 목걸이 그대로이다.

그가 비종교인을 포함한 많은 이들의 사랑을 받는 이유는 특히나 사회적 약자들과 가난한 사람들에 대한 관심과 관용을 촉구하는 행보 때문일 것이다. 그는 즉위 후 첫 성 목요일에 소년원생들을 찾아 그들의 발을 씻는 세족식을 거행했다. 교황이 범죄를 지은 소년원생들의 발을 씻은 것도 처음이었지만, 여성이나 무슬림에게 세족식을 한 것 또한 처음이었다. 자신의 생일에 노숙자들을 초대하고, 차를 타고 가던 중 신경섬유종증을 앓아 얼굴이 혹으로 뒤덮인 남성을 발견하자 차에서 내려 그의 얼굴을 쓰다듬으며 축복하고 이마에 입을 맞추기도 했다. 그는 프란치스코 성인을 본받아 약자를 끌어안고, 가장 낮은 곳에 임하라는 성경 말씀을 몸소 실천하며 하느님을 섬기고 있다.

그는 단순히 개인적인 차원에서 청빈하게 생활하며 선행을 이어

사회와의 화해

가는 데에서 그치지 않고, 가난한 이들을 품는 교회를 만들기 위해 이제까지의 어떤 교황보다도 강하게 목소리를 내고 있다. "우리는 가난해져야 할 필요가 있다. 가난한 자들을 위해 가난한 교회가 돼야 한다"라고 재차 강조하는 그는 재물을 탐하는 교회엔 그리스도가 없다고 선언한다. 가난은 복음의 중심에 있다고 말하며 아프리카의 기아와 중동의 난민 사태를 보듬는다.

또한 프란치스코 교황은 우리 모두가 이 시대의 비극을 함께 바라보고 행동하기를 촉구한다. 신자유주의가 유발하는 경제 불평등에 깊은 우려를 표하며, 돈을 우상화하고 인간을 소모품으로 전락시키는 자본 만능주의에 대해서도 목소리를 높인다. "새로운 형태의 가난을 만들고 노동자들을 소외시키는 비인간적인 형태의 경제 모델들을 거부하기를 기도합니다"라거나 "규제가 사라진 자본주의는 새로운 독재입니다"라는 강경한 발언도 여러 번이었다. 한편으로는 부패한 바티칸의 개혁을 강력하게 추진해 나가고 있다.

교황으로 선출된 직후 추기경들과 함께 기도할 때 "저같이 부족한 사람을 교황으로 추대한 여러분들을 주님께서 용서하시길 바랍니다"라고 말해 모두를 폭소하게 하고, "저도 가끔 기도를 할때 좁니다. 하지만 주님께서 그 정도는 너그러이 이해해 주시리라 믿습니다"라고 고백하는 솔직함과 유머 감각을 모두 가진 프란치스코 교황. 탱고와 축구를 좋아하는 소탈한 그의 행보에는 늘 파격적이라는 수식어가 붙는다. 하지만 그 자신에게는 하느님의 말씀을 따르는 이의 너무나 당연하고 마땅한 행보이지 않을까 싶다.

예술가의 삶에 관심이 많은 편이다. 화가 개인에게 인간적으로 공감하고 이해되는 부분이 많을수록 작품 또한 더 좋아하게 된다. 현대 미술로 올수록 화가에 대한 정보를 얻기 쉽다. 예술가가 직접 언급한 내용이나 주변 사람들의 증언 등이 많이 남아 있어 그의 인간적 면모를 짐작해 볼 수 있다. 반대로 과거로 갈수록 예술가에 대한 정보는 얻기 힘들어진다. 약간의 편지나 기록만으로 힌트를 얻어 내야 한다. 하지만 때로는 작품만으로도 삶이나 성격이 짐작되는 화가들이 있다. 17세기에 활동한 스페인의 바로크 화가 무리요가 그러한 이들 중 한 명이다.

그는 스페인 안달루시아 지방의 필라스Pilas 혹은 세비야Seville에서 태어났을 것으로 추정된다. 이 시기에 활동했던 많은 화가들이 그렇듯 그에 대한 개인적인 기록이 아주 세세히 남아 있지는 않다. 그는 외과의이자 이발사였던 아버지와 어머니 사이에서 14남매 중 막내로 태어났다. 그의 부모님은 그가 9세가 되던 해에 세상을 떠났고 이후 그는 누나와 매형에 의해 길러졌다. 그가 성인이 된 후 아버지의 성을 사용하지 않고 외할머니의 성인 무리요를 따라 썼다는 점에서 복잡했을 그의 가족사가 짐작된다.

당대의 많은 화가들처럼 그 또한 처음에는 종교화로 이름을 알렸다. 가로가 4미터, 세로가 1미터 80센티미터에 달하는 대작 〈천사들의 부엌〉은 세비야의 프란치스코 수도원 벽을 장식하기 위한 열세 점의 그림 중 하나로 제작되었다. 황홀경을 경험한 것으로 유명한 그리스의 수도자 프란시스코 디라퀴오Francisco Diraquio에 대한

| 바르톨로메 에스테반 무리요, 〈천사들의 부엌〉, 1646

그림이라는 이야기도 있지만, 현재로서는 세비야 근교의 한 수녀원에서 식사를 담당했던 프란시스코 페레즈Francisco Perez라는 평수사에 대한 전설을 표현했다는 분석이 더 설득력을 얻고 있다.

프란시스코 수사는 30년 넘게 수녀원에서 성실히 식사를 담당한, 신실한 믿음을 가진 사람이었다. 하루는 너무나 마음을 다해 기도를 올린 나머지 그만 식사를 차리는 자신의 임무를 깜빡했다고 한다. 문득 정신을 차리고 황급히 부엌으로 들어선 그는 천사들이 그를 대신해 식사를 준비하고 있는 장면을 목격한다. 오랜 시간 신의 소임을 묵묵히 맡아 온 그를 대신해 천사들이 차린 음식은 천상의 맛이었다고 한다.

무리요는 천사가 재림한 이 순간을 자신만의 방식으로 표현했다. 작품 속 천사들은 하느님의 말씀을 전하러 온 대리인이나 축복과 벌을 내리는 신성한 존재로서의 모습이 아니다. 중앙에 위치한 천사 둘은 셰프와 부셰프처럼 더 이상 준비할 것이 없는지 확인하고 있고, 화면 아래쪽 아기 천사들은 조약돌같이 작은 손으로 나름 열심히 야채와 과일을 씻고 있다. 한편에서는 식탁에 접시를 놓는 손이 바쁘고, 저 뒤편에서는 음식이 불 위에서 잘 익어 가는지 지켜보고 있다.

신의 섭리를 충실히 따른 이에게 천사들이 헌신해 그 믿음에 마땅한 복을 내리는 성스러운 순간임에도 일사불란하게 움직이는 모습은 현실의 장면인 듯 이질적이지 않으며 친근하게 느껴진다. 천사들의 머리 뒤에 늘상 보이던 눈부신 후광도 여기선 없다. 신의 축복은 하늘 위 초현실적인 힘으로 존재하는 것이 아닌, 마음이 따

사회와의 화해

| 바르톨로메 에스테반 무리요, 〈성가족과 작은 새〉, c.1650

뜻한 사람들이 살아가는 사이에 존재한다고 작품이 말해 주는 듯하다.

다른 작품은 단란한 가족의 사랑스러운 한때를 묘사하고 있다. 아이와 강아지가 한창 장난을 치고 있다. 어머니는 물레를 돌리며 아이를 애정이 넘치는 눈길로 바라보고, 아버지는 걸음마가 아직 서툰 아이가 넘어지지 않도록 든든히 안아 주고 있다. 그런데 아이는 손에 검은 방울새를 쥐고 있다. 방울새는 예수의 수난을 상징한다. 그림 속 작은 아이는 바로 아기 예수이며, 어머니는 마리아이고 아버지는 요셉인 것이다. 이 작품의 제목은 〈성가족과 작은 새〉이다.

과거 많은 성가족 성화에서는 아버지인 요셉을 백발이 성성한 노인으로 그리곤 했다. 남자를 경험하지 않은 동정녀에게서 예수가 탄생했다는 사실을 강조하기 위해, 젊은 남자가 주는 성적인 느낌을 완전히 배제한 것이다. 하지만 이 작품 속 요셉은 우리가 흔히 듬직한 젊은 아빠에게서 연상하는 모습으로 그려졌다. 이곳에도 눈부신 후광은 없다. 그리스도가 세상을 구하는 거룩한 삶의 길 또한 자연스럽고 따뜻한 일상에서 탄생했음을 말하는 듯하다. 이렇듯 그는 신성함과 거룩함으로 대변되는 종교화에 따뜻하고 훈훈한 인간미를 불어넣었다.

무리요가 화가로서 활발히 활동하던 때는 무적함대로 불리던 스페인의 황금기가 조금씩 끝나 가던 시기였다. 거기에 더해 1649년 세비야에는 흑사병이 창궐했다. 손써 볼 틈도 없이 전염병은 사람들의 생명과 삶의 터전을 쓸어 버렸다. 오늘날과 마찬가지로 가난

사회와의 화해

| 바르톨로메 에스테반 무리요, 〈거지 소년〉, c.1650

하고 아픈 자들이 가장 먼저 이 병에 스러졌다. 병마에 부모님을 잃고 혼자 살아남은 어린아이들은 그대로 길거리의 부랑아가 되어 버렸다. 어떤 이도 이들에게 관심을 가지지 않았던, 아니 관심을 가질 여유가 없었던 시기에 무리요의 시선은 그들을 향했다.

〈거지 소년〉에서는 여기저기 기워지고 뚫린, 낡은 옷을 입은 소년이 허름한 건물 벽에 기대 앉아 있다. 신발도 없이 한참을 걸었는지 발바닥은 흙투성이고 아물지 않은 상처도 여러 곳 보인다. 방금 막 새우 몇 마리를 먹은 듯 바닥에는 새우 껍질이 흩어져 있고 널브러진 가방에서는 과일이 쏟아져 나왔다. 어디에서 주워 온 것들인지, 며칠만에 먹은 첫 끼니였는지는 알 수 없다. 소년은 오랫동안 빨지 못한 옷에 이가 있는지 앞섶을 펼치고 집중해서 옷을 살펴보고 있다. 이 죄 없는 소년에게도 차별 없이 따뜻한 햇빛이 내리쬔다.

다른 작품에서는 몇몇의 어린아이들이 모여 주사위 놀이를 하고 있다. 꽤나 진지하게 놀이에 집중하는 모습이 어쩐지 귀엽다. 한 아이는 입안에 한참 먹을 것을 욱여넣고 있다. 그 밑에서 강아지가 한 입을 먹고 싶어 애가 타 죽을 모양이다. 강아지의 끙끙거리는 소리가 들릴 듯하다. 아이들이 놀고 있는 귀여운 광경이지만, 사실 그들의 옷은 닳고 찢어져 어깨가 훤히 보이고 신발은 밑창이 다 해져 발가락이 모두 드러났다.

다 떨어진 옷을 입었을지언정 아이들의 모습은 천진난만하고 너무나 사랑스럽다. 천사들이 땅에 내려온 것이 아닐까 싶을 정도다. 비천함이나 비애와 같은 말처럼 사용되는 가난이란 것은 그저 아

| 바르톨로메 에스테반 무리요, 〈주사위 놀이를 하는 아이들〉, 1665-1675

이들이 처한 안타까운 상황일 뿐이다. 신이 정말로 존재한다면 그의 시선은 이들을 향해 있지 않을까.

무리요 또한 그들을 동정하거나 비난하지 않고, 다만 따뜻하고 온화한 시선으로 지긋이 바라보았다. 그곳에 우리와 크게 다를 것 없는 어떤 이들이 굶주리고 헐벗은 채 보호받지 못하고 있다는 사실을 그는 우리에게 조심스레 알려 준다. 동시대를 살았던 화가들이 귀족의 보드라운 비단과 티 없이 깨끗한 피부에 맺힌 미소를 그리는 동안 그는 가난한 이들의 삶의 궤적을 쫓았다.

무리요의 성품이나 개인사를 다 알 수는 없지만, 나는 그가 누구보다 따뜻한 사람이었다고 감히 짐작하고 싶다. 그는 작품을 통해 이렇게 말하는 듯하다. 신의 가호란 하늘이 내려 주는 신성한 권능으로 나타나는 것이 아니라, 우리와 함께 살아가는 이들의 소중한 일상에 스며들고 있지 않겠냐고.

코로나가 심각한 수준으로 확산되던 지난 4월 초, 시중에 마스크 공급량이 너무나 부족해 돈을 주고도 살 수가 없어 모두가 예민해져 있을 때였다. 서울 강북경찰서 삼양파출소에 한 사람이 다리를 절룩이며 들어와 작은 쇼핑백을 경찰관에게 건네고 황급히 사라졌다고 한다. 가방 안에는 보건용 마스크 20여 개와 아몬드 한 봉지, 작은 손 편지가 있었다. 자신을 기초 생활 수급자이자 장애인으로 소개한 그분의 편지에는 다음과 같이 쓰여 있었다.

저는 대인 기피증에 우울증 환자입니다. 그래서 저는 밖에 안 나가요. 마스크는 매일 사람들과 만나는 경찰관님들한테 꼭

바르톨로메 에스테반 무리요, 〈기도하는 아시시의 성 프란체스코〉, 1645-1650

필요한 것 같아서요. 돈으로 기부하고 싶지만 못하는 실정입니다. 마스크는 동사무소에서 준 것 반쯤이랑, 내가 줄 서서 산 것 반쯤이에요. 부디 마음이라도 받아주세요.

천사는 저 하늘 어딘가가 아니라 이런 분의 마음 안에 깃들어 살고 있는 것은 아닐까 하는 생각을 가끔 한다. 그리고 이런 사람들을 따뜻하게 바라보았던 어느 예술가의 시선이 있었다.

※

무리요의 그림 속, 프란치스코회의 상징인 낡은 갈색 수도복을 입은 프란치스코 성인은 두 손을 모으고 무릎을 꿇은 채 간절히 기도를 올리고 있다. 어둠 속에 있지만 하느님을 좇는 그의 눈만은 신실함으로 형형하게 빛난다. 그는 매일 밤 굶주림과 고통으로 몸부림치던 사람들 곁에서 하느님께 과연 어떤 기도를 올렸을까.

그의 뒤를 밟으며 나아가고 있는 프란치스코 교황은 기도에 대해 이렇게 말했다.

굶주린 이들을 위해 기도하세요. 그런 다음 그들을 배불리 먹이세요. 그것이 바로 기도가 이루어지는 것입니다.

세대를 이어
함께 꾸는 꿈

●

안토니오 가우디
Antonio Gaudí y Cornet, 1852-1926

몇 년 전 스페인으로 여행을 갔었다. 나라마다 각각의 특색이 있어 여행하는 이유가 제각기 다른데, 스페인의 경우에는 여행의 목적이 확실했다. 그 유명한 안토니오 가우디 때문이었다. 사진으로만 보아도 놀랍도록 아름다운 그의 건축물들을 눈으로 꼭 보고 싶었다. 아마 많은 관광객이 그럴 것이다.

꼭 가우디 때문에 여행을 하는 것이 아니라고 할지라도, 스페인을 돌아다니며 그의 건축물을 보지 않기란 어려운 일이다. 그의 건축물들은 바르셀로나 중심가에 몰려 있으며, 스페인에서도 그와 관련된 마케팅을 많이 한다. 바르셀로나는 가우디가 먹여살린다는 우스갯소리가 있을 정도다.

여행지에서는 늘 가고 싶은 곳은 많지만 시간은 한정되어 있다. 사실 주요 관광지만 바쁘게 찍고 다니는 일정보다는 여유를 즐기

는 것을 좋아하는 편인데도, 스페인에서는 그럴 수가 없었다. 가우디의 주요 작품을 한정된 시간 안에 다 봐야 했기 때문이었다. 시간의 효율을 최대로 높이고 스페인에 대한 다양한 이야기를 듣기 위해 '가우디 투어'에 참가했다.

투어는 예상대로 즐거웠다. 현지에서 생활하고 있는 가이드가 알려 주는 스페인에 대한 다양한 정보들도 흥미로웠고, 스페인의 눈부신 햇살 아래서 직접 보는 가우디의 건축물들은 사진에서보다 훨씬 아름다웠다. 가우디의 족적을 따라가며 작업의 뒷이야기까지 듣는 재미는 더 쏠쏠했다. 새삼 그의 천재성에 감탄하게 되었다.

투어의 대미를 장식하는 하이라이트는 당연히 가우디 필생의 역작인 〈사그라다 파밀리아〉였다. 가우디 말년의 모든 열정을 불어넣은, 그가 죽은 지 100년이 다 되어 가는 지금까지도 공사 중인 성가족 성당. 기존에 알고 있던 정보가 많이 없었던 터라 실제로 눈앞에서 보는 것만으로도 가슴이 두근거렸다. 가우디 특유의 물결치는 듯한 곡선으로 이루어진 형태와 금방이라도 일어나 움직일 듯한 사실적인 조각상들을 가이드가 하나하나 짚어 설명할 때마다 사람들 사이에서 놀라움의 감탄사가 일었다.

한참 가우디의 조각품들이 있는 파사드를 살펴보다가, 이 성당의 매력은 여러 각도에서 봐야 알 수 있다는 말에 다른 파사드 쪽으로 자리를 옮겼다. 가우디 사후에 주제프 마리아 수비라치라는 건축가가 제작한 〈수난의 파사드〉 부분이었다. 그런데 그 파사드를 처음 본 순간 '아니……. 이건 뭐지?'하는 의아함에 너무 당황하고 말았다. 나뿐만 아니라 다른 사람들의 반응도 마찬가지였다. 가

안토니오 가우디, 〈사그라다 파밀리아〉 동쪽 전경

| 주제프 마리아 수비라치, 〈수난의 파사드〉

이드는 익히 봐 왔던 반응이라며 웃었다.

그곳은 분위기 자체가 너무나 달라서 당황스러움에 헛웃음이 나올 정도였다. 아예 다른 건물이라고 해야 납득이 될 정도로 충격적이었다. 가우디가 인물들을 사실적으로 묘사하는 데 집중했다면, 수비라치의 조각들은 날카로운 직선들로 거칠게 표현한 완연한 현대 조각이었다. 아무리 봐도 두 면의 극명한 부조화가 혼란스럽게 느껴졌다. 투어 참가자 중 한 명이 "아이고, 가우디가 살아서 이걸 봤다면 뭐라고 했을까……."라고 안타깝게 중얼거렸다. 실은 나도 같은 마음이었다.

그렇게 여러 가지 면에서 놀라웠던 가우디 투어를 끝내고 숙소로 돌아오는 길, 전혀 다른 스타일이 혼재된 성당을 다시 생각해 보았다. 어쩌면 후대의 사람들은 가우디보다 수비라치가 만든 파사드를 더 감각적이라고 생각할 수도 있겠다. 누구나 자신에게 익숙한 것을 더 아름답다고 느끼니까. 그리고 예술은 늘 시대를 앞서가기 마련이니까. 그렇게 내가 느꼈던 의아함을 적당히 마무리했다. 〈사그라다 파밀리아〉에 느꼈던 의문을 완전히 해소하게 된 것은 가우디에 대해 더 자세히 알게 된 나중이었다.

※

가우디는 1852년 스페인의 근교의 레우스Reus라는 작은 도시에서 다섯 형제 중 막내로 태어났다. 그는 주물 제조업자였던 아버지의 작업을 보면서 건축가의 꿈을 키웠다. 가우디의 집안은 그리 부유하지 못했고 그 또한 어릴 때부터 폐병과 류머티즘 관절염을 앓는 등 건강한 편이 못 되었다. 과묵하고 내향적이었던 가우디는 또래 아이들처럼 뛰어놀기보다는 몇몇의 친구들과 어울려 유적지를 답사하거나 자연을 산책하고 혼자 사색을 하며 시간을 보냈다.

그는 본격적으로 건축 공부를 하기 위해서 바르셀로나 건축 학교Barcelona Architecture School에 입학했다. 그의 성적은 대체로 평균이 었지만 때로는 낙제점을 받기도 했다. 선생님들이 가르치는 대로 결과물을 내지 않았기 때문이었다. 다혈질에 고집이 센 그는 자신이 실험하고 싶은 것들만 골라서 하는 괴짜 학생이었다. 엘리스 로젠Elies Rogent 학장은 한 번의 낙제를 거쳐 겨우 졸업을 하게 된 가우디에게 졸업식에서 학위를 건네며, "이 학위를 천재에게 주는 것인지 바보에게 주는 것인지 모르겠소. 시간이 알려주겠지"라고 말했다고 한다.

1878년 학교를 졸업한 젊은 가우디는 졸업 학위를 받기도 전에 바르셀로나시 의회와 몇몇 회사들로부터 작업을 의뢰받았다. 그는 아버지의 대장간에서 어깨 너머로 배운 경험과 건축적 지식을 활용해서 뱀이나 새 같은 동물 및 나비 같은 곤충, 월계수 같은 식물 등의 다양한 모양을 새겨 넣은 아름다운 가로등이나 신문 가판대 등을 만들었다. 건축물의 형태부터 작은 장식에 이르기까지 곳곳에 자연의 섭리가 담겨 있는 가우디의 건축 양식은 그의 작업 초기부터 시작됐던 것이다.

이 무렵, 에우달드 푼티Eudald Punti라는 건축 기술자의 작업장에서 책상을 만들고 있던 가우디에게 한 신사가 다가왔다. 가우디의 인생을 바꿔 놓을, 그리고 세계인의 사랑을 받는 가우디의 건축물을 탄생시킨 운명적인 만남이었다. 그는 벽돌 사업과 무역업으로 크게 성공하여 남작 작위까지 받았던 에우세비 구엘Eusebi Güell이었다. 이 대단한 재력가는 파리 만국 박람회에 출품한 유리 장식장만으로 막 학교를 졸업한 20대 초보 건축가의 천재성을 알아보고 그를 친히 찾아온 것이었다.

구엘 남작은 이 만남 이후 40여 년 가까이, 자신이 죽는 순간까지 가우디의 든든한 후원자가 되어 이 천재가 상상력을 마음껏 펼칠 수 있도록 도왔다. 그들의 관계는 단순히 후원자와 예술가를 넘어 예술의 확산에 대한 가치를 공유하며 서로를 존경하는 동반자였다. 아마도 구엘이 없었다면 우리는 이렇게 아름다운 가우디의 건축물들을 마음껏 볼 수 없었을 것이다.

가우디는 35년간 건축물뿐만 아니라 창고와 장식용 분수, 옥상 건조대와 같은 작은 가구들에 이르기까지 구엘 가문의 모든 건축 일을 도맡아 했다. 그런 가우디에게 〈사그라다 파밀리아〉의 제안이 들어온 것은 그의 나이 31세, 이제 막 애송이 건축가의 모습을 벗어났을 때였다. 아마도 젊은 가우디는 제안을 수락했을 때만 해도 자신이 73세로 세상을 떠날 때까지 마지막 십여 년을 이 작업에만 매달리게 되리라고는 예상하지 못했을 것이다.

원래 성당의 건축을 담당했던 성 요셉 영성회 소속의 마르토렐 Joan Martorell 기술 고문과 건축가 비야르Francisco de Paula del Villar 공사 감독 사이의 불화로 초반 작업이 중단되었을 때였다. 영성회 대표였던 보카베야Josep Maria Bocabella는 고민 끝에 어느 작업실에서 우연히 만났던 가우디를 떠올렸다. 젊고 창창한 나이에 적은 보수와 막중한 책임감이 따르는 일을 선택하기란 쉽지 않았을 것이다. 하지만 가우디 안의 어떤 것이 이 일을 수락하도록 했고 이 프로젝트는 가우디의 운명을 영원히 바꿔 놓았다.

가우디는 모든 작업에서 그러했듯 성당을 위한 도면을 만들지 않았다. 공사가 거의 막바지에 이른 지금조차도 한눈에 건물의 형태가 잘 파악되지 않는 이 세밀하고 복잡한 건물을 그는 오직 한 장의 간단한 스케치로 그려 냈을 뿐이다. 하지만 그의 머릿속에는 바르셀로나 시민 13,000명을 수용할 수 있는 하느님의 공간에 대한 구상이 확실히 있었다. 그는 선임 건축가가 만든 기존의 설계도를 모두 뜯어 고쳐 버렸다.

이렇게 성당의 총감독직을 수락한 이후 가우디는 구엘의 후원을 등에 업고 승승장구했다. 졸업 직후 참여한 첫 프로젝트인 카사 비센스Casa vicens만으로 이미 더 이상 일을 기다리지 않아도 될 만큼 유명해진 그였다. 그는 이후 엘 카프리초el capricho, 구엘 궁전Palau Güell과 구엘 공원Park Güell, 주교관과 수녀원, 카사 칼베트Casa Calvet, 카사 바트요Casa Batlló, 카사 밀라Casa Milà 등 우리가 익히 알고 있는 작업물들을 만들어 내며 명실상부 스페인 최고의 건축가로 자리매김했다.

이렇듯 가우디는 건축가로서 성장을 이어 갔지만, 그러는 동안 스페인 사회는 산업화가 진행되며 깊은 혼란 속으로 빠져들었다. 전통을 지키려는 가톨릭 교단과 정부, 그리고 이에 맞서는 산업 노동자 집단이 대치했다. 무정부주의자, 노동 조합원, 보헤미안들과 가톨릭 보수주의자, 전체주의적 정부가 대치하여 격렬히 싸웠다.

20세기가 시작되며 스페인은 무적함대의 화려했던 기억은 희미해지고 점점 기울어지는 배가 되어 가고 있었다.

사회의 혼돈이 심화되는 것을 걱정스레 지켜보던 중년의 가우디에게도 시련이 하나둘 닥치기 시작했다. 부유한 사업가의 후원으로 돈 걱정 없이 자신의 일을 할 수 있던 그에게도 부자들에 대해서처럼 사회적 비난이 일어났다. 사람들은 사회에 대한 비판 의식을 가졌던 가우디가 어느덧 기득권이 되어 부자를 위한 건물만 짓는다며 욕했다. 당시 젊은 화가였던 피카소는 가난한 자를 외면하고 부자들의 궁전을 짓는 가우디를 속물이라 폄하하며, 가우디와 〈사그라다 파밀리아〉 모두 지옥에나 가 버리라는 글로 극렬히 비판하기도 했다.

개인적인 작업에도 문제가 생겼다. 카사 밀라를 건축하는 과정에서 의뢰인과의 마찰이 계속되었다. 건물주 밀라의 아내는 가우디의 건물이 지나치게 혁신적이라고 생각해 처음부터 마음에 들어하지 않았다. 계속되던 분쟁은 건물 옥상에 올리기로 했던 청동상에 대한 의견 대립에서 폭발했다. 최초의 설계안을 고수하길 원했던 가우디는 건물주 밀라에게 소송을 제기했다. 이 재판은 수 년 동안 이어지며 가우디의 정신적인 스트레스를 심화시켰다.

일련의 상황을 겪으며 가우디는 결국 개인적인 부를 추구하는 삶이 얼마나 무의미한 것인지를 깨달았다. 신앙심이 더욱 공고해진 그는 이제 더 이상 교회 일 외에는 아무것도 맡지 않겠다고 결심했다. 긴 재판의 결과로 받아낸 거액의 대금은 모두 성당의 공사비로 헌납했다. 그는 공동체가 가족 같은 마음으로 돌아가 하느님

안에서 하나가 됨으로써 사회의 문제들이 자연스레 해결되길 바라며 생의 마지막을 〈사그라다 파밀리아〉에 바쳤다.

말년의 가우디는 수도자처럼 성당만을 위해 일했다. 남루한 옷을 입고 최소한의 식사만 하며 시간을 지켜 미사를 올리고 산책을 했다. 온 힘을 다해 신을 따랐지만 신이 정한 운명을 미리 알 수는 없었다. 1926년 6월 7일 새벽 5시 30분, 매일 하던 대로 오전 산책을 나갔던 그는 갑작스런 전차 사고로 치명상을 당했다. 워낙 행색이 남루했던 탓에 운전사는 그를 노숙자로 여기고 짐짝처럼 길 옆으로 옮긴 뒤 전차를 몰고 가 버렸다. 지나가던 행인들이 병원으로 데려가고자 택시를 잡으려 했으나 택시 운전사들도 더러운 노숙자를 태워 시트를 더럽히는 걸 원치 않았다.

여러 차례의 승차 거부 끝에 겨우 병원에 가게 되었지만 신분을 확인할 길이 없어 병원에서조차 오랜 시간 방치되었다. 누구도 이 행려병자가 그 위대한 가우디일 것이라 생각하지 못했다. 시간을 칼같이 지키는 그가 돌아오지 않는 것을 이상하게 여긴 조수와 주임 사제가 실종 신고를 하고 여러 병원을 뒤진 끝에 한밤중이나 되어서야 공동 입원실 한편에 방치된 가우디를 발견했다.

하지만 이미 그의 영혼은 하느님 곁으로 떠날 채비를 하고 있었다. 전차에 치이고 3일 뒤, 가우디는 73세를 일기로 사망했다. 갑작스런 죽음이었다. 그렇다면 그는 자신의 말년과 신념을 쏟아부은 〈사그라다 파밀리아〉를 완성하지 못해 괴로워하며 세상을 떠났을까.

가우디가 죽은 뒤 총감독직을 이어받은 수비라치는 가우디가 이 성당이 어떻게 완성되길 바랐을까를 수없이 고민했다. 그는 가우디의 모든 건축물들이 바라보는 방향마다 닮은 구석 없이 서로 다른 모습으로 설계된 것을 떠올렸다. 1년간에 걸친 긴 고민 끝에 수비라치는 파사드의 벽면에 첫 끌을 내리쳤다. 그는 자신만의 방식으로 가우디의 정신을 이어 가기로 결심했다.

가우디가 생전에 지은 〈탄생의 파사드〉에서는 예수 생전의 사건들이 실제 같은 인간의 조각상들로 생생히 구현되어 있다. 인간으로 탄생했던 예수님의 삶은 인간 세계에 속한 것이기 때문이다. 하지만 수비라치는 〈수난의 파사드〉를 모두 현대적인 추상 조각으로 구성하는 과감한 결단을 내렸다. 죽음으로 이어지는 수난의 역사는 인간의 개념적 상상을 뛰어넘는, 신만이 관장할 수 있는 것이라고 생각했던 것이다. 그는 추상 조각을 통해 이 공간을 인간의 이해를 넘어서는 신의 영역으로 바꿔 놓았다.

이렇게 수비라치는 가우디의 정신을 계승하면서도 거기에 자신만의 해석을 덧붙여 〈사그라다 파밀리아〉를 변화시켰다. 만약 정말로 가우디가 살아 있었다면, 새로운 성당을 보며 뭐라고 말했을까.

청년 시절에 남긴 몇 편의 글을 제외하면 가우디는 책을 쓰거나 강연을 한 적이 없다. 따라서 그의 의도와 건축 철학을 파악하는 것은 쉽지 않은 일이다. 그의 말을 기억하는 사람들의 전언과 얼마 되지 않는 기록들에 의지할 뿐이다.

가우디가 말년에 병마와 싸우며 힘들게 〈사그라다 파밀리아〉의 작업을 이어 가도 속도가 나지 않자, 당시의 사람들 또한 가우디의

| 안토니오 가우디, 〈탄생의 파사드〉

| 주제프 마리아 수비라치, 〈수난의 파사드〉

이 위대한 작업이 그의 생전에 끝나지 않을까 불안해했다. 성당이 완공되지 못한 채 당신이 세상을 떠나면 어떻게 하냐는 사람들의 질문에 가우디는 다음과 같이 대답했다고 한다.

내가 사그라다 파밀리아를 마무리 짓지 못하는 것을 유감스러워할 하등의 이유가 없다. 난 늙어 가겠지만 내 뒤에 따라올 후대의 사람들이 있다. 변하지 않아야 할 것은 이 작업의 정신뿐. 사그라다 파밀리아는 이것을 물려받을 후대의 손에 달려 있으며 성당은 그들과 함께 살아가고 그들에 의해 구현될 것이다.

후대의 사람들을 끊임없이 자신의 건축물이 남아 있는 도시로 불러들이는 이 천재 건축가는 나의 짐작과는 달리 이 성당이 자신에게 속한 위대한 작품이라고 생각하지 않았다. 신의 축복을 받은 자신만이 이것을 완성할 수 있다는 오만함이 아니라, 건축가인 자신조차 이 작업에 돌을 올리는 한 명의 석공과 같은 평등한 신의 자녀라는 마음으로 건축에 임했다. 그가 바랐던 것은 자신의 뒤에도 사람들이 함께 작업을 이어 가고 이를 통해 모두가 신의 품 안에서 화합하는 것이었다.

그렇게 〈사그라다 파밀리아〉는 가우디의 정신을 바탕으로 하되 시대마다 다른 감독들의 지휘 아래 제각기 다른 공법으로 지어지고 있다. 또한 이곳은 특정한 자금원이나 주체가 따로 없이 오직 순례자들의 헌금과 성당 관광 수익에만 의존한다. 그런 성당이 백 년이 넘도록 계속 건설될 수 있었던 것은 모두가 하나 될 신의 공간에 대한 가우디의 신념과 그것을 믿는 사람들의 마음이 계속해서 뒷받침되고 있기 때문이다.

✳

성당에 들어가는 순간 따뜻한 빛이 스테인드글라스를 거치며 마치 성모의 손길처럼 사람들의 마음을 어루만진다. 돌로 만들어진 나무숲 사이를 거닐면 이 눈부시게 아름다운 공간이 어떻게 가능한 것인지, 정말로 신이 만든 것은 아닌지 의심마저 든다. 모두가 화합해서 살아가야만 한다는 것을, 이 성당이 바로 그렇게 지어지고 있다는 것을 우리는 다시 한번 상기한다. 시대를 초월해 모두의 힘이 모여 만들어지는 성당은 그 건축 과정 자체가 완벽한 가우디의 계획이자 작품일지 모른다.

〈사그라다 파밀리아〉는 가우디가 시작했지만 더 이상 가우디의 것만은 아니다. 가우디가 닦은 반석 위에 수많은 사람들의 노력과 기도가 함께 쌓아 올려지며, 신 앞에 평등하고 행복한 공동체를 지향하는 희망의 공간이 되어 가고 있다. 얼핏 부조화처럼 보일 수도 있는 그 과정 자체가 바로 화합의 산물이다. 그리고 가우디야말로 누구보다 〈사그라다 파밀리아〉가 이렇게 되기를 바랐을 것이다.

공사가 시작된 지 100여 년이 넘어가고 있는 이 성당의 완성 기한은 가우디 서거 100주년인 2026년에 맞추어 박차를 가하고 있다. 영광의 파사드와 종탑들이 올려지면 과연 〈사그라다 파밀리아〉는 어떤 모습을 드러낼까.

이제는 내가 목격한 부조화가 전혀 아쉽지 않다. 완성된 〈사그라다 파밀리아〉에는 가우디의 바람뿐만 아니라 백 년의 세월을 함께한 사람들의 정신이 모두 깃들 것이다. 〈사그라다 파밀리아〉는 이미 그 자체로서 완벽하게 아름답다.

사회와의 화해

부록

도판 목록

〈아픈 아이The Sick Child〉, 1885-1886, 캔버스에
유채, 120×119cm, 노르웨이 국립 미술관

〈키스The Kiss〉, 1897, 캔버스에 유채, 99×81cm,
뭉크 미술관

〈태양The Sun〉, 1911, 캔버스에 유채, 455x780cm,
오슬로 대학교

〈별이 빛나는 밤Starry Night〉, 1893, 캔버스에 유채,
135.6×140cm, 폴 게티 미술관

〈별이 빛나는 밤Starry Night〉, 1922-1924, 캔버스
에 유채, 140×119cm, 뭉크 미술관

에밀리 메리 오즈번Emily Mary Osborn, 〈이름도 없이,
친구도 없이Nameless and Friendless〉, 1857, 캔
버스에 유채, 82.5×10.38cm, 테이트 모던 미술관

카라바조Caravaggio, 〈카드놀이 사기꾼The
Cardsharps〉, c.1594, 캔버스에 유채, 94×131cm,
킴벨 미술관

〈성 마태의 순교The Martyrdom of Saint
Matthew〉, 1599-1600, 캔버스에 유채, 323×
343cm, 산 루이지 데이 프란체시 성당

〈성 마태와 천사Saint Matthew and the Angel〉,
1602, 캔버스에 유채, 295×195cm, 소실됨

〈성 마태의 영감The Inspiration of Saint
Matthew〉, 1602, 캔버스에 유채, 292×186cm, 산
루이지 데이 프란체시 성당

〈성모의 죽음Death of the Virgin〉, 1604-1606, 캔
버스에 유채, 369×245cm, 루브르 박물관

〈골리앗의 머리를 들고 있는 다윗David with the
Head of Goliath〉, c.1610, 캔버스에 유채, 125×
101cm, 보르게세 미술관

폴 고갱Paul Gauguin, 〈밤의 카페, 아를The Night
Cafe, Arles〉, 1888, 주트에 유채, 73×92cm, 푸시
킨 미술관

하르먼스 판 레인 렘브란트Rembrandt Harmenszoon
van Rijn, 〈툴프 박사의 해부학 강의The Anatomy
Lesson of Dr. Nicolaes Tulp〉, 1632, 캔버스에 유채,

216.5×169.5cm, 마우리츠하이스 왕립 미술관

〈모자를 쓴 자화상Self-Portrait in a Flat Cap〉,
1642, 판넬에 유채, 70.4×58.8cm, 햄프턴 궁전

〈야간순찰대The Night Watch〉, 1642, 캔버스에 유
채, 363×437cm, 암스테르담 역사 박물관

〈자화상Self Portrait〉, 1652, 캔버스에 유채,
112.1×81cm, 빈 미술사 박물관

〈플로라Flora〉, c.1654, 캔버스에 유채, 100×
91.8cm, 메트로폴리탄 미술관

〈돌아온 탕아The Return of the Prodigal Son〉,
c.1661-1669, 캔버스에 유채, 262×205cm, 에르
미타주 미술관

〈제욱시스로서의 자화상Self-Portrait as Zeuxis
Laughing〉, c.1662, 캔버스에 유채, 82.5×65cm,
발라프 리하르츠 미술관

타인과의 화해

디에고 벨라스케스Diego Rodríguez de Silva y
Velázquez, 〈브레다의 항복The Surrender of
Breda〉, 1634-1635, 캔버스에 유채, 307×367cm,
프라도 미술관

라이어널 루아예Lionel Royer, 〈율리우스 카이사르에
항복하는 베르킹게토릭스Vercingetorix Throwing
down His Weapons at the feet of Julius
Caesar〉, 1899, 캔버스에 유채, 321×482cm, 크로
자티에 미술관

루이즈 부르주아Louise Bourgeois, 〈마망Maman〉,
1999, 스테인리스강과 청동, 대리석, 927.1×
891.5×1023.6cm, 롱 미술관(2018-) ⓒ hh oldman

마르크 샤갈Marc Chagall, 〈나와 마을I and the
Village〉, 1911, 캔버스에 유채, 192.1×151.4cm,
뉴욕 현대 미술관

〈생일Birthday〉, 1915, 판지에 유채, 80.6×
99.7cm, 뉴욕 현대 미술관

〈연인The Lovers〉, 1937, 캔버스에 유채, 108×

85cm, 이스라엘 박물관

〈아가III Song of Songs III〉, 1960, 종이에 구야슈와
유채, 32×42.5cm, 샤갈 미술관

에드가르 드가 Edgar De Gas, 〈무대 위에서의 발레 리허
설 The Rehearsal of the Ballet Onstage〉, c.1874,
캔버스에 유채, 54.3×73cm, 메트로폴리탄 미술관

〈벨렐리 가족 The Bellelli Family〉, 1858-1867, 캔
버스에 유채, 200×250cm, 오르세 미술관

에드워드 호퍼 Edward Hopper, 〈밤을 새는 사람
들 Nighthawks〉, 1942, 캔버스에 유채, 84.1×
152.4cm, 시카고 미술관

〈소도시의 사무실 Office in a small city〉, 1953,
캔버스에 유채, 71.1×101.6cm, 메트로폴리탄 미술
관

〈정오 High Noon〉, 1949, 캔버스에 유채, 70×
100cm, 데이턴 미술관

〈293호 열차 C칸 Compartment C, Car 293〉, 1938,
캔버스에 유채, 50×45cm, 개인 소장

윌리엄 퀼러 오차드슨 William Quiller Orchardson, 〈첫
구름 The first cloud〉, 1887, 캔버스에 유채, 134.8×
193.7cm, 뉴욕 현대 미술관

〈정략 결혼 The marriage of convenience〉, 1883,
캔버스에 유채, 켈빈그로브 미술관 및 박물관

〈정략 결혼, 그 후 The marriage of convenience-
after〉, 1886, 캔버스에 유채, 애버딘 미술관

〈아내의 목소리 Her Mother's Voice〉, 1888, 캔버스
에 유채, 101.6×148.6mm, 뉴욕 현대 미술관

파블로 피카소 Pablo Picasso, 〈아비뇽의 여인들 Les
Demoiselles d'Avignon〉, 1907, 캔버스에 유채,
243.9×233.7cm, 뉴욕 현대 미술관

〈토르토사의 벽돌 공장 L'Usine, Horta de Ebro〉,
1909, 캔버스에 유채, 50.7×60.2cm, 에르미타주
미술관

펠릭스 곤잘레스 토레스 Felix Gonzalez-Torres,
〈무제 Untitled〉, 1991, Billboard, Dimensions
vary with installation. 1 of 6 outdoor billboard
locations throughout Seoul, Korea, as part of
the exhibition Felix Gonzalez-Torres, Double.
PLATEAU and Leeum, Samsung Museum of
Art, Seoul, Korea. 21 Jun. – 28 Sep. 2012. Cur.
Soyeon Ahn. Photographer: Sang Tae Kim,
Image courtesy of Samsung Museum of Art
© Felix Gonzalez-Torres, Courtesy of the Felix
Gonzalez-Torres Foundation

폴 세잔 Paul Cézanne, 〈사과와 오렌지 Apples and
Oranges〉, c.1899, 캔버스에 유채, 74×93cm, 오르
세 미술관

〈앙브루아즈 볼라르의 초상 Portrait of Ambroise
Vollard〉, 1899, 캔버스에 유채, 100×81cm, 프티
팔레 미술관

〈비베뮈스 채석장에서 본 생빅투아르산 La
Montagne Sainte-Victoire vue de la carrière
Bibémus〉, c.1897, 캔버스에 유채, 65.1×81.3cm,
볼티모어 미술관

프리다 칼로 Frida Kahlo, 〈그저 몇 번 찔렀을 뿐 A Few
Small Nips〉, 1935, 금속에 유채, 38×48.5cm, 돌
로레스 올메도 박물관

〈기억, 심장 Memory, the Heart〉, 1937, 금속에 유
채, 40×28cm, 개인 소장

〈우주와 대지와 나와 디에고와 세뇨르 홀로틀의 사랑
의 포옹 The Love Embrace of the Universe, the
Earth, Myself, Diego and Senor Xolotl〉, 1949, 메
이소나이트에 유채, 70×60.5cm, 개인 소장

〈부러진 척추 The Broken Column〉, 1944, 메이소
나이트에 유채, 39×30.5cm, 돌로레스 올메도 박물
관

사회와의 화해

마리아 지빌라 메리안 Maria Sibylla Merian, 『애벌
레의 경이로운 변태와 독특한 식성 Der Raupen

wunderbare Verwandelung und sonderbare

Blumennahrung』2판 표지, 1683

『수리남 곤충의 변태Metamorphosis insectorum

Surinamensium』수록 삽화, 1705

바르톨로메 에스테반 무리요Bartolome Esteban

Murillo, 〈천사들의 부엌La cuisine des anges〉,

1646, 캔버스에 유채, 180×450cm, 루브르 박물관

〈성가족과 작은 새La Sagrada Familia del pajarito〉,

c.1650, 캔버스에 유채, 144×188cm, 프라도 미술

관

〈거지 소년Joven mendigo〉, c.1650, 캔버스에 유

채, 137×100cm, 루브르 박물관

〈주사위 놀이를 하는 아이들Niños jugando a los

dados〉, 1665-1675, 캔버스에 유채, 140×108cm,

바이에른 국립 박물관

〈기도하는 아시시의 성 프란체스코St Francis of

Assisi at Prayer〉, 1645-1650, 캔버스에 유채,

182×129cm, 성모 마리아 교회

신사임당, 초충도草蟲圖〈수박과 들쥐〉, 16세기, 수묵채

색화, 33.2×28.5cm, 국립 중앙 박물관

〈묵포도도墨葡萄圖〉, 16세기, 견본수묵화, 31.5×

21.7cm, 간송 미술관

안토니오 가우디Antonio Gaudí, 〈사그라다 파밀리아

Sagrada Família〉 동쪽 전경, 1883- ⓒ C messier

〈탄생의 파사드Nativity Façade〉

오귀스트 로댕Francois Auguste Rene Rodin, 〈생각하

는 사람Le Penseur〉, 1881-1882, 청동, 180×98×

145cm, 로댕 미술관ⓒThibsweb

〈칼레의 시민들Les Bourgeois de Calais〉, 1884-

1889, 청동, 201.6×205.4×195.9cm, 프랑스 칼레

시청

장 프랑수아 밀레Jean François Millet, 〈키질하는 사

람The Winnower〉, c.1847-1848, 캔버스에 유채,

100.5×71cm, 런던 내셔널 갤러리

〈이삭 줍기The Gleaners〉, 1857, 캔버스에 유채,

83.8×111.8cm, 오르세 미술관

〈만종The Angelus〉, 1857-1859, 캔버스에 유채,

55.5×66cm, 오르세 미술관

주제프 마리아 수비라치Josep Maria Subirachs, 〈수난

의 파사드Passion façade〉ⓒ Mstyslav Chernov /

Rp22

케테 콜비츠Käthe Kollwitz, 〈죽음Death〉《직조공들A

Weavers' Revolt》연작 두 번째), 1893-1897, 석판화,

케테 콜비츠 뮤지엄

〈희생물The Sacrifice〉《전쟁War》연작 첫 번째),

1922, 목판화, 케테 콜비츠 뮤지엄

〈피에타(죽은 아들을 안고 있는 어머니)Pietà(Mother

with her Dead Son)〉, 1937-1939, 청동, ⓒ Rafael

Rodrigues Camargo, World3000

크리스 조던Chris Jordan, 《미드웨이Midway:

Message from the Gyre》시리즈, 2009-

키스 해링Keith Haring, 〈짖는 개Barking Dog〉 설치물,

ⓒ Rufus46

〈마약은 독약이다Crack is Wack〉 설치물, ⓒ Julien

Chatelain

〈우리는 함께 에이즈를 멈출 수 있다Together we

can stop AIDS〉 벽화, 235×3400cm, 바르셀로나

현대 미술관ⓒ PunkToad

프란시스코 고야Francisco José de Goya y Lucientes,

〈카를로스 4세의 가족La familia de Carlos IV〉,

1800-1801, 캔버스에 유채, 336×280cm, 프라도

미술관

〈1808년 5월 3일 마드리드El tres de mayo de 1808

en Madrid〉, 1814, 캔버스에 유채, 268×347cm,

프라도 미술관

〈그리고 그들은 거친 짐승과 같았다Y son fieras〉《전

쟁의 참화Los Desastres de la Guerra》연작 다섯 번째),

1863, 에칭화, 15.8×21cm, 프라도 미술관

참고 문헌

단행본

강지연, 『명화 속 비밀이야기』, 신인문사, 2010

고연희·이경구·이숙인·홍양희·김수진, 『신사임당, 그녀를 위한 변명』, 다산기획, 2016

김광우, 『고흐와 고갱』, 미술문화, 2018

김상근, 『카라바조, 이중성의 살인미학』, 21세기북스, 2016

김수정, 『그림은 마음에 남아』, 아트북스, 2018

김진희, 『서양미술사의 그림 vs 그림』, 윌컴퍼니, 2016

김희곤, 『스페인은 가우디다』, 오브제(다산북스), 2014

송우혜, 『운동주 평전』, 서정시학, 2014

심상용, 『예술, 상처를 말하다』, 시공아트, 2011

유성혜, 『뭉크』, arte(아르테), 2019

윤운중, 『윤운중의 유럽미술관순례 1,2』, 모요사, 2013

이유리, 『화가의 마지막 그림』, 서해문집, 2016

조원재, 『방구석 미술관』, 블랙피쉬, 2020

허나영, 『화가 vs 화가』, 은행나무, 2010

다카시나 슈지, 신미원 옮김, 『명화를 보는 눈』, 눌와, 2002

루돌프 아른하임, 김춘일 옮김, 『미술과 시지각』, 미진사, 2003

마티아스 아놀드, 박현정 옮김, 『앙리 드 툴루즈 로트레크』, 마로니에북스, 2005

모니카 봄 두첸, 김현우 옮김, 『세계명화 비밀』, 생각의나무, 2006

베른트 그로베, 엄미정 옮김, 『에드가 드가』, 마로니에북스, 2005

빈센트 반 고흐, 신성림 옮김, 『반 고흐, 영혼의 편지』, 위즈덤하우스, 2017

안드레아 케텐만, 이영주 옮김, 『프리다 칼로』, 마로니에북스, 2005

알렉산드라 콜로사, 김율 옮김, 『키스 해링』, 마로니에북스, 2006

이에인 잭젝, 유영석 옮김, 『가까이서 보는 미술관』, 미술문화, 2019

제이콥 발테슈바, 윤채영 옮김, 『마크 로스코』, 마로니에북스, 2006

코르넬리아 슈타베노프, 이영주 옮김, 『앙리 루소』, 마로니에북스, 2006

크리스토퍼 화이트, 김숙 옮김, 『렘브란트』, 시공아트, 2011

프랑크 슐츠, 황종민 옮김, 『현대미술, 보이지 않는 것을 보여주다』, 미술문화, 2010

Arne Eggum, 『Munch at the Munch-Museet, Oslo』, Scala Publishers, 1998

Françoise BAYLE FRANCOISE, 『A FULLER UNDERSTANDING OF THE PAINTINGS AT THE ORSAY MUSEUM (ANGLAIS): COURBET, MANET, RENOIR, MONET, DEGAS, VAN GOGH, GAUGIN...』, ART LYS, 2011

Ingo F. Walther, Rainer Metzger, 『Chagall (Basic Art Series 2.0)』, TASCHEN, 2016

Penelope Curtis, 『Tate Britain Companion: A Guide to British Art』, Tate Publishing, 2014

Vibeke Waallann Hansen, Ellen Lerberg, Marianne Yvenes, 『The National Museum: Highlights: Art from Antiquity to 1945』, Nasjonalmuseet for kunst, 2014

VV AA, 『The Prado Guide』, Museo Nacional del Prado, 2009

기사

강지연, [강지연의 그림읽기] 성화 속 가장 인간적
인 순간을 찾아서, 한국경제매거진, 2010.11.05.
https://magazine.hankyung.com/money/
article/201011050006605976

양모듬, [양모듬 기자의 백개의 눈]'70대 슈퍼스타' 프
란치스코 교황, "나도 기도할 때 졸아요", 조선
일보, 2014.01.09. https://m.chosun.com/
svc/article.html?sname=premium&cont
id=2014010901487

전명훈, "저는 아파서 밖에 안 나가요…경
찰관님들이 마스크 쓰세요", 연합뉴스,
2020.04.05. https://www.yna.co.kr/view/
AKR20200405032200004

Kara Rogers, Maria Sibylla Merian, Britannica,
https://www.britannica.com/biography/Maria-
Sibylla-Merian

Tanya Latty, Hidden women of history: Maria
Sibylla Merian, 17th-century entomologist and
scientific adventurer, THE CONVERSATION,
2019.02.21. https://theconversation.com/
hidden-women-of-history-maria-sibylla-
merian-17th-century-entomologist-and-
scientific-adventurer-112057

그 외

네이버 캐스트

김진희, 고야, 화가의 생애와 예술세계, 2010.12.16.
https://terms.naver.com/entry.nhn?docId=357
0895&cid=58862&categoryId=58878

김진희, 로댕, 화가의 생애와 예술세계, 2011.08.08.
https://terms.naver.com/entry.nhn?docId=357
2324&cid=58862&categoryId=58878

김진희, 앙리 루소, 화가의 생애와 예술세계,
2010.06.17. https://terms.naver.com/entry.
nhn?docId=3569638&cid=58862&category
Id=58878

김진희, 쿠르베, 화가의 생애와 예술세계, 2010.07.15.
https://terms.naver.com/entry.nhn?docId=356
9791&cid=58862&categoryId=58878

오영섭, 조마리아, 독립운동가, 2017.06.29. https://
terms.naver.com/entry.nhn?docId=3596622&
cid=59011&categoryId=59011

장규식, 윤동주, 독립운동가, 2011.12.15. https://
terms.naver.com/entry.nhn?docId=3573499&
cid=59011&categoryId=59011

영상

Jeremy Bugler, 〈The Private Life of a
Masterpiece〉, BBC, 2001-2010

Simon Schama, 〈Simon Schama's Power of Art〉,
BBC, 2006

오디오 클립

안현배, 〈비하인드 미술가-에드바르트 뭉크, 안토니오
가우디, 에드워드 호퍼〉, 백미인